フィナーレ

マジシャン最終章

松岡圭祐

角川文庫
24534

目次

【デック】

トランプひと組のこと。裏返しに積んだときのいちばん上が“トップ”、いちばん下を“ボトム”と呼ぶ。

トップ

ボトム

【パーム】

コインなど小物を隠し持ったうえで、指先を自然な状態に保つこと。さりげなく手の甲側を観客に向けていれば、なにも持っていないように見える。

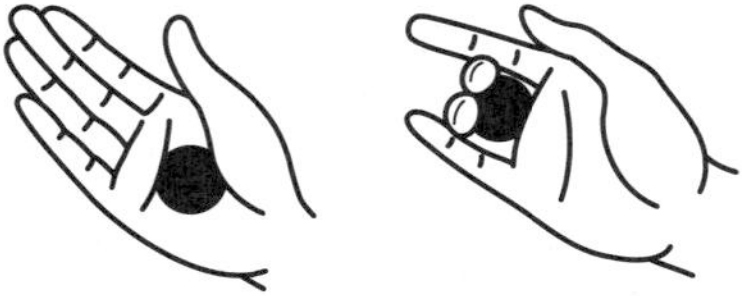

作中に登場するマジック用品は、プロ用アマチュア用問わず、すべて現実に市販されている。マジックの描写はすべて現実のプロマジシャンのテクニックに基づく。

天才少女マジシャン　世界的快挙——国際大会で優勝（十一月十日付　加コロンビアニュース）

カナダのブリティッシュコロンビア州ビクトリアで四日間開催された、マジックのコンベンションPCAM（the Pacific Coast Association of Magicians convention＝環太平洋マジシャン協会大会）のクロースアップ部門で、日本人の里見《さとみ》沙希《さき》さん（17）が最優秀賞を獲得した。

一九三三年に第一回が開催された同コンベンションは、ステージマジック中心のFISM（Fédération Internationale des Sociétés Magiques＝奇術協会国際連合）マジック世界大会と並び、業界でも最高峰の権威あるコンテストとして認知されている。里見さんは過去、FISMの出場時に舞台上で演技に失敗し、失格となってしまったが、今回みごと名誉挽回《ばんかい》のうえ優勝の栄誉に輝いた。

世界じゅうから集まった錚々《そうそう》たるマジシャンのなかでは、とりわけ小柄な里見さんだったが、ステージマジックと異なりテーブルでおこなうクロースアップマジックは、体格の不利を帳消しにできる晴れ舞台。拙《つたな》い英語も可愛げがあり、ティーンらしいコケティッシュな魅力あふれるルックスはＫ－ＰＯＰアイドルのようと評され、当日の観客からもおおいに愛された。

審査委員長のアーヴァイン・リプスコム氏（62）は「サキは伝統をしっかり踏まえた、堅実かつ古典的なカードとコインのテクニックで、観る者を魅了した」と絶賛している。日本では中学卒業後、マジック用品製造販売会社に就職している里見さん。帰国後の新たな活躍が注目される。

1

窓を覆うカーテンの隙間から、朝の陽光が細く射しこんでくる。児童養護施設の一室に、三つ並んだベッドの上で、里見沙希はあぐらをかいていた。背を丸め、スマホに表示されたネットニュース記事を、何度となく読みかえす。

ルームメイトは中二と小五の女の子だが、どちらも部活の朝練があるため、とっくにでかけている。ひとり残った沙希も起床後、パーカーと膝丈《ひざたけ》スカートに着替えていた。出勤先には制服がある。行き帰りは私服でかまわない。

　バンクーバー経由で成田《なりた》まで、窮屈なエコノミークラスで戻ってきてから二日。ネットで繰りかえしエゴサーチしたものの、見つかった記事は数えるほどしかない。しかもすべて現地ニュースの翻訳だった。随所に原文そのものとおぼしき表現が残る。体格の不利を帳消しにできる晴れ舞台。ティーン。コケティッシュ。K－POPアイドル。カナダ人には日韓《にっかん》の区別はあまりつかないか、さして重視していないのだろう。

　沙希は思わずつぶやいた。「コケティッシュってどういう意味？」

　中卒で現代っ子の沙希にはわからなかった。検索してみようとして、ふとためらいが生じる。なんとなく古くさくて、しかもいやらしい言葉のような気がする。意味がわかったとたん傷つくような状況は避けたかった。

　記事自体にも落胆させられる。沙希がどんな演目で優勝したか、ほとんど触れられていない。審査委員長のコメントに、かろうじて〝カードとコインのテクニック〟とあるだけだった。

　本当にマジックの腕を認められて優勝したのだろうか。現場でももやもやするものを感じた。

　ここ数年でマジックの業界は様変わりし、ハイテクを仕込んだトリックが激増している。ステージマジックだけでなく、クロースアップマジックの世界にも、その変化は顕著だった。

トランプひと組のことを、マジシャンは〝デック〟と呼ぶ。デックのカード一枚ずつに、スイカと同じ非接触型ICチップが挟みこまれる仕組みは、マジック業界の専売特許ではない。ラスベガスやマカオのカジノでは十年以上も前から採用されている。

非接触型ICカードは、ふつうのデックのカードよりやや硬い。カードが電池を内蔵していなくても、テーブル下のカードリーダーの電磁波にかざすだけで、アンテナコイルに交流電圧が誘起される。それでICチップが作動する仕組みも、スイカとまったく同じだ。磁界が発生することで、テーブル下のリーダーが、カードの種類を識別する。カジノの運営会社はその方法で、不正の有無を常に監視している。

この非接触型ICデックを利用した出場者が、PCAMにはやたら多かった。ステージマジックとちがい、クロースアップマジックの会場は、複数の部屋からなる。それぞれの部屋に数十人ずつ観客がいて、出場者は各部屋を順繰りにまわり、同じ演目を披露していく。よってテーブルにはセンサーを仕込めないが、マジックショップでは袖《そで》のなかに巻き付ける、バイブ機能付きセンサーが売られている。このハイテクギミックにより、カード当ては誰にでもできるようになった。

コインのほうも薄型磁石が内蔵してあれば、マグネットセンサーに近づけるだけで、コインの有無がわかる。観客が左右どちらの手にコインを握ったかを当てるのは造作もない。ほかにも最先端の科学技術を駆使したギミックコインが目白押しだった。

そういうハイテクマジック用品は、総じてとにかく値段が高い。たいていアメリカで製造されているため、円安の日本人にとっては目が飛びでるほどの価格帯になっている。親なしで貧乏な沙希に手がだせるはずもなかった。

よってむかしながらの手練《スライハンド》にものをいわせるマジックで挑むのみだったが、それが審査員に好印象を持たれたようだ。ただし沙希は無邪気に喜ぶ気になれなかった。審査委員会は、ハイテクマジックへのアンチテーゼとして、当てこすりぎみに沙希を優勝させたのでは。会場ではそんな空気が濃厚だった。沙希自身もそのように感じた。表彰後のパーティーは、ほとんどの出場者が祝福してくれたものの、たいてい〝ラッキー〟という単語が含まれていた。沙希の優勝は幸運によるもの、誰もがそう解釈したようだ。

たしかに自分でも疑問に思わざるをえない。演技の出来はそこまで素晴らしくはなかった。観客の反応も微妙だった。それでも審査委員会はやたら高得点をつけてくれた。ありていにいえば、あれこそが依怙《えこ》贔屓《ひいき》というやつではないのか。

施設の女性職員、伊藤尚美《いとうなおみ》の声が階下から呼びかけてきた。「沙希ちゃん。ご飯よ」

「いま行きます」沙希は声を張った。

ため息とともにベッドを降り、カバンがわりのリュックサックを手にする。パーカーだけでは外の寒さに耐えられない。ダウンジャケットも持っていく。

ドアの外は廊下とも呼べない狭い空間で、すぐに下り階段がある。一階には、ふつうの民家と変わらないダイニングルーム。雑然とした印象は、壁際に生活必需品や日用の消耗品が、堆《うずたか》く積みあげられているからだ。小学校へ登校する前の男子児童らが、ふざけてテーブルのまわりを駆けまわる。エプロン姿の四十代、伊藤尚美が軽く咎《とが》めて追い払う。沙希は気にもせずテーブルについた。いつもの朝だった。

テレビが点《つ》いている。ニュースキャスターの声が告げた。「闇バイトによる民家への押しこみ強盗被害が多発している問題で、警視庁はより多くの捜査員を動員し、実行役の逮捕に留《とど》まらず、指示役の特定に結びつけたい方針で……」

物騒な世のなかになってきた。まさかとは思うが、こんな見るからにボロ屋の児童養護施設にも、強盗が押しいったりするだろうか。盗まれて困る金などそもそもない。ただし、もしマジック用品一式を奪われたらと想像すると、気が気でなくなる。

尚美がテーブルに並べたのは鮭の切り身、少量のサラダ、鶏《とり》ガラスープに入ったコンニャク麺《めん》。気遣わしげに尚美がきいた。「けさもこれだけでいいの？」

「はい。どうもありがとうございます。いただきます」

「お肉や卵やご飯も食べたほうがいいんじゃない？　職場でバテるでしょ」

「太りたくないので……」

「そんなにほっそりしてるのに？　なんとかって手品の大会は終わったんでしょ？　これからは体力をつけなきゃ」

「少しずつ努力します。でもけさはこれで充分です。コンニャク麺でお腹はいっぱいになりますし」

「ローカロリーも悪くないけど、健康には気をつけてよ」

「……あのう。尚美さん」

「なに？」

「こ、コケティッシュって、どういう意味かわかりますか」

「コケティッシュ？　女の子らしい、可愛い感じってことじゃなかったかしら」

「ほんとに？」

「そう。ちょっとボーイッシュとか元気だとか、フレッシュな若さだとか」尚美は自《じ》嘲《ちょう》ぎみに笑った。「やだ。フレッシュな若さってそんな表現、おばさんよね」

「そんなことは……」

「誰かにいわれたの？　沙希ちゃんにはぴったり」尚美がキッチンへひきかえしていった。朝食を準備する相手は沙希だけではない。職員は毎朝忙しい。

ふとテレビの音声に注意を喚起された。聞き捨てならないひとことが耳に飛びこんできたからだ。

ところが画面には、山中の大規模な寺院が映っていた。キャプションに〝栃木県日《にっ》光《こう》市　勅《て》寺《じ》楠《なん》悳《おん》堂《どう》〟と表示されている。

沙希がテレビを注視するさまを、尚美も目にとめたらしい。キッチンで尚美が笑い声をあげた。「勅寺の楠悳堂よ。手品ってきこえたんじゃなくて？」

「ええ」沙希は苦笑ぎみにうなずいた。「勅寺楠悳堂って、つづけていうもんですから」

むろんマジックとはなんの関係もない日光の勅寺。高さ約四メートルの純金大仏で有名だった。屋内の吹き抜けに鎮座する、光り輝く巨大な仏像が画面に登場した。キャスターの声が告げる。「真言宗の聖地、勅寺楠悳堂の純金大仏、国宝釈《しゃ》迦《か》如《にょ》来《らい》坐《ざ》像《ぞう》です。押しこみ強盗が社会問題化している昨今、一部を削りとられただけでも大変な損害になってしまいますが、勅寺ではどのように警備しているのでしょうか」

キャスターの説明を聞き流しながら、沙希はぼんやりとイリュージョンの実演を夢想した。世界的にも有名な純金仏像。これをパッと消してしまうマジックをテレビで演じられたら、きっと名声を博すだろう。どういう方法が考えられるだろうか。床下はどんな構造になっているのか。

楠慧堂の断面図が表示された。窓のない六角形の建物で、出入口の通路は本堂につながっている。純金仏像は重いため、床下は分厚いコンクリート敷。地面を掘るわけにはいかないようだ。なら大仏はあらかじめ運びだしておいて、そっくりの風船を金いろに塗装し、空気をいれて膨らませておくか。テレビ中継の引きの映像ならごまかせるかもしれない。いったん外にでて、空気を抜いてから、ぺしゃんこになった風船を……。どこに隠せばいいのだろう。このニュースで観るかぎり、室内に設けられた階段上に、バルコニー風の読経《どきょう》用高座があるだけだ。収納らしき扉ひとつない。

キャスターの声は防犯対策を挙げ連ねているだけだが、沙希にはそれらがことごとく、マジックのアイディアの否定に思えた。キャスターの声がつづけた。「楠慧堂出入口の鍵《かぎ》を持つ僧侶《そうりょ》はひとりだけですが、それが誰なのかは極秘事項とのことです。通路を不定期に警備員が巡回します。幅広かつ深いお壕《ほり》が、楠慧堂を隙間なく囲んでおり……」

ああ、もう。イリュージョニストが寺を設計したのならともかく、そんなに警戒が厳重では、大仏消失のマジックなどとても演じられない。

思いがそこにおよんで、沙希は自分にあきれた。なにと戦っているのだろう。キャスターの声は、僧侶たちの食事が外部の信頼できる食材会社に委託されるとか、食事前には弟子による毒見が義務づけられていると説明をつづける。あきらかに防犯対策であって、マジシャンへの挑戦ではない。にもかかわらず、沙希がそんなふうに受けとりがちなのは、もはや職業病だった。だいいち誰も沙希に、勅寺でイリュージョンを演じるよう頼んではいない。

インタビューを受けている僧侶が、通路周辺のお濠は近いうち、水が透明に保たれるよう改良すると話している。底面の石畳まではっきり見通せるようになるので、鯉だけでなく不審者が泳いでいればすぐに目にとまる、僧侶はそう笑った。

絶対に盗めないとニュースで強調されればされるほど、大仏消失マジックの前振りとしては完璧《かんぺき》……。またそんな思考におちいっている自分に気づき、うんざりして頭を掻《か》きむしる。実現不可能なイリュージョンを成し遂げて名声を博する、その手の妄想にとらわれてばかりでは、マジシャンとしても終わっている。

とはいえ、なんでもかんでもマジックに結びつけて考える癖は、いまに始まったことではなかった。食卓に匙《さじ》が置かれると、柄の部分をつまみとり、スプーン曲げの新たな方法を模索しだしてしまう。茶碗《ちゃわん》を手に持っただけで、なかのスープを沸騰させるマジックはどうか。どうやれば可能になるだろうか。ドライアイスをこっそり投げこんで、いかにも沸き立っているように見せかけるか。いや、ドライアイスの煙は湯気とちがい、下方へ漂いだす。スープを飲めなくなるのも問題だ。温かくなったスープを観客に飲ませてこそ面白いマジックといえるのではないか。なんにせよ、ドライアイスなどという稚拙なごまかしでは、すぐタネがバレる。

キャスターが新たなニュースを読みあげていた。「強迫観念にとらわれる人が増えているとのことです。不安を振り払おうとして、自然に別のことを悶々《もんもん》と考えつづけてしまい、なにも手につかなくなる傾向があり……」

沙希はあわてて箸《はし》を取り落としてしまった。茶碗にぶつかった箸が大きな音を立てた。

尚美が眉《まゆ》をひそめた。「どうかした？」

「いえ……」沙希は動揺を抑えながら箸を拾った。強迫観念。笑うに笑えない。

階段を下りてくる足音がきこえた。ほかの部屋に住む女子高生が制服で現れた。沙希と同い年で高校二年の松本志穂《まつもとしほ》。顔馴染《なじ》みだがそんなに親しいわけではない。志穂は沙希に挨拶《あいさつ》してから隣の席に座った。

尚美が志穂にも食事を運んできた。「おはよ。志穂ちゃん、進路相談は？　保護者の出席が必要なら、わたしが行くから」

「ありがとうございます」志穂が頭をさげた。「でもまだ就職か進学かきめてないので」

それをきいて沙希はまたもどかしい気分になった。進路。たしかに不安が募ってくる。このままでいいのか。プロマジシャンなど本気でめざす職業なのだろうか。というより自分はそうなりたいと心底思っているのか。ほかになにがある。漠然としてはいるが、かなり強烈な不安に思えてきた。もし強迫観念の気《け》があるなら、ひょっとしてその不安こそが原因ではなかろうか。

2

沙希の住む児童養護施設は船橋《ふなばし》にあった。里父を失ってから親戚《しんせき》にひきとられたが、高校に進学しなかったことで揉《も》めてしまい、以後は施設暮らしになった。就職している以上、ひとりで生活を始めてもかまわない気がしたものの、未成年のうちは施設に入るべきといわれた。あと一年の辛抱だった。

西船橋《にしふなばし》駅から武蔵野《むさしの》線の東京行きに乗る。混みあう車内でスマホをいじり、ただ時間を潰《つぶ》す。コケティッシュという言葉の意味を検索してみた。


いろっぽいさま。男を惹《ひ》きつけるような艶《なま》めかしいしぐさや言葉遣い。小悪魔的であざとく、思わせぶりないろ仕掛け。

なお〝性的でない可愛らしさ〟や、〝少年っぽい少女〟の意味でとらえるのは基本的に誤用。


頭のなかで寺の鐘の音が響く気がした。尚美がいったのはまさしく誤用ではないか。PCAMの審査員からは、あざとさの権化のように見られていたのだろうか。検索するべきではなかった。

もやもやした気分をひきずるうち、舞浜《まいはま》駅に着いた。ほんの十二分の乗車だった。

高架駅の舞浜駅は、改札がペデストリアンデッキに直結している。右はディズニーランドへ、左はイクスピアリにつながる。いま沙希を含む群衆は、ペデストリアンデッキから階段を下り、一般道沿いの歩道を進んでいく。みな会社員風のスーツではなく、いたってカジュアルな服装だった。

運動公園に至る丁字路よりも手前、傍らにキャスト専用ゲートがある。ランドとシーのキャスト、一万人近くがここに出勤する。

夢の国の舞台裏は、わりと質素で殺風景だ。緩やかな上り坂の先、ライムグリーンの外壁のワードローブビルがある。キャストがコスチュームに着替えるための場所になる。沙希はトレーナーとして出向しているだけだが、青ジャケットに赤の蝶《ちょう》ネクタイというコスチュームを身につける。

バックステージからの通路を抜け、ワールドバザールにあるクラブ33の隣、マジックショップに入った。同じコスチュームのマーチャンダイズキャストと挨拶を交わす。ほとんどが若い女性だった。

朝礼ののち、沙希はひとり売り場のカウンター内に立ち、模範演技を始める。開園後はゲストが群がるカウンター前に、この時間はキャストらが集い、沙希の授業を真剣に見聞きする。ストアマネージャーやアシスタントストアマネージャーも立ち会っていた。

沙希はダイナミックコインという商品を実演してみせた。百円玉を五枚積み重ねておき、小さな金属容器をかぶせるだけで、テーブル上からきれいに消失する。もうひとつの容器にリングを嵌《は》め、別の場所に伏せると、そちらから百円玉五枚が出現する。すばやく指先を動かしながらも沙希は淡々といった。「ディズニーランドでの実演販売は、きまった台詞《せりふ》を淀《よど》みなく喋《しゃべ》りながらおこなうのが基本です。失敗する心配のないギミックですが、ゲストの反応に呼吸を合わせてください。驚きの声があがる二秒間は言葉を切り、ゲストに余韻を持たせましょう」

「あの」女性キャストが挙手した。「このあいだゲストの男の子が手を伸ばしてきて、五枚の百円玉が本物かどうか見せろって……」

ほかのキャストもうなずいた。「わたしもいわれました。なんで五枚を積んだままの状態なの？　って、わざわざ意地悪にきいてくるんです」

「あー」沙希はカウンター上に目を落とした。「そういうときには……」

てのひらで百円玉五枚を軽く横に滑らす。本来なら仕掛けの都合上、けっしてずらせないはずの五枚が、軽く横一列にひろがった。ばらけた百円玉が五枚並ぶ。キャストらはどよめき、いっせいに笑いだした。

沙希も苦笑してみせた。本物の百円玉五枚をポケットに準備しておき、クラシックパームでタネのシェルとすり替えただけだ。てのひらにパームしたシェルは、カウンター手前のサーバントに落とした。さりげなく手のなかが空っぽであることをしめす。

ごく単純な即席の手順だが、ダイナミックコインのタネを知っている観衆は、ひとり残らず面食らう。

いまもキャストは誰もすり替えに気づかず、どうやったのかと興味津々に目を輝かせている。無理もない。マーチャンダイズキャストはマジシャンではない。プロの手練《ハンド》の技《スライ》を習得しているはずもなかった。沙希はやり方を明かさなかった。「デパートでの実演ではこうやって悪ガキを……いえ、多少行儀のよろしくないお客様を懲らしめてきましたが、ディズニーランドでは御法度です。商品の購入で可能にならない現象を演じるのも好ましくありません」

「では」キャストのひとりがきいた。「どう対処すればいいんでしょうか」

そもそもダイナミックコインは昭和四十七年から売られてきた商品だ。タネを知っている消費者が多くいるのも当然だった。沙希は答えた。「いつものキャストの発声で、明るくはきはきとした口調で、こういってください。〝マジックをご鑑賞になる際は、見えた、分かった、それ知ってるといってはいけません〟」

キャストに笑いが起きる。実際これをいえばゲストにも笑い声がひろがり、たちまち状況が丸くおさまる。キャストの笑顔に加え、ほんの少しのユーモアで押しきれるのも、ディズニーランドならではといえる。

沙希は十七にして株式会社テンホーの正社員だ。テンホーはマジック用品の製造販売で知られている。中卒での採用は異例だったが、都内デパートのマジック用品売り場における実演販売員、いわゆるマジックディーラーとして雇用された。成績優秀のため、ディズニーランドのマジックショップにも、ときどき月間トレーナーとして出向してきた。みずから売り場に立つことはないが、マーチャンダイズキャストに実演指導をおこない、ストアマネージャーに商品陳列などを助言する。

ＰＣＡＭに優勝しても、以前となんら変わらない日々。気が鬱《うつ》するところもあるが、ディズニーランドでトレーナーを務めるのは名誉なうえ、楽しい職場でもあった。文句をいったのではバチが当たる。小さいころから望んだとおり、マジックに関する仕事に就き、給料を得ているのだから。

チャイナリングとダンシングケーンも実演がてらコツを伝授したのち、沙希はいつものフレーズで締めくくった。「ではきょうも一日、細かいことにも気を配りながら頑張ってください」

ありがとうございます、とキャストらが頭をさげる。沙希はおじぎをかえすとカウンターを離れた。

するとスーツ姿の三十代男性が歩み寄ってきた。「里見さん、おはよう」

テンホー営業部の上司、矢野康平《やのこうへい》課長だった。ここに現れるとはめずらしい。沙希は挨拶《あいさつ》した。「おはようございます」

「裏で話そう。こっちへ」

ふたりで店舗裏へと向かう。段ボール箱が雑然と積まれた通路を抜けつつ、矢野課長がいった。「PCAMの優勝者に、来月からまたデパートでの実演販売をお願いするのは、とても気が引けるんだが……」

「いえ」沙希は歩調を合わせた。「ありがたいと思ってます」

「私たちもきみをただのディーラーに留《とど》めておくのは惜しくてね」

ふたりは通路を抜けバックステージの屋外にでた。キャストのみが往来する狭い空間に、もうひとりスーツが立っていた。年齢は四十代ぐらい、頭髪が薄く丸顔で、大判の封筒を抱えている。沙希を見ると愛想よく微笑した。互いにぎこちなくおじぎを交わす。

男性が名刺を差しだしてきた。「初めまして、里見沙希さん。私はこういう者ですが……」

オウカ・プロモーション株式会社、チーフマネージャー、植松進《うえまつすすむ》。名刺にはそうあった。植松が前歯をのぞかせた。「まだ弱小の芸能プロダクションにすぎませんが、里見さんのお力添えにより、一緒に大きくなっていけたらと」

「はあ……。なんの話でしょうか」

「じつは私どものほうで、アイドルのガールズグループをプロデュースすることになっておりまして」植松が大判の封筒から書類をひっぱりだした。「これが企画書です」

コピー用紙の束に、パソコンで作成した文書が印字されている。〝可愛い七人の魔女たち　アイドルグループ『ソーサリー』デビュー〟とある。

早くも先を読み進めるのが嫌になる。ふしぎな能力を持った七人の少女が、魔法の世界から転生してきたというコンセプト……。書類の二枚目には衣装案のイラストが掲載されていた。『ハリー・ポッター』にでてくるホグワーツ魔法学校の制服にしか見えない。強いていえばチェックのスカートの丈が、ハーマイオニーより短いことぐらいしか相違点はなかった。

沙希は浮かない気分でつぶやいた。「これアイドルグループ……なんですか?」

植松がうなずいた。「そのう、マジックショップで見たんだが、あのステッキを空中に飛びまわらせるやつ……」

「ダンシングケーンですか?」

「そう、それだよ。あのタネで、たとえばメンバー全員が歌い踊りながら、マイクスタンドを飛びまわらせたりはできないかな」

思わず矢野課長に目が向く。矢野は後頭部を掻《か》きながらうつむいた。沙希がどう思っているか、矢野にも察しがつくだろう。

本物のマイクスタンドをダンシングケーンに使えるわけがない。果てしなく軽い素材で、外観を似せた偽物を作るしかない。それにしてもしろうとの女の子たちが習得するには、かなり時間がかかる。歌とダンスのパフォーマンス中に、ごく見えづらいテグスを操るのも現実的ではない。

沙希はあっさりと答えた。「できません」

すかさず植松が食いさがってきた。「それでもなにかマジックのアイディアを絡ませて、パフォーマンスに役立てたいんだよ。K‐POP風のガールズグループはたくさんありすぎて、どうしても差別化を図らないと……」

「K‐POPなんですか？　メンバーは韓国人《かんこく》とか？」

「最近は日本人ばかりのK‐POPグループも増えててね。とにかくレッスンに参加だけでもしてくれないかな」

レッスン。いっそう嫌な予感がしてきた。沙希は慎重にたずねた。「わたしは裏方ですよね？　マジックのアイディア提供と実演指導を請け負うだけの」

「いや！　あなたもメンバーのひとりというか、むしろ目玉になっていただきたい。本当に合わなければやめてもいいから……」植松は自分の言葉を否定するように、激しく首を振った。「ちがう。やめられては困る。是非お願いしたい！　ＰＣＡＭで優勝した天才少女マジシャンのあなたがいないと成り立たない」

これほど昂《たか》ぶらない仕事の依頼は初めてかもしれない。マジシャンとして芸能プロダクションに採用されるのであれば、まさしく夢見た理想の実現だが、Ｋ－ＰＯＰ風アイドルグループとは。あまりに突拍子もなさすぎて頭がついていかない。

ところが矢野課長はへらへらと笑いながら沙希をうながした。「頼むよ。植松さんはうちの会社に依頼してきたんだ」

「でも」沙希は弱腰に抗議した。「だからといって……」

「まあまて。マジック関連番組が流行《はや》ると、弊社の売り上げも伸びるけど、最近はそういうきっかけがないだろ。アイドルグループなんて斬新で寝耳に水じゃないか。専務もおおいに乗り気なんだ」

最後のフレーズこそが、矢野課長のスタンスをしめすすべてなのだろう。沙希はよほど顔をしかめているにちがいない、そう自覚した。ふたりのスーツを揃って沈黙させてしまったからだ。申しわけないとは思うが抑制できない。

まいった。日本の芸能界では、マジックというものがイロモノあつかいだというのを忘れていた。PCAMで優勝したところで、寄せられる仕事依頼など、まさしくキワモノ以外にありえない。

3

小雨のぱらつく午後、沙希は渋谷《しぶや》のレッスンスタジオを訪ねた。ビルの四階、エレベーターホールに面したドアを開ける。ひんやりとした空気が流れこんできた。季節はもう冬だった。すでにメンバーたちがストレッチしているというのに、暖房をつけてもいないのだろうか。

フロア全体が広々としたスタジオになっている。一方の壁を鏡が覆い尽くしていた。どこに立っても自分の姿が映る。板張りの床は光沢を放っていたが、靴底の模様が無数に折り重なる。ここでどれだけダンスの練習が繰りかえされてきたのだろう。

消臭スプレーの微香が漂う。このグループの前にも、ほかの団体が練習に入っていたにちがいない。ここは貸しスタジオだ。プロアマ問わず、一日じゅう予約が詰まっているときいた。

天井から吊《つ》るされたスピーカーはまだ沈黙している。メンバーたちの練習着はジャージが大半だった。沙希と同世代とおぼしき女の子たちが六人、それぞれに身体をほぐしたり、鏡の前で軽く踊ったりしている。みな髪を後ろにまとめていた。ノーメイクの子が多い。どの顔つきも真剣そのものだ。沙希は緊張したが、メンバーのなかでも童顔の子がひとりふたりと、笑顔で沙希に手を振ってくれた。思わず沙希も表情が緩んだ。

室内にはもうひとり、チーフマネージャーの植松がいた。スーツ姿の植松が小走りに駆けてきた。「やあ、よく来てくれた。きみ以外の六人は、もう前からトレーニングを積んできていてね。デビュー曲の振り付けについて、わからないことがあればなんでもメンバーにきくといいよ」

傍らの壁際には長テーブルがあり、ミネラルウォーターのボトルやタオルが並んでいる。スケジュール表やノートも開いた状態で置いてある。メンバーそれぞれの学習用らしく、フォーメーションや振り付けが細かく書きこまれていた。

これは侮れないと沙希は思った。イロモノといっても、それはあくまでマジシャンの目線であって、アイドルグループとしては真っ向勝負に挑もうとしている。真面目に取り組む姿勢を茶化せるわけもない。

植松がメンバーらに呼びかけた。「みんな集まってくれ。重要な七人目を紹介するよ」

きびきびした足取りで六人が集合する。向こうも緊張しているのか誰ひとり笑顔がない。植松によってひとりずつ名前が紹介された。常陸院有栖《ひたちいんありす》、二十歳。峰貝《みねがい》レイミ、二十一歳。墨屋十糸子《すみやとしこ》、十九歳。揚石音緒《あげいしねお》、十七歳。加埜乃彩《かののあ》、十六歳。能島比菜《のじまひな》、十五歳。

さっき沙希に手を振ってくれたのは最後のふたり、乃彩と比菜だった。どちらも小柄で、見た目のとおり沙希より年下だと判明した。ほかのメンバーはすらりと背が高く、アスリートのように鍛えた身体の持ち主ばかりだ。とりわけ有栖とレイミは、小顔のうえ目鼻立ちが整っていて、腕も脚も長かった。いかにも未来のK－POPスターという風格に満ちているうえ、闘争心も滲《にじ》みでていた。乃彩と比菜は沙希にまた微笑みかけてくれたが、有栖やレイミは仏頂面のままだった。なんとなく近寄りがたいと沙希は思った。

「さて」植松がセールスマンのように揉《も》み手でいった。「ダンスレッスンの先生がまだ来ないから、沙希ちゃん、いまのうちにメンバーに伝授してくれないかな。ちょっとしたマジックを」

「はい?」沙希は植松を見つめた。

「マジックだよ。企画書にもあったとおり、ソーサリーは七人の魔女をコンセプトにしたアイドルグループ……」

「それはわかってますけど、マジックって、どんなものでもいいんですか。初心者でも簡単にマスターできるような」

「いやいや、まさか」植松はさも常識だとばかりに首を横に振った。「ざっくりいうとね、歌番組でほかのゲストが、どっかのグループのなんらかの楽曲を思い浮かべる。それを当ててほしいんだよ」

……話が見えてこない。だが六人のメンバーは黙ってこちらに目を向けている。沙希は戸惑いながら植松に問いかけた。「人が思い浮かべただけのものを当てろというんですか」

「そうだよ。きみはマジシャンだろ?」

「はい。超能力者じゃないんで……。せめてそのゲストさんに、思い描いた楽曲名をフリップに書かせるとか、いくつかの楽曲名を書いたカードのうち一枚を選ばせるかしないと」

「あー」植松の顔に失望のいろが漂いだした。「頭のなかの考えを読むことはできないわけか」

「テレビ番組的にも成立しづらいと思います。ゲストさんが思い描いたというだけじゃ、当たったかどうか証明する手段がないでしょう。当てられたゲストさんは驚くかもしれないですけど、テレビに映るのはそのリアクションだけですよね？」

「たしかに」

「フリップに正解が書かれていたり、選んだカードがあったりすれば、視聴者も一緒に驚けます」

「なるほどなぁ、それはいえる。じゃ、いろんなグループのさまざまな曲名を書いたカードの束があったとしてだ。そのなかの一枚をゲストが選んで、うちのメンバーが見ないうちに当てる。そういうマジックになるってことだね？」

「はい……」

「メンバーにそれを教えてくれないか」

「すみません。あの」沙希は咳《せき》ばらいをした。「まだちょっとよくわからないんです。デックから一枚カードを引かせて、それを当てる手品を伝授すればいいってことですか？」

植松が眉《まゆ》をひそめた。「デック？」

「つまりトランプです」

「いや、だからトランプじゃなくて、K－POPとかいろんなグループの、さまざまな楽曲名のカードを……」

「だからそれは同じタネでできるでしょう。要するにトランプマジックを知りたいだけなんですか？　マジックを披露するのが目的なら、テレビじゃなくユーチューブに動画をアップするだけで可能ですよね？」

有栖がじれったそうにこぼした。「時間の無駄」

「まあまて」植松があわてぎみに有栖をなだめた。「いまちゃんと説明するから。沙希ちゃん。ユーチューブでマジックは意味がないんだ。映像にでている数名の観客はサクラだと思われるし、編集やCGを使ったトリックだと思われがちだからね。テレビで有名な芸能人相手に披露してこそ話題になるんだよ」

そのあたりの解釈はあながちまちがってはいない。けれども沙希はまだ腑《ふ》に落ちなかった。「テレビでトランプを当てるマジックをやったぐらいで、話題になったりはしないでしょう」

比菜がおずおずといった。「植松さん。たぶん沙希さんは、マジックがどんなふうにわたしたちのキャラ立ちにつながるか、そこの意味がまだわかってないんじゃないかと」

「あー、そっか」植松は額に手をやった。「最初から説明しなきゃな。沙希ちゃん。K‐POPの番組を観たことは？」

「あります」沙希は答えた。

「ああいう番組では、あるグループのダンスメンバーが、ほかのグループの楽曲をサビ部分だけ、次々と踊りこなすコーナーがあるだろ？」

「はい」

「あれはK‐POPランダムダンス・チャレンジというんだが、ソーサリーとしてはそこに、もうひとつふしぎな味付けを加えたいんだ。つまり番組のMCかゲストが、カードの束から一枚選んで、そこに書かれた楽曲の振り付けを頭のなかで思い描く」

「……ソーサリーのメンバーはそのカードを見なくても、テレパシーを受信したように、ダンスを踊りこなせてしまう。そういう流れにしたいってことでしょうか？」

「まさしくそうだ！　音楽がかかっていなくても、ああっ、身体が勝手に動く！　みたいな感じで、カードに書かれた楽曲を踊ることで当てるんだよ。これはもう収録スタジオも大ウケにちがいないよ」

帰りたくなってくる。沙希は心底うんざりしたものの、趣旨だけはようやく理解できた。気を取り直して臨むしかない。

沙希は持参のリュックのなかをあさった。デックをとりだすと、簡単なカード当てマジックを披露した。裏向きに広げたデックから、植松に一枚引いてもらい、こっそり表を見ておぼえてもらう。そのカードをデックに戻させるが、パスという技法で一番下《ボトム》に移動させ、ちらと見て確認する。スペードの7だった。沙希がそのように当てると、植松が驚愕《きょうがく》の反応をしめした。乃彩と比菜は笑顔で拍手した。ほかのメンバーは無表情だった。

植松は感心しきりだったが、すぐにまた不安げな面持ちになった。「沙希ちゃん、いまの技を有栖かレイミに教えるとして、どれぐらいの日数がかかる？」

沙希は仏頂面の年上メンバーふたりに問いかけた。「マジックのご経験は？」

有栖がそっけなく答えた。「あるわけないでしょ」

レイミもため息まじりにいった。「わたしも」

険悪な空気を察したのか、植松が焦燥のいろとともに割って入った。「じゃ、こうしよう。沙希ちゃんがカードを当てて、それを有栖かレイミにこっそり伝える……。そんな方法はないかな」

沙希は頭を掻《か》いた。「おふたりのどちらかが、片耳にワイヤレスイヤホンを嵌《は》めていれば、裏方から無線の音声で伝達できます。髪を下ろしていればバレませんし。でもわたしがメンバーとしてスタジオにいるのなら、途中でひとりだけ外れて裏にまわるのは不自然です」

有栖が沙希を一瞥《いちべつ》した。「あなたが自分で踊ればいいんじゃない？」

室内が静まりかえった。沙希もなにもいえなかった。

「そっかー」植松が腕組みをした。「でもソーサリーのツートップ、有栖かレイミじゃなきゃ、いろんな曲を踊りこなせないんだよな。そもそもメンバー全員で踊るんじゃなくて、番組内でのテレパシー実演は有栖かレイミのどちらか、ひとりだけでいいんだよ。メンバーを代表して、ふしぎな技をお披露目しますってことで」

沙希は素朴な疑問を抱いた。「その実演のためだけにテレビ出演するんですか……？」

「そんなわけないだろう！　歌番組にでる以上は、ちゃんとデビュー曲を披露するんだよ。だけどその前のトークで、グループを紹介するくだりがあるから、マジックとランダムダンスを組み合わせた妙技で爪痕《つめあと》を残そうってことだ」

「やらなくても歌番組にはでられるんですか？」

「いや……」植松が口ごもった。「そういう風変わりなことができるなら、番組にだしてあげようって、番組のディレクターが……。つまり出演の条件でもあってね」

また沈黙が降りてきた。沙希は開いた口が塞《ふさ》がらない思いだった。これが芸能界か。たぶんどこかのディレクターが、冗談まじりにいったことを植松は真に受けて、グループをイチから立ちあげたのだろう。デビューをまっていた女の子たちを束ね、無理やり魔女コンセプトを押しつけ、なんとか番組出演にこぎつける。まずはテレビにでて話題にならなければ始まらない、それが植松の考えらしい。

ドアが開いた。派手なファッションに身を包んだ、三十代とおぼしき女性が入ってきた。「おはようございまーす」

「あー」植松が救われたような顔になった。「ダンスレッスンのカオリ先生が来た。みんな準備してくれ」

メンバーが散開していった。沙希は当惑がちに後方に立つしかなかった。やたら元気なカオリ先生の指導のもと、振り付けのレッスンが始まった。

沙希以外の六人は、デビュー曲の振り付けを途中まで習得済みだった。そうでなくともダンス初心者の沙希には、とてもついていけるペースではなかった。カウントとともにしめされる動作のひとつずつが、どれも沙希にとってはまったく未経験のわざだった。通してやってみましょう、カオリ先生がそのように号令を発したとき、沙希は肝を冷やした。

じつのところ沙希は全然踊れなかった。七人グループの振り付けが揃わないため、何度となくやり直しになった。全員が鏡に向かってダンスをしている。それゆえ後方にいる沙希の動きのズレにも、前方のメンバーはとっくに気づいているようすだった。

カオリ先生が浮かない顔で呼びかけた。「五分休憩。沙希、あなたは休まずに練習しといて。いままでのところは問題なく踊れるように」

有栖が憤然と歩み寄ってきた。「ちょっと。あまり足をひっぱらないでくれる?」

沙希は詫《わ》びるしかなかった。「すみません……」

レイミはいっそう目を怒らせていた。「沙希、もしかしてダンスの経験が皆無?ミスしてもすぐリカバーできるスキルが必要でしょ。教わってなくても、ふだんからトラブルが起きた場合を想像して、対処法を身につけとくの。常識でしょ」

また植松が仲裁に入った。「まあまあ、そんなに責めちゃ可哀想だよ。ソーサリーには七人とも必要なんだ。有栖やレイミはもちろんのこと、沙希もいなきゃ」

どんよりと重い気分に浸りきる。落ちこみつつも沙希はひとり鏡に近づいた。憂鬱《ゆううつ》を絵に描いたような自分のたたずまいが映りこんでいた。

すると乃彩が駆け寄ってきた。「一緒に練習しましょう。わからないことがあったら、なんでもきいて」

「ありがとう……」沙希は思いのままをささやいた。「やめときゃよかった」

乃彩が微笑した。「そんなことといわないでください。沙希さんのおかげで、ようやくデビューできそうなんだし……。どこから始めます？　最初のステップから？」

沙希はうなずいた。「初歩の初歩から……。これっぽっちも呑《の》みこめてないし。ミスをリカバーするなんて夢のまた夢だし」

「あー」乃彩が声をひそめた。「レイミさんのいってることなんて気にしないでください。有栖さんとレイミさんはダンスメンバーだし、うまくて当然ですから」

だからといってあんなふうにマウントをとってくる姿勢が苦手だった。思えば沙希は、小中学校でも協調性がなく、ひとりで勉強するのが好きだった。マジックの練習でも同じことがいえた。同じ趣味を持つ人間と出会ったとしても、心の交流はなかった。

ふと脳裏をよぎるものがあった。そういえばひとりだけ例外がいた。椎橋彬《しいばしあきら》。彼は沙希と同種の孤独を抱えているように見えた。マジックを通じて理解しあえるものがあった。共感できる喜びが初めて胸のうちに生じた。彼もきっとそんな思いを抱いたにちがいない。

乃彩とふたり並んで、カウントに合わせて振り付けをこなす、そんな時間がしばしつづいた。カオリ先生の声が飛んだ。「そろそろいい?」

またメンバーが各自のポジションにつく。カオリ先生が目を向けてきた。「沙希。最初に踊ってくれない？　どこまでできるかチェックしたいから」

「先生」有栖が提言した。「カウントじゃなく音楽をかけたほうがよくないですか。それで踊りこなせないのなら、そもそも意味がないし」

「……そうね」カオリ先生が壁際のアンプへと向かった。「沙希、前にでて。音楽に合わせて踊って」

有栖とレイミは無表情だが、内心ほくそ笑んでいるにちがいない。ほかのメンバーらはひたすら気まずそうにしていた。ツートップによる新人いびりを意に介さない者はいない。植松も息を吞んでいる。沙希は最前列にでた。スクールカーストから売れないプロマジシャンの序列まで、こういうところが嫌になる。世のなかに不登校や離職が増えるわけだ。

カオリ先生がきいた。「いい？」

「はい」沙希はうなずいてみせた。

速いテンポのイントロが流れだす。沙希が本格的にダンスを習ったのはきょうが初めてだ。とはいえ、それらしい練習をこなした過去はある。サロンマジックやイリュージョンの演目は、台詞《せりふ》なしのパントマイムが中心になるが、音楽に乗らなければ美しく動けない。ちっぽけな舞台ではあっても、かつて自作の設計で、空中を飛びまわるイリュージョンをこなしたことがある。あれは音楽とダンスの融合、その意味を体感的に知る貴重な機会だった。

ビートが身体に流れこむにつれ、リズムに同調するがごとく、自然に心拍が速まってくる。速いテンポに意識的に動作を合わせていく。一瞬でも気を抜けば振り付けが遅れる、そんな緊張が生じるものの、すぐさま不安を頭から締めだした。いまは考えるべきではない。音と一体になることがすべてだ。

振り付けを追いかけてはならない。身体の隅々まで染みこませたかのように、聴覚がリズムをとらえる瞬間、もう次のステップへと移る。先の動作が浮かんでは消えるうち、腕や脚が自然に動く。ひねる、跳ねる、ターンする。動作が音楽とシンクロしているのを自覚する。ほとんど無意識のうちに踊れるようになっていった。

メンバーたちがどよめいた。誰もが目を丸くしている。沙希は気にせず振り付けを消化しつづけた。

呼吸は荒くなる一方だが、しんどさは感じない。息を整える暇もなく、ただひたすらに動きつづける。ダンスが乱れがちになってくると、強いビートを手がかりに、力技で音楽と同調させる。どの筋肉を使うべきか、どう重心を移すか、全身の直感的な反応にまかせる。

振り付けを教わったところまで踊りきった。比菜と乃彩が真っ先に拍手しだした。乃彩は満面の笑みとともにいった。「すごい！　もうこんなに踊れるなんて！」

信じられないという顔でメンバーが手を叩《たた》くなか、有栖とレイミは苦々しげに黙りこくっている。植松は感極まったように、ひとり目に涙を浮かべていた。

カオリ先生はダンスの最中から、真剣な面持ちで何度もうなずいていたが、沙希が踊り終えるや興奮ぎみに声を張った。「上出来！　まだ荒削りだけど鍛え甲斐《がい》がある。その調子ならすぐみんなに追いつけるから頑張って」

沙希は息を切らしながらたたずんだ。沸きあがった闘志のままに沙希は思った。もう心にきめた。ソーサリーをテレビの歌番組に連れていく。イロモノだろうがなんだろうがデビューする。ひさしぶりに不可能を可能にする喜びを得た。奇跡を実現してみせるのがマジシャンだ。メンバーの夢を叶《かな》えるまで踏みとどまる。尻尾《しっぽ》を巻いて逃げだしたりするものか。

4

田端《たばた》駅前の雑居ビル二階に、マジックショップ〝サーストン〟がある。

プロとマニア向けのこういう店は、一見《いちげん》さんお断りの雰囲気を濃厚に漂わせている。マジック用品がところ狭しと棚に並べられ、実演販売と接客を兼ねたカウンターがあるのみ、ほかには身の置き場すらない。ここを訪ねる客にとっては、それで充分だった。ロールプレイングゲームにでてくる武器や防具の店と同じだ。やりたいマジックがあって、そのための道具を仕入れに来る。初心者はデパートのマジック用品売り場へ行くのが推奨される。

店を切り盛りするのはマクド斉藤《さいとう》という、四十二歳のプロマジシャンだった。テレビ出演は数えるほどしかなく、世間に名を知られてはいないが、芸歴は二十年を超える。蝶《ちょう》ネクタイの斉藤が沙希を見るなりいった。「やあ、いらっしゃい。沙希ちゃん、きょうはなにを？」

ほかに客がいないのは話しやすい。沙希はカウンターに近づいた。「非接触ＩＣカードの制作キットありますか」

「こりゃめずらしい。ＰＣＡＭ優勝者がハイテク頼みのカード当てを？　一流シェフがレトルトカレーをだすようなもんだ」

沙希は苦笑いを浮かべるしかなかった。「わたしが自分で演じるわけじゃないので……」

「どこにあったかな」斉藤が身を屈《かが》め、カウンターのガラスケースのなかを探ったのち、棚の引き出しを次々と開けていく。「あまり売れるもんじゃないんで。うちに来るお客さんは、たいてい仕掛けなしのデックにこだわりがあるんでね。……ああ、あった。これだ」

カウンターの上に置かれたのは、小さなポリ袋に入った、そっけないコピー用紙の説明書だった。パッケージもなにもない。マジックショップで売られる商品はタネそのものでしかない。

ポリ袋の中身をたしかめる。説明書に挟まって、小型で極薄のＩＣチップが縦横に二十個、つながった状態でおさまっている。ひとつずつ切りとって使う。ほかにセンサーも付いていた。こちらは電池内蔵型だった。それぞれのＩＣチップに近づければ、バイブの振動で反応する。振動の回数も自由に設定できる。たとえばＡというＩＣチップを感知すれば振動一回、Ｂなら二回というぐあいだ。袖《そで》のなかにセンサーを仕込んでおけば、ＩＣチップいりカードに触れずとも、手を近づけるだけで識別できる。

　このＩＣチップ自体が、マジック用品として製造されているわけではない。スイカと同じく、ソニーが開発した〝フェリカ〟技術に基づくカード用ＩＣチップとセンサーのセットが、企業向けに販売されている。マジックショップではそれらとバイブ機能付きセンサーをセットにし、商品として流通しているにすぎない。価格の上乗せはやむをえなかった。こういう店も商売だ。デックの組み合わせを変えただけで、フォーシングデックとして三倍の値段をつけるのと同じだった。

　理想どおりのギミックカードが問題なく自作できるだろうか。沙希はＫ－ＰＯＰアイドルのトレーディングカード数枚をとりだした。「これらのカードに綺麗《きれい》に仕込めるでしょうか？」

「どれ。見せてごらん」斉藤がカードを受けとった。「あー、厚紙二枚を貼りあわせて作ってある。慎重に剝《は》がせばだいじょうぶじゃないかな。ＩＣチップを挟んで元どおり貼りあわせれば、たぶん自然に仕上がるよ」

「硬さと重さはごまかせませんよね」

「ＩＣチップの入ってないカードと一緒に持てばバレるだろうけど、すべてのカードが同じ細工済みなら、まず気づかないね。トレーディングカードなんて、世間の人がふだんそんなに手にとることもないだろうし」

「そうですね。カードはそれでいいとして、センサーはどこに仕込むべきでしょうか」

「そりゃリストバンドにして袖のなかだろう。それともサムチップの内部だとか」

メンバーの衣装からして、袖はブカブカのため、動いていれば自然にまくれる。サムチップという指サックを嵌《は》めて、手のなかが空のように見せるには、あるていどの慣れと技術が必要になる。沙希は唸《うな》った。「まったくの初心者がカード当てをするんです。トレーディングカードのアイドルの代表曲を踊って当てるって趣向で」

「あー、なるほど。いかにもテレビ屋さんが考えそうな企画だな。演目の方向性は？洋風だとか和風だとか。韓国風？」

「いいえ。衣装はハリー・ポッターっぽくって、演者もアイドルの女の子で」

「沙希ちゃんが演《や》るんじゃないのか。ポッターってことなら、魔法の杖《つえ》にでもセンサーを仕込むべきだな。杖の先端にセンサーを延長して、バイブと電池は柄の部分に内蔵すればいい」

名案だと沙希は思った。それなら杖の先端を堂々とカードに近づけられる。バイブの振動も手のなかにじかに伝わる。沙希が当てずとも、有栖かレイミが自分ひとりで演じられる。沙希はきいた。「改造できるでしょうか」

「そんなに難しくないと思うよ。電気工学に詳しい知り合いがいるから、その人にきいてみようか」

「ぜひお願いします」

「ほかにも問題があるんじゃないか？　どのトレーディングカードが振動何回にあたるのか、ぜんぶ記憶しなきゃいけないよ」

……そうだった。初心者の場合はあがってしまい、肝心の本番で暗記内容が頭から吹き飛ぶかもしれない。取り越し苦労に終わればいいのだが、デビュー曲の披露こそがメインなのだし、有栖やレイミの負担が増えるのは好ましくない。

斉藤がふと思いついたようにいった。「そうだ。このセンサーはスマホアプリにも飛ばせる。感知した信号ごとに音声ファイルを再生できるよ。アイドルと楽曲の名前をあらかじめ録音しておいて、それをワイヤレスイヤホンに無線で送りこんだら？」

沙希の気分はにわかに昂揚《こうよう》した。「なら音楽を録音しとけばいい！　センサーに反応して、演者本人のイヤホンにだけ音楽がきこえる。曲に身をまかせて踊るだけで、パフォーマンスが成立する。やった。これならダイナミックコイン以上に失敗のしようがない！」

「そりゃいい。さすが沙希ちゃん。アイディアがぽんぽん浮かぶね」

「斉藤さんの思いつきこそ素晴らしかったです。わたしはそれに乗っかっただけで」

「妄想だけは働くからね。こんな店で悶々《もんもん》としてると、もし大舞台に立つ機会があったらどんなマジックを演じてやろうかと、あれこれ思い描いてばかりいるよ。なにか世間のできごとを耳にするたび、それにちなんだマジックを演じて、名声を高められないかって」

「へえ。斉藤さんもそんなことを……？」

「しょっちゅう考える。デビッド・カッパーフィールドとかも案外そうだったんじゃないか？　自由の女神を消すとか、万里《ばんり》の長城《ちょうじょう》の壁をすり抜けるとか、なにかでっかいことをやってやろうと妄想することが、発想の源のような気がするね」

「発想の源……」

「そうでなくてもマジシャンとして思考のトレーニングになるんじゃないかな。どんなトリックを実現しようかと、あれこれ思いをめぐらせるのは」

得心がいくひとことだった。ならば高価な大仏のニュースを見聞きして、イリュージョンをこと細かに夢想した事実も、けっして恥じることでもない。そういう妄想癖こそが思考のトレーニングになりうる。その積み重ねが新たなマジックのアイディアにつながる。これは職業病というより財産だ。

胸の高鳴りを自覚しながら、沙希は斉藤に感謝した。「ありがとうございます。おかげで気持ちが吹っ切れました」

「そりゃよかった」斉藤はそういいつつも、かえって気遣わしい表情になった。「なにか悩んでたのかい？　ＰＣＡＭに優勝した直後なのに？」

「ええ、まあ……。直後だからこその悩みっていうか」沙希は微笑んでみせた。「でももうだいじょうぶです。むしろオリジナルマジック発案の名手になってやります。なんていうか、妄想には自信があるので」

5

沙希がテレビにでるのは、これが初めてではない。里父の事件に関連し、ワイドショーのリポーターにつきまとわれていたころには、行く先々でカメラを向けられてばかりいた。

ただし収録スタジオに呼ばれ、しかもアイドルとして出演するとなると、過去にいちども経験がない。

とはいえ楽屋の雑然とした雰囲気や、スタッフのうわべばかりの愛想のよさ、有名人らの高慢さなどは、ＦＩＳＭやＰＣＡＭのコンベンションでもお馴染《なじ》みの光景といえた。ソーサリーの楽屋はひと部屋で、七人全員が一緒になるばかりか、メイクやスタイリストもさかんに出入りする窮屈さだった。

メンバーはみなぴりぴりしている。各自がデビュー曲の歌と振り付けを繰りかえし練習している。有栖とレイミも、マジックについて沙希に問いただしてはこない。それどころではないというのがふたりの本音だろう。

本番収録前にリハーサルのためスタジオに呼ばれた。テレビで観る歌番組のセットは、実際に目にすると妙にこぢんまりとしていた。まだ照明バトンが低い位置に下りていて、辺りはどことなく暗いものの、ＭＣやほかのアーティストらが揃っている。衣装でなく普段着も少なくない。いつも笑顔のタレントが、会社員のような澄まし顔でぼそぼそ喋《しゃべ》る姿は、それだけでめずらしく感じる。ディズニーランドのバックステージで見かけるキャストの素顔に似ている。誰もが人間だと沙希は思った。規模が大きくてもユーチューブ動画の収録と、本質的にはなにも変わらない。

新人のソーサリーは、とにかく笑みを絶やさず、元気にはきはきと応対せねばならない。植松からそう指導されていた。メンバーはプロに徹しきっている。有栖やレイミも可愛げのある笑顔でＭＣに頭をさげた。外面《そとづら》のよさとは、まさにこういう切り替えを意味するのだろう。なるほど、ふたりにはスター性がある。沙希のなかで納得がいくものがあった。

ソーサリーの七人は雛壇《ひなだん》の端に座らされた。フロアディレクターが台本を片手に段取りを説明する。「ここでＭＣに呼ばれたら、ソーサリーのみなさんが前にでてきます。横一列に並んでください。ええと、ＭＣに近い順に、有栖さん、レイミさん、十糸子さん、音緒さん、比菜さん、乃彩さん、沙希さん」

沙希はスタジオのモニターを眺めた。いちばん端の立ち位置だけに、沙希は常にフレームアウトしがちだった。途中で裏にまわっても案外バレないかもしれない。皮肉な気分でそう思った。

台本に書かれたやりとりを簡略化して演じる。ＭＣからの問いかけに、沙希に関する話題はない。ＰＣＡＭ優勝についても触れられない。ソーサリーはメンバー全員が魔女という設定であり、マジシャンではないからだ。

では魔法を見せてもらいましょう、という段取りになって、トレーディングカードの束がＭＣに渡される。フロアディレクターがＭＣに説明した。「選んだカードのアイドルの楽曲を、彼女が踊りだします。当たったら驚きのリアクションをとってください」

どっひゃー、とMCが冗談めかした反応を、抑制ぎみに演じてみせる。周囲から冷ややかな笑いが漏れる。MCが小声でフロアディレクターに質問するのが、いちばん端にいる沙希の耳にも届いた。「これ、当たらなかったらどうすんの」

フロアディレクターも声をひそめて答えた。「そんときは容赦なくツッコミをいれていただいて結構ですので」

マジックのテレビ番組収録はこのように、なにが起きるのか一部始終すべてが、リハーサル段階で出演者全員に知らされる。そうでなければ各自の立ち位置が判然としないし、カメラもどこをズームアップすべきかわからない。あらかじめカメリハできめたとおりに、のちに収録が進む。したがって半分はヤラセみたいなものなのだが、テレビ局の人たちにいわせれば、あくまで演出上必要な事前打ち合わせということらしい。マジック自体は本番でちゃんとおこなわねばならない。そのへんにヤラセが介在することは、令和の世ではさすがにないときかされた。

いったん楽屋に戻ってメイクを直してから、またスタジオに入る。今度はセットが明るく照らしだされている。フロアディレクターが声を張った。「それではMC部分の収録を始めます。よろしくお願いします」

よろしくお願いします。全員が挨拶《あいさつ》を口にする。沙希は雛壇に座った。スタジオにあるモニターを眺めると、テレビで観るままの、タレント勢揃いのワンカットが映しだされていた。

本番中はモニターに注意を奪われてはならない、そんな警告を受けていたにもかかわらず、ついぼんやりと目を向けてしまう。フロアカメラのずっと奥に立つ植松が睨《にら》みつけてきた。沙希は戸惑いながら居住まいを正した。

MCはふたりいた。雛壇最下段の真んなかに並んで座っている。お笑い芸人の望月《もちづき》孝弘《たかひろ》と、元アイドルの福井《ふくい》愛理《あいり》だった。秒読みのあとキューがでる。望月がにわかに明るい口調でいった。「さあ始まりました。今週もこんな豪華なアーティストのみなさんにお越しいただきまして」

愛理が輝くようなスマイルで応じた。「本当に豪華ですよねー。きょうも素敵な曲がいっぱいきけると思うと、いまからワクワクしちゃいます」

ごく自然なやりとりだが、すべて台本に一字一句書いてあるとおりに喋っている。セリフ自体も前方のカンぺに記されている。アーティストがひと組ずつ呼ばれ、雛壇の前でMCとやりとりをする。それでは曲のほうをお願いします、とMCが振るのだが、いったんカメラがとまるだけだ。じつは歌の収録は、どのアーティストも朝のうちに済ませている。MCとのやりとりだけを最後にまとめて収録する。最も売れていて忙しいのはMCのふたりだからだろう。番組内ではアーティストがゲストとして持ちあげられているが、現実の立場は逆だった。アーティストのほうがMCのスケジュールに合わせている。

望月が声高にいった。「ではつぎのアーティストをお呼びします。ソーサリーのみなさんです！」

放送時には割れんばかりの拍手が足されるが、いまはスタッフ数人が手を叩《たた》くのみだった。七人がぞろぞろと前にでる。MCも立ちあがって横に並んだ。すべての動きはリハーサルのとおりだ。メンバーが満面の笑みで、こんばんはと頭をさげる。沙希もそのなかのひとりだった。特に緊張はしない。デビュー曲の収録はもう終わっているうえ、これから先は特にやることもない。加えてFISMやPCAMの大舞台を踏むうち、肝も据わってきたようだ。

望月が話を振った。「ソーサリーはメンバー全員が……魔女ということで。ほんとに？」

笑顔を絶やさず応じるのは有栖だった。「そうなんですよー。わたしたちは魔法の世界から転生してきた魔法使いの七人組、ソーサリーです」

「いきなりそんなことといわれても。どんな魔法が使えるの？」

レイミがトレーディングカードの束をとりだした。「お疑いなら魔法を披露させていただきます。えーと、ここにK－POPを含む、いろんなアイドルグループのカードがありまして……」

「ちょ」望月が半笑いで制した。「ちょっとまった。その衣装でカードをひろげるさま。手品師？」

雛壇に笑いが沸き起こる。レイミが声を弾ませながら否定した。「ちがいますよー。その証拠に、このカードにはもう触りません。ぜんぶお渡ししますから、自由に一枚選んでください」

「ますます手品っぽい気が……。それじゃ愛理ちゃん、受けとって」

「はい」もうひとりのMC、愛理がカードの束を手にした。「へえ。いろんなかたのカードがありますね……。ブラックピンクにアイヴに、アイリット、フィフティ・フィフティも」

MCはリハーサルでいちどカードを目にしているが、愛理はしらじらしく初見のふりをしている。こういうところでカメリハがものをいう。カードがちゃんと一枚ずつ画面に大写しになる。

有栖が説明した。「一枚を選んで、両手のなかに挟んで持ってください。残りはどっかに隠してもらってかまいません。選んだアーティストが踊る姿を念じてください」

愛理がいわれたとおりにする。照明が怪しげに落ちる。カードが選ばれるまでのあいだ、ソーサリーの七人は背を向けていた。振りかえったレイミが、魔法の杖《つえ》を片手に、愛理に歩み寄る。カードを挟んだ両手に杖の先を近づける。

「ああっ」レイミが全身を痙攣《けいれん》させた。「波動が。波動が伝わってきます。身体が勝手に……!」

無音のスタジオで、レイミはひとりルセラフィムの『アンフォーギブン』の振りを、激しく踊りだした。大げさな振る舞いは憑《つ》かれたイタコそのものだった。

すると愛理が悲鳴に近い驚きの声を発した。選んだカードがカメラにしめされる。望月やほかの出演アーティストも大きくどよめいた。カードにはたしかに、ルセラフィムのメンバーの顔写真が印刷されている。それも『アンフォーギブン』を歌ったときのヘアメイクと衣装だった。

さすがはタレントたち、驚愕《きょうがく》の反応は半ば演技ではある。とはいえ驚いているのは事実のようだった。望月は声を弾ませた。「僕もカードを選んでみていいですか」

それからスタジオは大盛りあがりになった。放送にどれぐらい使われるか知らないが、雛壇《ひなだん》のアーティストらまでが次から次へと参加し、延々と三十分以上も実演がつづいた。すべてがハイテクにより徹底的に自動化されたトリックだけに、何度やってもかならず当たる。レイミだけでなく有栖による憑依《ひょうい》のダンスも、おおいに好評だった。

メンバーの代わりに望月が杖を持って、カードを当てる側にまわったりもした。有栖が望月に杖を渡す。杖の柄にバイブは仕込まれておらず、センサーによる識別はスマホアプリ経由で、有栖やレイミのワイヤレスイヤホンに音楽が届くのみだ。ゆえに振動ひとつなく、望月がやっても当てられるはずがない。望月が「全然わからへん」とぼやくと、雛壇がどっと沸いた。

ひとしきり盛りあがったのち、望月が笑いながら声を張った。「いやー、スタジオがこんなに大騒ぎになったのは、番組始まって以来ですよ」

愛理が大きくうなずいた。「ほんとにそうですね。もうびっくりしちゃいました」

望月がメンバーに向き直った。「ソーサリーは来月十二日にデビューということで……」

「はい！」有栖が明るく応じた。「『ラブフュージョン』という曲で、異性どうしが惹《ひ》かれあう魔力について歌いあげる、ダークでアップテンポなナンバーです」

「こちらも非常に楽しみになりました。ソーサリーのみなさん、ありがとうございました！」

しばし沈黙があった。フロアディレクターの声が飛んだ。「はい、いったんとめます！　いやー、よかった。ほんといいものが撮れました」

スタジオは和やかな雰囲気に包まれている。MCのふたりは親しみをもってメンバーと接してくれるようになった。雛壇の先輩アーティストらとも仲が深まった。なによりソーサリーのメンバーは、みな舞いあがるほどに有頂天になっていた。チーフマネージャーの植松も顔を輝かせている。これはもう大成功にちがいなかった。

沙希はもやっとするものを感じていた。ほかのアーティストは、MCとのやりとりとの締めくくりに、それでは歌っていただきましょう、そんな声をかけられる。ソーサリーだけは、なぜかデビュー曲の発売日の告知で終わった。事前収録した歌にカットインするには、多少つながりが悪くないか。

事情は二週間後、事務所にメンバー全員が揃い、みな一緒にオンエアを観賞したときに判明した。メンバーはみな談笑しあいながら、放送の瞬間を待ち焦がれていた。やがて番組が始まったが、ソーサリーの番はなかなかまわってこない。終盤になってようやくソーサリー登場と相成った。

　ＭＣとのやりとりが始まると、事務所内にはメンバー自身の黄いろい声が飛び交った。レイミや有栖によるテレパシー憑依は、テレビで観るかぎり、スタジオよりもさらに盛りあがって映っていた。それを観るメンバーもみな大ウケだった。かなり短縮されてはいるものの、面白いと思える部分は、少しずつでもまんべんなく拾われていた。ところが……。

　最後にＭＣがデビュー曲の発売日についてメンバーにたずねる。どんな曲なのか有栖が答える。それだけでコーナーが終わった。ソーサリーのデビュー曲は流れなかった。

　いや、正確には一部だけ放送された。有栖による説明の声が重なるなか、画面には『ラブフュージョン』のスタジオパフォーマンスのサビ部分が流れた。タイトルと原盤会社、発売日のテロップが重なった。わずか五、六秒。それだけだった。ふたたび映像はスタジオに戻り、望月が声を張った。「こちらも非常に楽しみになりました。ソーサリーのみなさん、ありがとうございました！」

　ＣＭに入り、事務所内はしんと静まりかえった。やがてＣＭが明けると、もうエンディングだった。

沙希は臨終の現場に立ち会ったような気分になった。肝心なデビュー曲のパフォーマンスがない。ほかの出演アーティストは、みな楽曲が放送されたのに、ソーサリーだけが飛ばされた。

有栖が顔を真っ赤にして怒鳴った。「植松さん！　これはいったいどういうことですか⁉」

レイミも涙ながらにうったえた。「こんなのひどい……。あんまりじゃないですか。なんで歌が流れないんですか。これじゃただの踊れる手品師でしょう！」

沙希を除くほかのメンバーも植松に詰め寄った。植松はたじたじになりながら弁明した。「私にもわけがわからんよ。ちゃんと放送してくれるって話だったんだが……。次はだいじょうぶだ。テレ麻《あさ》の『ミュージックステーシー』は生放送だからな。出演はきまってるんだし、歌も絶対に流れる。とにかくそんなに焦るな、落ちこむな？」

十糸子がスマホ片手に嘆いた。「ソーサリーの公式SNS、登録者数が十八人から十九人に増えただけ。放送前からたったひとりしか増えてない！　全国ネットの番組のはずなのに！」

六人のメンバーはわんわん泣きだした。両手で顔を覆ったり互いに抱きあったり、さっきまでとは一転して悲劇のヒロインの集団と化している。乃彩も沙希に泣きついてきた。「わたしワンカットもアップになってないよー。ひとことも喋《しゃべ》ってないし。お母さんが近所の人にも宣伝しといたって、けさラインがあったばかりなのにぃ」

沙希はさほど悲しまなかった。たしかにがっかりはしたが、どうせこんなものだろうと、心のどこかで予想がついていた。無言で乃彩の肩を抱き寄せる。みな挫折《ざせつ》には慣れていないようだ。マジシャンという零細の歩む道では、もっとこっぴどい仕打ちを受けてきた。いつしか精神だけは鍛えられていたようだ。

6

六本木《ろっぽんぎ》にあるテレビ麻日《あさひ》の局内、夜九時からの生放送に備え、ソーサリーは午後四時に現場いりした。歌のリハーサルを早々に済ませておくのは、新人グループの日常だときかされた。

メンバーはあるていど気を取り直したようすで、リハでデビュー曲を歌い踊るうちに、みな相応にテンションがあがってきた。ただし多少ふてくされた感は残っている。半ばやけくそぎみに臨んでいるせいか、以前のテレビ収録のような緊張は誰もしめさない。こうやって慣れてくるものなのだろうと沙希は思った。あがってしまうのは、状況に理想を思い描いているからだ。どうにでもなれと投げやりな気分なら、神経が張り詰めることもない。

『ミュージックステーシー』のスタジオは広く、セットも出演者も豪華だった。無名に近いのはソーサリーだけのようだ。とはいえテレビにでるのも二度目になると、メンバーたちはいい意味で肩の力が抜けていた。生放送も収録と変わらないな、沙希はそんなふうに感じた。これがいま全国で観られているという気がしない。あくまでスタジオ内のできごとにすぎないと思えてくる。歌の事前収録はなく、これからタイムスケジュールどおりにパフォーマンスを披露せねばならないが、そこにもさして不安はない。練習を嫌というほど繰りかえした。歌詞はすべて頭に入っているうえ、振り付けも身体に染みこんでいる。

ＭＣは大御所お笑い芸人の翁長大輔《おながだいすけ》と、女子アナの水越朱里《みずこしあかり》だった。ソーサリーのデビュー曲披露の前に、スタジオの真んなかで横並びに立ち、例のマジックを演じる段取りになった。

カードを選ぶのはＭＣではなく、男性アイドルグループのなかでも、お笑い担当の榎戸洋一《えのきどよういち》だった。榎戸は歌やダンスがイマイチな点がかえって話題になり、ほかのメンバーよりも知名度があがり、このところ人気者になっている。リハではむっつり黙りこくっていたが、本番になるといつもテレビで観るような、底抜けの明るさをしめしていた。

ソーサリーの七人が背を向けているあいだに、榎戸が一枚のカードを選び、両手で挟みこむ。振りかえった有栖が魔法の杖《つえ》をかざす。そこまではリハで確認した段取りのままだった。

沙希はいち早く異変に気づいた。有栖の笑顔が凍りつき、焦燥のいろが浮かんできている。杖の先端を榎戸の手に近づけたり遠ざけたりしつつ、困惑の呻《うめ》き声を漏らす。アドリブで場つなぎの言葉を喋る余裕もないようだ。

スタジオは静まりかえっている。生放送だからだろう、女子アナの朱里がやんわりとうながした。「有栖さん、そろそろ当てていただけないでしょうか」

翁長が苦笑ぎみにフォローする。「そんなふうに急《せ》かしちゃ悪いよ」

控えめな笑い声が沸き起こったものの、空気は急速に張り詰めだした。有栖がレイミに助けを求める目を向ける。レイミも動揺するばかりだった。ふたりともうっすら涙ぐんでいる。フロアディレクターがインカムでサブ室と通信していた。もう切りあげさせろ、そんな指示がでているにちがいない。両手でカードを挟んだままの榎戸も、きょとんとした表情を保ってはいるものの、苛立《いらだ》ちが透けて見えている。

メカの不具合だ。ハイテクマジックはこれがあるから怖い。沙希自身が演じているのなら、現象を切り替えて別のカードマジックにつなげたりするが、有栖やレイミにそんなわざが可能になるはずがない。ほかのメンバーらも泣きそうになっている。

ついにADがカンペに文字を書き殴った。MCに向けられたカンペには〝歌のスタンバイ〟とある。朱里が小さくうなずいた。「それでは時間もありますので、ソーサリーのみなさんにスタンバイしていただきま……」

沙希は注意を引きつけるため、わざと唸《うな》りながら身体を大きく動かした。イタコのように取り憑《つ》かれたふりをしつつ、ミーアイの『クリック』のサビ部分を踊りだす。ワイヤレスイヤホンを嵌《は》めてもいない沙希の耳には、むろんなにもきこえやしない。うろおぼえのところも多いが、とにかくひたすら踊りつづけた。リハになかった流れだけに、カメラがこちらを向くまで、多少時間を要する。そのあたりも考慮にいれていた。

目を丸くしたのは榎戸だった。「おおっ⁉　当たってる！」

スタジオはにわかに元気を取り戻した。MCやボーイズグループのメンバーが、いっせいに榎戸のもとに駆け寄る。カメラに向けられたカードは、まさしくミーアイのメンバー、衣装も『クリック』のときのスチルだった。

生放送で時間が押していながら、さすが大御所だけに翁長は動じず、ただ驚きのリアクションに徹していた。「なんでわかった？　彼女はいちばん遠くにいたのに」

榎戸も本気でふしぎがっているらしく、しきりに首をひねっていた。「有栖さんが当てるかと思っていたら、まさかの別の子が……。だけど変だな」

朱里が榎戸にきいた。「どうかされたんですか」

「憑依《ひょうい》して完璧《かんぺき》に踊るって触れこみじゃなかった？　いまの踊り、とてもミーアイには及ばなかった気が……」

笑いをとることを意図した発言だったかもしれないが、スタジオは同感とばかりに、また沈黙しつつあった。沙希のダンスがあまりに下手すぎたせいかもしれない。

だが沙希はあっさりといった。「念じる人のダンスの能力が、そのまま反映されますので」

一瞬の静寂とともに榎戸が目を剝《む》いた。次いでボーイズグループのメンバーがいっせいに騒々しく榎戸にツッコミをいれた。「榎戸がヘタクソだからだろうが！」

出演者はみな大爆笑だった。緊張がたちまち和らぐなか、朱里が声を張った。「それではあらためまして、ソーサリーのみなさん、準備をお願いします。デビュー曲

『ラブフュージョン』です」

一同の拍手に送りだされ、すぐ隣にある歌唱用のステージへと移動する。有栖とレイミは表情を硬くしながらも、ようやく安堵《あんど》をのぞかせた。ほかのメンバーは沙希に微笑みかけてきた。沙希も笑いかえした。

デビュー曲の披露は無難に終わった。ふたたびメインのセットに戻り、番組が終わるまでほかの出演者と肩を並べる。生放送を完遂したのち、MCのふたりがごくろうさまでしたと一同に頭をさげ、和気藹々《わきあいあい》と解散に至る。アーティストどうしが挨拶《あいさつ》を交わし、それぞれの楽屋に引き揚げる。

楽屋に籠《こ》もるや有栖がぶち切れた。「沙希、いったいなんなのこれ！　音楽なんか全然きこえやしない。ひょっとしてわたしを嵌めたの？」

沙希は面食らった。「そんなつもりはありません……。機械の不調だったんでしょう。センサーのほうに問題があったか、アプリが機能しなかったかで……」

レイミも噛《か》みついてきた。「有栖を貶《おとし》めようとしたのはありうる。隅っこに追いやられて悔しかったんでしょ。正直に白状したら？」

乃彩が沙希をかばった。「まってください。沙希がうまくフォローしたおかげで、なにもかも丸くおさまったじゃないですか」

有栖がいっそう声を荒らげた。「それが気にいらないっていってるの！　ワイヤレスイヤホンをつけてもいないのに、沙希がカードを当てられるはずがない。なにか準備してあったんでしょ！　卑怯《ひきょう》よ。ったく、こんな物」

手にした杖を有栖が床に叩《たた》きつけた。柄の先端が壊れ、センサーの部品が転がりでた。

沙希はかちんとなった。「やめてくれますか。わたしの自費で作った物なのに」

だが有栖はいささかも悪びれるようすはなかった。「役に立たないなら、こんなの持たせないでくれる？　わたしに恥をかかせて、あんたが脚光を浴びたいばかりに……」

「いいえ！」沙希はぴしゃりといった。「ハイテク頼みなんだから、故障は常にありうるでしょう。デビュー曲の披露だって、伴奏が始まらなかったり、照明が灯《とも》らなかったりはありえます。ハプニングをリカバーするスキルが必要だって、あなたがたがいってたことでしょ！」

思わぬ反論だったらしく、有栖とレイミは腰が引けだした。それでも有栖は必死に食らいついてきた。「あれがハプニングだったっていうんなら、沙希はどうやってカードを当てたの？　当てられるはずがないのに」

「カードが選ばれるあいだ背を向けてても、スタジオのモニターは見えます。万が一の事態に備えて、最初に渡すカードの順番は記憶しとくのが常識です。榎戸さんはオーバーハンドシャッフルしたから、カードは交ざりあうのではなく、順番が逆になっただけ。トップから四枚目を選んだからミーアイの『クリック』」

「そ……そのなんとかシャッフルとかトップとか、意味がわかんないことばかりいわないでよ！　そんなのわたしに真似できるわけないでしょ。マジシャンじゃないんだし」

「でもソーサリーのメンバーですよね？　魔女というコンセプトでマジックのパフォーマンスを売りもののひとつにするなら、日々研究を怠らずにいるべきじゃないですか？　トラブルにはどう対処すべきか想像しとくべきじゃないですか？　なんで手品の教本一冊読まないんですか。あなたは怠慢です！」

有栖は絶句する反応をしめした。顔面を紅潮させているが、言葉が思うようにでてこないようすだった。

代わってレイミが糾弾した。「沙希が『クリック』を踊れるなんて不自然。そんな立場じゃないのに、どうして振り付けを練習しておいたの？　やっぱ場面を奪ってやると画策してたからじゃなくて？」

比菜が首を横に振った。「レイミさん、それはちがいます……。沙希ちゃんはいつもひとり居残って、ランダムダンスの振り付けを練習してたんです。もし自分がマジックを演じなきゃならないときがきたら、こなせるようにしておきたいからって」

「な、なんでそんなこと……」レイミがひきつった笑みを浮かべた。「沙希がソーサリーを代表して、ひとりでパフォーマンスする機会が訪れると思ってたの？　わたしや有栖を差し置いて？　とんだうぬぼれ」

沙希は冷めきった気分でレイミを睨《にら》みつけた。「うぬぼれはどっちよ。誰でも不得意な分野を補うため努力しなきゃいけない。わたしはダンス、あなたたちはマジック。ソーサリーには両方を求められてるんだからなおさら。でもあなたたちは努力を怠った」

植松が半ばうろたえながらも、いつものごとく有栖とレイミをなだめにかかった。「いいじゃないか。番組は盛りあがったんだし、現にオフィシャルSNSの登録者数も百を超えたんだよ？　三桁《けた》だよ三桁。まあ視聴者にはヤラセにしか見えなかったかもしれないし、それでいまいち伸び悩んでるかもしれないが……」

有栖は半泣き顔で植松に怒鳴った。「マジックの反応なんかどうでもいいんです！デビュー曲を披露したのにそっちの印象が弱くなってる。へんにマジックなんかやるから！」

レイミも同調した。「ほんとそれ！　わたし六歳からダンスをやってきて、歌も十歳から真剣に習ってきたんです。世界で活躍できるアイドルグループを作るっていうからメンバーになったのに、なによ、このわけのわからない魔女とかいう設定は⁉　もうやってらんない！」

ノックもなしにドアが開いた。ずっとサブ室にいたディレクターが上機嫌そうに現れた。「いやー、よかったよ。途中ちょっとヒヤリとしたけど、うまく巻きかえしてくれて助かった」

植松がかしこまって頭をさげた。「時間が押してしまい申しわけございません」

「とんでもない。あれぐらいの巻きは簡単に調整できるよ。とにかくうちの番組で、こういう変化球は妙味だ。次もよろしく頼むよ」

「はい、それはぜひ。でも、あのう」植松は有栖やレイミを横目で見てから、またディレクターに向き直った。「次の出演時には、楽曲だけの披露ってことにできませんか」

「楽曲だけ？」ディレクターは妙なものを見る顔つきになった。「それはつまり、きょうみたいなマジックなしにってこと？」

「そうです」

「なんで？　こういうことができますって、そっちから売りこんできた話なのに」

「ええ、たしかにそうだったんですが……。ほかのアーティストさんはせいぜい身の上話を披露するだけで、歌唱がメインですよね？　われわれもそうしていかないと、本格的なアイドルグループとして認知されないのではと」

「だめだめ！　そんなのまだ早いよ。差別化できるセールスポイントがあるならそれを活《い》かさなきゃ」ディレクターはメンバーの目を気にしたらしい、真顔でぼそりと付け加えた。「植松さん、ちょっと部屋の外で話せないかな」

「ぜひ」植松はディレクターとともにドアの外へでていった。

楽屋内はしんと静まりかえっている。そのためドア越しでも、ディレクターのささやきが耳に届いた。マジックなしには出演させられないよ、悪いけど。ディレクターはそういった。

有栖とレイミは両手で顔を覆い、声を殺しながら泣きだした。ほかのメンバーも一様に暗い表情でうつむいた。

もうたくさんだと沙希は思った。手早く衣装を脱ぎ捨てると、ひとり私服に着替え、荷物のリュックを背負った。沙希はドアを開け放った。

廊下では植松とディレクターがまだ立ち話をしていた。沙希は軽く頭をさげると、さっさと廊下を歩きだした。

植松があわてたようすで追いかけてきた。「さ、沙希。どこへ行く？」

「もう帰ります」沙希は歩を緩めなかった。「歌番組デビューもできたし、わたしの役目は終わりましたよね？」

「困るよ。きみなしじゃ今後の番組出演の望みが絶たれる」

「杖《つえ》を直せばカード当てはつづけられます」

「あのひとネタだけじゃいずれ飽きられる。新しいマジックが必要になる」

「どんなマジックを演《や》ろうがメンバーのモチベーションはただ下がりです。どういう方向性でいくか、メンバー六人としっかり話し合って、これからのことをきめてください。いままでありがとうございました。失礼します」

植松を振り切って廊下をぐいぐい進み、行く手の角を折れた。まだ靴音が追いあげてくる。ところが呼びとめてきた声は、植松ではなくさっきのディレクターだった。

「ちょっとまった。里見沙希さん」

沙希はやはり振りかえる気になれなかった。「なんですか」

「僕は歌番組以外に、マジック関連の特番も手がけることになっていてね。よかったらそっちにもでてもらいたい。そのうち連絡するよ。これ名刺。じゃ、またね」

名刺を押しつけると、ディレクターは返事もまたず、さっさと引き揚げていった。

浮かない気分で沙希はエレベーターに乗りこんだ。ポケットのなかで名刺を握り潰《つぶ》す。ひとりだけ出演すればメンバーを裏切ることになる。少なくとも『ミュージックステーシー』のディレクターの世話にはなれない。マジックが厄介に思われた以上、沙希はもうソーサリーには在籍できなかった。それでも彼女たちを踏み台にはしたくない。

傷つく自尊心などありはしなかった。イリュージョンとは幻想だ。幻想がはかなく散っていくのをまのあたりにするのは、これが初めてでもない。

7

池袋《いけぶくろ》にあるデパートの八階、玩具《おもちゃ》売り場の片隅に、マジック用品売り場がぽつんと存在する。ショーケースを兼ねたカウンターのなか、実演販売員の沙希は制服姿でたたずんでいた。

暇だった。ただでさえデパートの客は減少傾向にある。平日ともなれば閑古鳥が鳴いている。だからといってスマホをいじる自由はない。カウンター内にはノートパソコンが置いてある。本来は在庫検索用だがインターネットにもつながる。キーボードに両手を這《は》わせた。ググルで〝ソーサリー　アイドルグループ〟を検索してみる。里見沙希脱退のニュースは、皮肉にもPCAM優勝時の記事よりも、それなりに大きくあつかわれていた。とはいえヤフーのトピックスに選ばれるほどではない。記事のコメント欄への投稿も皆無だった。

記事のタイトルには〝ソーサリー　六人体制へ〟とある。〝今後は魔法使いコンセプトから脱却し、歌とダンスに特化したグループになると、リーダーの常陸院有栖さん（20）は意気込みを語っている〟と記されていた。

世のなかにはもの好きがいる。ソーサリーについての掲示板スレッドもいちおうできていた。こちらも投稿数が伸びないものの、一般の注目度がさしてあがらなかったがゆえか、沙希を知るマジックマニアの意見ばかりがめだつ。〝沙希ちゃんがいなくなったら、あんな凡庸な歌と踊りじゃ中堅以下〟〝ぜってえ売れねえ〟〝ただの地下アイドル〟などとこき下ろされている。

心が塞《ふさ》いでくる。関係者全員が傷つく事態になってしまった。マジックを売りものにしたいという要請を受けて参加した沙希と、マジックで注目を集めるのが不本意というメンバーとでは、溝が埋まらなくて当然だった。端《はな》から参加しないほうがよかったのだろうか。

男性の咳《せき》ばらいがきこえた。沙希ははっとして身体を起こした。売り場の前に中年のスーツが立っている。沙希はあわてて応じた。「いらっしゃいませ」

ふしぎな雰囲気を漂わせる男性だった。年齢は五十代か。ほっそりと痩《や》せていて、頬骨が張りだし、いささかぎょろ目の傾向がある。マジックを趣味にする風変わりな紳士という印象もうかがえるが、それ以上にどこか異質な存在感をまとっていた。

男性がきいた。「里見沙希さん?」

「……そうですが」

「これを」男性は洋風の横長封筒を差しだした。

沙希は妙に思いながら受けとった。すると男性はなにか意味ありげな微笑を残し、その場から立ち去っていった。

胸のうちに戸惑いがひろがる。デパートの売り場で、なにも買わなかった客を引き留めるのは変だ。この場で手紙を読むのも、フロアマネージャーの目にとまったら叱《しっ》責《せき》を受けてしまう。封筒はしまいこむしかなかった。

デパートの閉店時間後、私服に着替えた沙希は帰りの電車のなかで、ようやく封筒を開いた。中身は便箋《びんせん》ではなかった。ふたつ折りでハガキ大になるカードが入っていた。

児童養護施設に戻ってからも、沙希は自室のベッドに横たわり、カードの文面に何度となく目を通した。

里見沙希様へ　グレート・マジシャン選抜カリキュラムへのご招待——

プロアマ問わず、マジシャンをめざす十代から二十代のなかでも、特に才能を開花させつつある優秀な人材を一堂に集め、特別カリキュラムによる養成をおこないます。この招待状が届いた貴方《あなた》は特待生につき、参加費は無料です。カリキュラム修了後、首席卒業者は米マジックキャッスルに入会、海外国際エージェントと契約していただき、一流プロマジシャンとして世界を舞台に活躍できます。

カリキュラム参加にあたっては、来年一月二十三日、JR上野《うえの》駅午前八時十五分発の特別貸し切り列車にご乗車願います。約二週間の外泊準備をお願いします。振るってご参加ください。

ベッドに仰向《あおむ》けに寝そべった沙希は、カードを穴の開くほど見つめていたが、やがてため息とともに胸の上に置いた。

またなんとも胡散臭《うさんくさ》い招待状……。悪戯《いたずら》ではないかとも思えてくる。主催はイースト・ジャパン・マジック・シンポジウム、EJMSとなっている。この団体もきいたことがない。

米マジックキャッスルというのは、LAのハリウッドにあるマジシャン専門の会員制クラブだ。数千人を超えるマジック愛好家で構成される、アカデミー・オブ・マジカル・アーツ、AMAによる運営だった。

PCAM優勝者の沙希は、すでにマジックキャッスルの会員になっていた。翻訳ソフトを駆使しつつ、マジックキャッスルの会員専用サイトを閲覧してみると、意外にもEJMSの記事内検索がヒットした。去年から後援団体に加わっている。おそらくスポンサーとして出資しているか、多額の寄付をしたのだろう。運営にどのていど関与しているかは謎だが、少なくともマジックキャッスルと無関係ではないらしい。

AMAに問い合わせのメールを送ってみたが、いまはロサンゼルス時間で午前三時になる。返信はしばらくまたなければならない。

海外国際エージェントと契約、一流プロマジシャンとして世界を舞台に活躍。沙希はPCAMを優勝し、現地のエージェントと契約したものの、海外からの出演依頼の声はいっこうにかからずにいる。コンベンション優勝者だけでも、世界じゅうに掃いて捨てるほどいるため、なかなか要請がないことは覚悟しておくべき。帰国前にそんなふうに通達を受けていた。事実そんな感じだった。ソーサリーのメンバーとして活動期間中も、なんら支障がなかったぐらい、音沙汰《さた》なしに終始している。

またチャンスにすがることばかり考えて、悶々《もんもん》と暮らす毎日の始まりか。いつになったらステップアップできるのだろう。うんざりしながら天井を仰ぎ見たとき、スマホが鳴った。電話の着信音だった。

画面を一瞥《いちべつ》するや、表示された氏名にどきっとする。沙希はあわてて跳ね起きた。

「もしもし」

短い通話を終えた直後、ダウンジャケットを羽織り、沙希は施設の外へ駆けだした。住宅街のなかにある、ちっぽけな公園へと走る。

周辺の家々から漏れる窓明かりが、暗がりの公園内をおぼろに照らす。ベンチやブランコ、滑り台のシルエットがうっすら浮かびあがる。裸木の枝が夜空に伸びていた。枯れ葉を踏み締めながら歩く。カサカサという音に気づいたらしく、人影がこちらを振りかえった。

痩せた体形はあいかわらずだった。ロングコートやマフラーを身につけていても、まだ線が細いと感じさせるスタイルのよさ。高価な服装には見えないが、シンプルながらも洗練された着こなしだった。

ラフぎみにセットされた黒髪が、寒空の下で柔らかく揺れている。小顔には独特の整った面立ちがあった。とりわけ鼻の高さが際立っている。目はやさしい光を帯びていた。総じて清潔感があり、落ち着いた雰囲気を漂わせる。まだ二十歳だろうに、とても大人びた印象をまとっていた。

沙希は微笑みかけた。「彬さん」

以前から沙希は椎橋のことをそう呼んできた。椎橋も微笑とともに応じた。「沙希」

「こんなところまでわざわざ……。どうかしたんですか」

「ちょっと立ち寄っただけなんだよ」椎橋はそういったものの、自分にあきれたように首を横に振り、ただちに訂正した。「下手な嘘だな」

椎橋は東京都北区《きた》のアパートでひとり暮らしをしているはずだ。沙希は笑ってみせた。「なにかあったんですか?」

「じつはこれ」椎橋はふたつ折りのカードを差しだした。

じっくり見るまでもない。沙希に渡されたのと同じ、グレート・マジシャン選抜カリキュラムとやらの招待状だった。

「あー」沙希はため息をついた。「わたしももらいました。どこでそれを……？」

「働いてる飲食店に妙なおじさんが来て、一方的に渡してきた」

「痩せた人でしたか？　ぎょろ目で頬骨がでてて……」

「その人だ。沙希も招待するといってたから、念のためきみにもきいておきたかったんだよ。話は本当だったんだな」

「いちおう……。でもデパートのマジック売り場で押しつけられただけで」

「で」椎橋が沙希を見つめてきた。「どうする？」

沙希は戸惑いをおぼえた。「どうするって……？」

「行く？　それとも行かない？」

「まだきめてない。正直なところ、FISMやPCAMみたいなコンベンションに挑戦して、ついこのあいだもいろいろあって……」

椎橋が見つめてきた。「ソーサリーだろ？　かっこよかったよ。ダンスもいけるね」

お世辞にちがいない。沙希は苦笑するしかなかった。「あれも脱退しちゃったし。結果をだしても次につながらないことばかり。またイチから難関にチャレンジするのは、なんだかしんどいかなって」

「そっか。気持ちはわかるよ。……でも僕はこれに行ってみるつもりなんだ」

「保護観察処分が解除になって、まだ間もない。テンホーに面接に行ったけど、マジックディーラーのクチは足りてるといわれて、お払い箱だった。マジック関連ではどこも雇ってくれない。どうやら業界には僕のことが知れ渡ってるらしくて」

沙希は椎橋の境遇を気の毒に思った。万引きにマジックのテクニックを利用していたことが報じられてから、狭い業界ではしばし犯人捜しがつづいた。椎橋は中三当時、ジーニーというマジックショップに出入りしていた。情報源はそのあたりかもしれない。

初めて椎橋と知りあった夜のことは忘れられない。緊張のなかにも温かみを感じる出会いだった。あれ以来、沙希は舛城《ますじょう》警部補に頼みこんで、何度も椎橋に面会に行った。椎橋と言葉を交わすと、いつも心が落ち着く。ずっと前から一緒に育った、ただひとりの家族のように思えていた。マジックをめぐる辛《つら》い育ちが似ているからか。この気持ちはきっと他人にはわかりはしない。

それだけに椎橋の身が心配になってくる。沙希はつぶやいた。「本当に参加してだいじょうぶなのかな……？」

椎橋は表情を和ませた。「予測不能かつ喜びをともなう結末へと、摩訶不思議《まかふしぎ》な現象とともに誘導する。それがマジック」

「あー。有名なマジシャンの言葉だよね」

「そう。〝予測不能かつ喜びをともなう結末〟だよ？　そんなフィナーレがまってると信じる無邪気さも、ときには必要なんじゃないかな」

「無邪気……」

「そう。楽観論でいくしかないんだよ。少なくとも僕はね」

　静かな決意表明だった。椎橋はそれっきり黙りこんだ。わずかに視線を落とす椎橋を眺めるうち、沙希のなかに胸騒ぎがしてきた。

　人生を変えるなら、思いきって一歩を踏みだすべき、そう思いながら挑戦を欠かさなかった。その都度裏切られてきた。予測不能かつ喜びをともなう結末、フィナーレか。今度こそはちがった運命がまっているだろうか。

8

　デパートが休みの日、沙希は舞浜へ向かった。東京ディズニーランドのバックステージ、ワードローブビルで専用のコスチュームに着替え、トレーナーのバッジをつける。マジックショップの店内に赴いた。

「あれっ」キャストの女の子が目を丸くした。「里見さん。きょうお越しになる日程だったんですか？　朝礼はもう終わっちゃいましたけど」

沙希は笑ってごまかした。「ほかの用事なので……。気にせずお仕事をつづけてください」

冷や汗をかきながらワールドバザールの人混みへと抜けだす。ストアマネージャーに見つからないうちに、足ばやにマジックショップを離れた。そんなにコソコソする必要はないのだが、私用にすぎないと自覚しているためか、なんとなく後ろめたさを感じる。

カストーディアルキャストのシフトやスケジュールは把握していた。東京ディズニーランドの勤務期間中もずっと気にかけていたからだ。多くのゲストで混雑するなかを、沙希はシンデレラ城前広場へと向かった。この時間はたぶんそこにいるはずだ。

澄みきった青空の下、冬の脆《もろ》い陽射しが降り注いでいる。パレード見物のゲストが早くも場所とりを進める。そんな道路沿いに水いろのコスチュームを見つけた。いた。沙希よりふたつ年上のカストーディアルキャスト、永江《ながえ》環奈《かんな》がホウキとチリトリを手に、道端の清掃に従事している。

沙希は歩み寄った。どう声をかけようか迷っていると、環奈は気配を察したのか身体を起こし、こちらに目を向けた。

「あー！」環奈が笑顔になった。「里見さん、ひさしぶり。また会えるなんて」

周りのゲストを振り向かせるほどの大声だった。沙希は戸惑いをおぼえながらも、環奈に微笑みかけた。「わたしも会えて嬉《うれ》しい。元気にしてた？」

年上が相手であっても、環奈の童顔のせいか、自然にタメ口になってしまう。以前と同じだった。環奈も気を悪くしたようすもなく応じた。「変わらず毎日を過ごしてるって感じ。沙希さん、『ミュージックステーシー』にでてたでしょ？　すごい」

笑顔が凍りつきそうになる。沙希は沈みがちな気分とともにささやいた。「もうやめちゃったし……」

「ほんとに？　もったいない」環奈は興味津々といったようすで声をひそめた。「榎戸くんが引いたトレーディングカード、どうやってわかったの？」

「またそのうち教える……。ダンシングケーンはどう？　そのホウキには仕掛けがないみたいだけど」

「アンバサダー候補の期間はとっくに終わっちゃったし、また元どおりふつうのカストーディアルキャストなの。特別なパフォーマンスが許されたのもあのときだけだし」

「そうなの……」

環奈の表情はいっこうに曇らなかった。「だけどすごくいい経験だった。里見さんにも、ずっとお礼をいいたかったんだよ。でもいつの間にかマジックショップからいなくなっちゃって」

別れを告げるのが苦手だったからだ。沙希は頭を掻《か》いた。「定期的にまた戻ってくることになってたし、わざわざ挨拶《あいさつ》しなくてもいいかなって。ごめんね」

「そんな謝らなくても……。里見さんにはほんとに感謝してる。人生を変えてくれたから」

「大げさすぎない？」

「ちっとも」

「ほんとに？」

「ほんとだってば。長いこと心にひっかかってたものが、きれいさっぱりなくなって」

「……どんなことが？」

「いろいろと個人的なこと。里見さんのおかげでアンバサダーの座に挑めたし、立候補してよかったと思ってる」環奈は感慨深げなささやきを付け加えた。「残念な結果だったとしても」

沙希のなかに驚きがあった。環奈が心苦しさをひきずっているのでは、そんなふうに想像していたが、現状はちがったようだ。どうやら環奈はとっくに吹っ切れたようすで、むしろ以前よりずっと自然な笑みを浮かべていた。同じTDLに勤めながら、なるべく環奈に会わないようにしてきたものの、杞憂《きゆう》にすぎなかったらしい。

どうしてもきいておきたいことがある。沙希は環奈を見つめた。「結果がどうあれ、挑戦してよかったって思う?」

「もちろん」環奈は目を輝かせた。「それを教えてくれたのは里見さんでしょ?」

近くのスピーカーからアナウンスの声が穏やかに鳴り響いた。ゲストへの案内のようにきこえるが、実際にはカストーディアルキャストへの業務連絡だった。

環奈がホウキとチリトリを携え、まっすぐに立った。「行かなきゃ。里見さん。このあとお昼は? バックステージのレストランに行く?」

沙希は首を横に振った。「きょうは午前中だけで帰らないと」

「そっか。また会えるよね? 今度ラインのアカウントも交換しよ? じゃまたね」

一秒の遅刻も許されないからだろう、環奈は微笑みを維持しつつも、せわしなく立ち去っていった。

その後ろ姿を黙って見送る。ふしぎな気分だった。環奈に会いに来て、逆に励まされたように思える。彼女にどんな心境の変化があったかは知らない。けれども無意味でなかったのはあきらかだ。何度となく期待を裏切られようとも、新たな挑戦をやめるべきではない、環奈からそう告げられたような気がする。

単純すぎるかもしれないが、清々《すがすが》しい風に触れたような感覚さえある。沙希はひとりたたずみながら、かつての信念がよみがえってくるのを自覚した。もとより中卒の十七歳は単純だ。そう、絵に描いた餅《もち》なら百個も食べてきた。それが百一個になったところで、そんなに落ちこむようなことだろうか。

9

一月二十三日、JR上野駅午前八時十五分発の特別貸し切り列車は、特急ひたちだった。それもやけに短い四両編成だ。

椎橋彬は乗車したのち〝特急ひたち〟をスマホで検索してみた。水戸《みと》駅を経由して、いわき駅や仙台《せんだい》駅にまで至る路線らしい。いま車窓の風景にも、晴れ渡った空の下、低い山々と田園地帯がひろがっている。水戸駅の先は、通常の運行コースから外れ、橘高線《きつこう》に乗りいれるとアナウンスがあった。目的地までの所要時間は一時間半だという。なんだか謎めかしているが、それも主催側の意向だろうか。

車内販売がないため、椎橋はほかの車両にある自販機まで、飲み物を買いに行った。自分と沙希のぶんのペットボトルを購入し、また元の車両へとひきかえす。

途中、全席指定の座席は、十代から二十代の若者で埋め尽くされていた。やたら賑《にぎ》やかだ。パーリーピーポーやウェーイ系とはちょっとちがう。色白で品のよさそうなタレント崩れ、もしくは眼鏡をかけ小太りのオタク調の男が多い。女は全体の三割ていどだが、そちらもアイドルというより女子中高生インスタグラマーっぽい、どことなくアマチュア感の漂うルックスが大半を占める。男女ともに垢抜《あかぬ》けていないのは、マジシャンとしてまだまだこれからという段階だからか。椎橋も人のことはいえなかった。

どの車両も、高校の修学旅行もしくは、社会人一年目の研修旅行の様相を呈していた。ちがっているのは会話の内容だ。パームとかフォースとかミスディレクションとか、マジックの業界用語が絶えず飛び交う。みな人目もはばからずポーカーサイズのデックをいじったり、ハーフダラーをコインロールでもてあそんだり、クロースアップマジックを披露しあったりしている。立ちあがってゾンビボールのようなサロンマジックを披露する手合いまでいた。お座敷列車でもないのに、やんやの喝采《かっさい》が沸き起こる。さすがに常軌を逸した世界に思える。

マジシャンだらけの列車内の空気はとんでもなく風変わりだった。芸能のなかでもニッチな分野といえるマジック、その技法のひとつずつが、単なる仲間内のコミュニケーションと化している。通りかかった車掌がいちいち乗客につかまり、手品を見ることを余儀なくされる。車掌の愛想笑いはさすがにこわばっていた。唯一の非マジシャンゆえ仕方がないが、なんとも気の毒に思えてくる。

椎橋は自分の車両に戻った。三人並んだ席の窓際に沙希がいる。ダウンジャケットにデニム、スニーカーの軽装で、ふらっと旅行にでかけた感じだった。椎橋もコートの下がセーターで普段着に近い。やる気が足りないというより、どんなルックスで臨めばいいのか、まるで見当もつかなかった。

椎橋は三人席の真んなかに座った。ペットボトル一本を沙希に渡す。「飲む？」

「ありがとう」沙希がペットボトルを受けとった。「お金は……」

「いいから」と椎橋は手を振った。

「そんなの悪い」沙希は右手を伸ばしてきた。空っぽのてのひらで椎橋の襟もとをつまむと、五百円玉が出現した。それを投げ渡してくる。

驚きとともに椎橋はきいた。「どうやった?」

「なにが?」沙希が悪戯《いたずら》っぽく笑った。

「バックパームにしちゃ五本指がぜんぶ開ききってたろ? 手の甲側に隠し持ってはいなかったよね?」

三人席の通路側には、くせ毛で丸顔、肥満ぎみの十代後半とおぼしき少年がいた。沙希はその少年に笑いかけた。少年も目を細めて笑った。

その反応でなんとなく察しがついた。椎橋は沙希にいった。「あー。先に僕の襟に貼りつけた?」

「そう」沙希は人差し指と中指につまんだ、小さな白い物体をしめした。「ソフト粘着剤。画鋲《がびょう》を使わずにポスターを貼るための事務用品。彬さんが座る瞬間、前の座席の背を見つめているあいだに、すばやく貼った」

「油断も隙もない」椎橋は苦笑してみせた。一般人が相手なら、あらかじめパームしたコインを取りだしたように見せるだけでいい。けれども同じ知識を有する椎橋をだましてくるあたり、沙希もなかなか挑発的で抜け目がない。

小柄な沙希の黒髪が椎橋の肩にふわりとかかる。車窓から射しこむ陽光に照らされ、透き通るような白い顔が、いっそう輝いて見える。夢のなかのワンシーンのようだった。沙希の面持ちは少女っぽさを残しつつも、どこか大人びた表情がときどきのぞく。大きな瞳《ひとみ》が椎橋をとらえるたび、息をするのさえ忘れそうになる。

椎橋に救いの手を差し伸べてくれたのは沙希だ。沙希なしには舛城警部補相手に罪を認めることもなかっただろう。天使のような存在だと、椎橋は沙希について思った。その後もずっと椎橋を拒絶せずにいてくれるのはなぜだろう。こうして肩を並べているだけでも胸が高鳴りだす。こんな時間が永遠につづけばいいのに、椎橋は心からそう願っていた。

沙希が見かえした。「自販機まで行き来するのに、ずいぶん時間がかかったね」

「まあね」椎橋は応じた。「乗客という乗客がマジックに興じてるのがめずらしくて」

「あー、わかる。ＦＩＳＭもＰＣＡＭも、国内のコンベンション会場もそう。スーツ姿のおじさんから、小学生ぐらいの子供まで、みんなあちこちでカードやコイン」

「この車両がいままさしくそんな感じだよ。それも僕らと同い年ぐらいだから、なんだかふしぎだよね。学校のクラスどころか学年にも、同じ趣味の子なんかいないってのが常識だったのに……」

「ほんとそう。自分だけのパーソナルな特技だと思ってたら、いるところにはいるんだなって」

ふたりで笑いあっていると、三人席のもうひとり、くせ毛の丸顔がおどおどしながら会話に入ってきた。「と……友達ができるのも悪くないよね、こういう同好の仲間どうしのなかで」

沙希はにっこりと微笑んだ。「わたし、里見沙希。十七歳」

「へえ」丸顔が沙希をじっと見つめた。「どっかできいた名前だなぁ。見覚えもあるよ。ユーチューブかなにかにでてた？」

「そんなのはいいから。あなたは？」

「梨本俊司《なしもとしゅんじ》、十八歳」

椎橋は恐る恐る自己紹介した。「椎橋彬、二十歳」

「よろしく」梨本は屈託のない笑いを浮かべた。

どうやら椎橋彬という万引き犯の名はききおぼえがないらしい。椎橋は内心ほっと胸を撫《な》で下ろした。

沙希がたずねた。「梨本さんはどこの出身？」

「岐阜の農業高校をもうすぐ卒業するんだけど、いまのところまだ実家暮らし」

「ふうん。農業高校ではどんなことを？」

「酪農と養鶏……。でも学校とはまったく関係なく、地元のマジックサークルに所属してて、名古屋《なごや》のデパートのマジック売り場に足しげく通ってたら、招待状を渡されて」

「売り場のマジックディーラーから？」

「いや。売り場に来たほかのお客さんから……。ディーラーが目を逸《そ》らした隙に封筒を押しつけてきて。『なんで僕に？』ってきいたんだけど、その人は黙って立ち去って」

やはり不可解な招待の経緯だった。椎橋は素朴な疑問を口にしてみた。「どんな基準で参加者を選んでるのかな。だいいちカリキュラムってなんだろ」

プロマジシャンによるマジック愛好家向けの講習会は〝レクチャー〟と呼ばれる。ほかにもコンテストやコンベンションという言葉なら耳に馴染《なじ》みがあるが、カリキュラムというのはマジック業界できいたおぼえがない。

沙希も首を傾げていた。「首席卒業者うんぬんって書いてあったから、学校的なものかも。授業を受けて単位をとらないといけないとか？」

「誰が教えるんだろう。有名なマジシャンかな」

「だとしたら楽しみ。主催のＥＪＭＳって団体は、マジックキャッスルとつながりがあるみたいだし……」ふいに沙希は足もとに目をやった。「ん？」

前屈《まえかが》みになった沙希がなにかを拾いあげた。直径五センチほどの赤いボール。じっくり見るまでもなく〝四つ玉〟のひとつとわかる。

通路を駆けてきたのはチェスターコート姿の少女だった。巻き髪を褐色に染めている。幼さの漂う顔につぶらな瞳、いかにも女子中学生か高校生っぽい。右手の指のあいだ、一か所ごとに一個ずつ、同じ赤いボールが挟まっている。

少女が話しかけてきた。「すみません。四つ玉を一個落としちゃって」

沙希はボールを差しだした。「これだよね。はい」

しかし沙希はボールを左手から右手に渡したふりをし、空っぽの右手を差しだした。バニッシュというムーブメントはマジックの基本中の基本であり、マジシャンならまずひっかからないが、沙希の動作はあまりにも自然だった。少女はついうっかり沙希の右手に対し、ボールを受けとるべく手を差し伸べてしまった。なにもない手を開かれ、少女は表情を硬くした。沙希は微笑んだが、マジックの技術で挑まれた、少女はそう思ったようだ。

「じょうずですね」少女は冷めた口調でそういったが、沙希を見つめるうち、目が丸くなった。「ソーサリーの里見沙希さん？」

「……元ソーサリーだけど」

「ＰＣＡＭの優勝者ですね。お会いできて光栄です。わたし佐藤砂耶香《さとうさやか》、十五歳です」

「よろしく」沙希が軽く頭をさげた。「十五ってことは中三？」

「高一です。二月生まれなので。沙希さん、『ミュージックステーシー』のカード当て、センサーのトラブルかなにかだったんですよね？　カードの順番をおぼえてて、スタジオのモニターでのぞき見したんでしょ？」

「ご名答。砂耶香ちゃん、鋭いんだね」

「テレビスタジオは見学したことがあるので」

言葉遣いは丁寧なものの、砂耶香は沙希に負けじと気を張っているように見える。同世代のマジシャンばかりが集まると、こんな空気になりがちかもしれない。椎橋は場を和ませようと砂耶香に声をかけた。「その四つ玉、四つともボールだね。シェルが交じってないってことは手練《スライハンド》？」

「そうです。シェルは角度に弱いから使いません」

梨本がからかうような口調でいった。「でもスライハンドなら、消えたように見せたボールは、てのひらにクラシックパームするんだろ？　観客に囲まれた状況じゃできないよね？」

砂耶香はむっとした顔で、四つのボールを両手で握りこむや、ただちに左右のてのひらを開いた。ボールは一個残らず消え失《う》せていた。梨本が目をぱちくりさせた。

椎橋は感心した。「おみごと」

「どうも」砂耶香が気取った態度でおじぎをした。

「で」梨本があわてぎみに身を乗りだした。「でも、これは消せないだろ」

それは梨本が持っていた、食べかけの菓子の小箱だった。砂耶香は小箱を受けとると、軽く両手を叩《たた》きつけた。小箱はやはり消滅した。

マジシャンが舞台を終えたときのように、砂耶香は笑顔で一礼した。「ごきげんよう」

砂耶香が通路を立ち去っていく。梨本が泡を食って呼びかけた。「まてよ。かえせ」

椎橋は苦笑しながら沙希を見た。「いまの彼女、コートの下に着たジャケットの内側に、トピット用の隠しポケットを縫い付けてるよな」

沙希も控えめに笑った。「そう。これを消してみろと挑まれたときのために、左右両方に」

「エスカレートするとああなるんだよな。僕にもおぼえがある。いつも背中に引きネタを吊《つ》ってたり」

「わたしも」沙希がため息まじりにつぶやいた。「馬鹿みたいだけど、バチバチに張りあうのが上等って気分になっても、ちっとも変じゃない。マジックに将来を賭《か》けていれば」

やれやれと思いながらも、独特の空気に喜びをおぼえる。似たものどうしが寄り集まっているからか。妙な懐かしささえある。十代のころの椎橋がそうだった。マジックでは誰にも負けたくなかった。

10

水戸駅を通過し、橘高線なるローカルな単線に入ってから、十分ほど走った。貸し切り特急ひたちは減速し、山間《やまあい》の素朴な駅に停車した。

乗客らが旅行用トランクやスポーツバッグを手に、ぞろぞろと列車からホームに降り立っていく。

沙希も座席を立った。椎橋や梨本とともに車両をでた。

ひんやりとした空気に包まれる。見るかぎり積雪はないようだが、吐息が白く染まる寒さだった。十代と二十代のプロマジシャン候補らが、ホームでひとかたまりになって身を寄せ合った。誰もが半ば途方に暮れながら辺りを見まわす。

葉澤《からむしざわ》駅と表記があった。駅舎がなくホームだけが存在する、いわゆる無人駅のようだ。乗客を降ろした特急ひたちが、ゆっくりと動きだした。来た単線をひきかえしていく。

いつしかホーム上に、見おぼえのある中年男性が姿を現していた。痩身《そうしん》を厚手のコートに包んだ、ぎょろ目で頬骨のでっぱった人物だった。「みなさん！　グレート・マジシャン選抜カリキュラムへようこそ。運営委員の瀬沼誠悟《せぬませいご》と申します。バスが用意してあります。そちらへお乗りください」

群衆がざわつきながら列をなし動きだす。近くのひとりがささやくのがきこえた。「あの人、瀬沼っていうんだね。初めて知った」

同感だと沙希は思った。見たところ参加者の複数が瀬沼と顔馴染《なじ》みのようだ。一方で「誰？」という半笑いの声も耳にする。さすがにここにいる全員が、瀬沼から招待状を手渡されたわけではないらしい。

無人駅の周りは雑木林がほとんどで、古民家の一軒すら目につかない、人里離れた過疎地だった。それでも舗装済みの車道が延びていて、大型バスが四台連なっていた。

遠足や修学旅行でお馴染みの大型バス。一台の乗車定員はだいたい五十人ぐらいか。駅のホームでひしめきあっていたときには大勢に思えたが、全員で二百人ていどらしい。それでもプロマジシャン候補の選抜だと思えば、かなり規模の大きなツアー団体といえるだろう。

沙希たちは先頭から二台目のバスに乗車した。瀬沼は同じ車両に乗りあわせなかった。ほどなく車列が動きだした。

運転手の声がスピーカーを通じ、車内に響き渡った。「これからカリキュラム会場兼、みなさまの寮へお連れします。なお現地ではジャミング電波により携帯電話は使用できなくなります。ご家族にはいまのうちにお知らせください。敷地からの無断外出も不可能とのことです」

ざわっとした反応がひろがる。沙希は椎橋と顔を見合わせた。なんとも物々しい環境に身を置くことになりそうだ。

バスは緩やかな勾配《こうばい》を上っていった。駅から遠ざかるにつれ、白い雪が薄く積もった地帯が、そこかしこに目につくようになった。木々のうねる枝には一枚の葉も残されていない。低い山頂に至ると視界が開けた。塀に囲まれた敷地の一か所に、車両乗りいれ用のゲートがあった。

広大な駐車場には、ほかに数台のクルマしか停まっていない。がらんとした駐車場の向こうに、あたかも異世界から切りとられたかのような、奇妙な和洋折衷の建造物がそびえていた。

正面に瓦《かわら》屋根の玄関が突きだしている。そこだけは寺社を彷彿《ほうふつ》させる日本の伝統的な木造建築風だった。しかしその奥につづく本館は、石造りのアーチと煉瓦《れんが》壁からなる、西洋の古城を思わせる外観を誇っていた。屋根はうっすらと雪化粧に覆われ、上げ下げ窓の木枠にも白いものが残る。

バスが停車する。車内のあちこちの席でスマホをいじる姿があった。つぶやきが耳に届く。「圏外だ。ネットにもつながらないのかよ」

沙希も自分のスマホを見た。コンサート会場と同じく電波が遮断されている。電話できないだけでなく、インターネットにも接続不可だった。外界から完全に隔離されるとは穏やかではない。

集団がバスを降りた。瀬沼に導かれ、全員で玄関へと歩を進めていく。沙希は怪しげな建造物を仰ぎ見た。

まるで宗教施設……。椎橋や梨本にかぎらず、ほかの面々も同じように感じたのか、もう談笑する声はきこえなかった。みな緊張の面持ちで黙々と歩き、玄関内の暗がりへと吸いこまれていく。

実のところ内部はほとんど闇に包まれていた。窓から射しこむ光はごくわずかで、吹き抜けのホールを木製の階段が、踊り場のたび直角に折れながら、上へ上へと延びている。バリアフリーのスロープはなく、エレベーターやエスカレーターとも無縁の環境らしい。旅行用トランクを一段ずつ持ちあげるのがしんどかった。

吹き抜けの天井には無数の梁《はり》がいり組んでいた。きわめて複雑な構造を形成している。そんなところも寺社っぽい。見せかけだけでなく、高度な建築技術が用いられている、そんな気がした。

階段の途中に〝施工　大森《おおもり》組〟と刻まれたプレートが嵌《は》めてある。スーパーゼネコンと呼ばれる建設大手。さして学のない沙希でも社名を知っている。

踊り場には大きな肖像画も掲げてあった。紋付　袴姿《はかますがた》、口髭《くちひげ》を蓄えた男性だった。誰だろう。

まるで沙希の疑問を見透かしたように、背後から声が飛んだ。「大森組創始者、大森俊治《としはる》です」

沙希は足をとめ振りかえった。椎橋ら周りの一行も静止した。ぎょろ目の瀬沼が階段を上ってきた。

どこか不気味な微笑とともに瀬沼が説明した。「昭和天皇は相撲とマジックがお好きでしてね。大森組が両国《りょうごく》国技館の増築と、皇居内の初代引田天功《ひきたてんこう》専用劇場を手がけたのが縁で、大森俊治もマジック愛好家になったのです」

「へえ」沙希は瀬沼を見つめた。「するとEJMSという団体は……」

「さよう。大森組がEJMSの経営母体です。創始者の意を汲《く》み、大森組では世界各国のマジック専用劇場の施工、およびプロマジシャンの養成もおこなってまいりました。今後は四年にいちど、日本国内でも同様のカリキュラムを実施することになったのです」

椎橋がたずねた。「ならデビュー後もスポンサーの意に沿う必要があるんでしょうか」

「いえ」瀬沼が否定した。「大森組に芸能部があるわけではないので、そのようなことはございません。アーティストの意思は曲げられませんからね。あくまでマジシャン本人の自由度が最優先されるでしょう」

そう願いたいと沙希は思った。吹き抜け内を見渡しながら沙希はいった。「まさかこの建物自体、カリキュラムのためだけに建てたとか……?」

瀬沼が声をあげて笑った。「さすがにそこまでは……。ここからクルマで二キロほどの距離に、大森組の子会社である金属リサイクル工場がございましてね。その社員寮兼福利施設だったのですよ」

「社員寮ですか。ずいぶん立派ですね」

「この辺りにはマンションもアパートもありませんので、工場の労働者が共同生活するには、これぐらいの規模が必要とされました。診療所や給食施設なども兼ねていて」

「なら寮に従業員さんたちがお住まいなのでは？」

「工場は完成したのですが、まだ稼働していないのです。発火の危険がある電池類、爆発の恐れを有するボンベ類、アスベスト、放射性物質など、危険性が高い物が金属屑《くず》のなかに紛れているケースが増えてきて」

「あー。ネットニュースで読んだことがあります。それで自治体の許可が下りず、稼働できない工場が、全国あちこちにあるとか」

「そうなんです」瀬沼が階段を上りだした。「そもそも大森組の慈善事業だったのですが、日本ではなかなかリサイクルという分野が発展しないのが悩みでして。この建造物を未使用のままにしておくのはもったいないという声があがり、プロマジシャン養成カリキュラムの校舎にしようと」

瀬沼が階上に向かったため、また列がぞろぞろと動きだした。沙希も階段を上ろうとしたが、つまずいてつんのめりそうになった。

すばやく椎橋が腕を伸ばし、沙希の身体を支えた。重心が安定し転倒を免れる。沙希は椎橋の顔を見上げた。

椎橋はほっとしつつも、照れの感情も混ざっているようだった。息が詰まるほどふたりの顔が接近している。沙希は思わず言葉を失っていた。

「……だ」椎橋がさっと離れながらきいた。「だいじょうぶ？」

柔らかい声質が温かみを帯びている。沙希の心臓はまた跳ねあがりそうになった。なんとか自制しつつ沙希は小さく答えた。「ありがとう……」

視線を逸《そ》らしたままの椎橋の頰が、わずかながら赤く染まっている。互いに気まずさをごまかすように笑いあったのち、微妙な沈黙が流れる。この場から歩を進めるのが、なんとなく惜しい。けれども立ちどまってはいられない。後続の人々に迷惑がかかる。

ほんの一瞬にすぎないできごとが、沙希の胸の奥に小さな火を灯《とも》した。椎橋のほうも意識している、そんなふうに思えてならない。階段に歩調を合わせるのが、なんとなく嬉《うれ》しく思えてくる。

カリキュラムの校舎だと瀬沼はいった。校舎、すなわちここは学校か。椎橋彬がスクールメイトだなんて、こんなに楽しみなことはない。しかもマジックに特化した学校だ。残る不安は授業内容だけだった。首席卒業をめざすために、いったいどんな課題があたえられるのだろうか。

11

階段を上りきった先は、水平方向に通路が延びていた。行く手には大きな観音開きのドアが見えている。人の列は滞っていたが、ドアが開くとなかへ進みだした。劇場の入口のように、係員の青年らが傍らに立ち、招待状を回収している。机の上にネームプレートが並んでいて、招待状と引き替えに参加者に渡される。

沙希も招待状をとりだした。受けとったネームプレートには〝里見沙希　17〟とある。椎橋のネームプレートは〝椎橋彬　20〟だった。年齢まで記されているのには、なにか意味があるのだろうか。

手渡した招待状は係員の手により、ポリ小袋におさめられていく。あるていど溜《た》まったポリ小袋は机の引き出しに放りこまれる。無造作なあつかいを見るかぎり、この場におけるチェックだけが重要であり、招待状それ自体はもうゴミも同然のようだ。捨てるぐらいなら記念にとっておきたい気もするが、それは今後のカリキュラムしだいかもしれない。いい思い出になることを祈りたかった。

観音開きのドアのなかへと進む。そこは板張りの大広間だった。天窓から明るい陽射しが降り注いでいる。学校の体育館に似た印象がある。奥に舞台が設けられているせいだろう。座席はなかった。群衆はそれぞれ荷物を手にしたまま、舞台の前に寄り集まった。

椎橋が沙希にささやいてきた。「順繰りに舞台にあがって、ひとネタずつ披露するとか?」

「ありうるね」沙希も小声で応じた。「腕前でランク分けされるのかも。それこそK－POPのサバイバル番組みたいに」

「僕の腕じゃ沙希と同じクラスは望めそうにないな」

「なわけないでしょ。スライハンドなら彬さんのほうが上だし」

ふと沙希は、自分を振りかえる顔が多くあるのに気づいた。興味深そうなまなざしが沙希に向けられる。ひそひそとささやく声も耳に届いた。「あれって里見沙希だよね」「里見沙希がいる」「ソーサリーの沙希じゃん」「ほら、あの、なんだっけ。PC

AMで優勝した……」

マジックの世界大会で優勝したところで、世間では空気にすぎないが、同世代のプロマジシャン候補ばかりなら事情が異なる。有名人あつかいがくすぐったい。ただし気分が昂揚《こうよう》することはなかった。

マジシャンの狭い世界では、ほんの少しテレビにでたぐらいで、マジックバーで天狗《てんぐ》になるようなプロをよく見かける。一般の知名度が皆無に近く、番組内でお笑い芸人にいじられまくりのみっともない姿を晒《さら》していても、ほかの売れないマジシャンよりは格上を自負しているらしい。そんな大人たちなら、沙希もこれまで大勢見てきた。その仲間いりはしたくない。

すると前方にいた水いろの髪の青年が振りかえった。半ば強引に人を掻《か》き分けながら、沙希のもとに近づいてくる。ウィッグではなく、ブリーチで脱色したのち、ブルーのヘアカラーで染めたようだ。ずいぶん気合いが入っている。長身で痩《や》せた体形を高価そうなチェスターコートが包む。引き締まった顔は、よく見ると雰囲気イケメンのレベルだが、青いカラコンの効果でなんとか存在感を醸しだしている。

それでも本人はきまっているつもりらしい。カードマニピュレーション用の色彩鮮やかなファンデックを片手でいじりながら、堂々とした態度で沙希に挨拶《あいさつ》してきた。

「初めまして。きみも参加してるとは嬉しい。以後お見知りおきを」

ああ、と沙希は思った。テレビのマジック特番で何度か見かけたことがある。あの手の番組では、驚き役に有名タレントが配され、無名のマジシャンが入れ替わり立ち替わり芸を披露するのが定番だが、そのうちのひとりだった。プロマジシャン候補の参加者というより、すでにいちおうプロではあるのだろう。

ネームプレートには〝窪木《くぼき》文明《ふみあき》20〟とあった。五、六人ほどの取り巻きも引き連れている。ついいましがた沙希が思い描いた、マジックバーで威張るタイプとは、まさしくこの窪木に当てはまる。五十歩百歩の若手マジシャンの界隈《かいわい》でスター気取りだった。

窪木がデックをポケットにしまいこんだ。「ひとり？」

「いえ」沙希は否定してみせた。「友達が一緒です」

「ふうん。誰？」

ずいぶん馴《な》れ馴れしい。沙希は一緒にいるふたりを指ししめした。「椎橋さんと梨本さん」

ふいに窪木の表情が変わった。まず真っ先に梨本に視線を向けたのは、いじりやすいと判断したからか。軽蔑《けいべつ》のまなざしで窪木が梨本に問いかけた。「クローズアップマジック専門だよな？」

梨本は及び腰ながらも笑顔で応じた。「そ、そうです。よくわかりましたね」

「その体形じゃあね……。よくいるよ、テーブルマジックならルックスは関係ないって考えの人。少しは絞ったほうがいいんじゃね？　キモがられると『カードを一枚引いてください』といったところで、『いいです』って断られちゃうよ」

取り巻きが笑い声をあげると、梨本は同調圧力に屈したかのように、仕方なさそうな笑いを浮かべた。もっとも、この場で愉快そうに振る舞っているのは、窪木と取り巻きだけだった。周りで見守るほかの参加者らは、一様にしらけきっている。

窪木が執拗《しつよう》につづけた。「体格がいいわりに影が薄くて、いてもいなくてもまったく記憶に残らないね」

椎橋が堪《たま》りかねたように硬い顔で忠告した。「そのへんにしといたら？」

すると窪木の視線が椎橋に移った。まず顔を見たのち、ネームプレートを確認する。

「へえ。同い年だね、椎橋君。まてよ、椎橋ってきいたことある……」

嫌な予感がする。沙希は口を挟んだ。「互いを知り合うのはこれからじゃない？」

「あー！」窪木はやたら大げさなリアクションをとった。「どっかのマジックショップで噂になってたなぁ。万引きGメンのフリをして逮捕されたのはきみか」

ざわめきがひろがりだした。椎橋が気まずそうにうつむいた。梨本が戸惑ったような反応をしめす。

沙希のなかに怒りがこみあげてきた。「いい加減にしてください」

窪木は眉《まゆ》をひそめた。沙希は椎橋の素性を知ったうえで友達づきあいをしていたのか、そんな驚きをのぞかせる。窪木は街で女をナンパするような軽薄さとともにいった。「マジシャン仲間はちゃんと選んだほうがいいよ。将来に関わってくる」

「選んでる。ちゃんと」

それ以上は言葉にしなくとも、沙希の尖《とが》った目が真意を伝えたようだ。窪木は冷ややかな面持ちに転じた。

瀬沼の声がスピーカーから呼びかけた。「静粛に」

参加者らが舞台に向き直る。いつしか舞台上にひとりのスーツと、五人のタキシード姿の中年男性らが揃っていた。年長者らしきスーツは頭が禿《は》げあがり、太い眉も真っ白に染まっていた。おそらく七十過ぎだろう。

スーツに瀬沼からマイクが渡された。マイクを手に神妙な声を響かせる。「ようこそお越しくださいました。ＥＪＭＳの理事長を務めております、竹村秀樹《たけむらひでき》と申します。グレート・マジシャン選抜カリキュラムの運営委員長でもあります。みなさまのご健闘をお祈り申しあげます」

　参加者らから拍手が沸き起こる。すると壇上で瀬沼が両手をあげ制した。「ここは諸君のための養成機関です。拍手ではなく一礼にて挨拶願います。では講師となるプロマジシャンの先生がたを紹介します」

　プロマジシャン。沙希はひとりも知っている顔がなかった。五人のタキシードは四十代から五十代ぐらい、いかにも人前に立つことに慣れている感じの、小綺麗《こぎれい》な外見のイケオジ揃いではある。テレビで見たことがあれば記憶に残るのではと思える。とはいえ優秀なプロマジシャンが、かならずしも目立ちたがり屋とはかぎらない。振付師として活躍するダンサーや、歌唱指導を得意とするシンガーに、あまり表舞台にでない人が少なからずいるのと同じだ。この五人もみずからマジックを演ずるより、後進の教育に長《た》けているタイプかもしれない。

　瀬沼が五人を紹介した。いかにも身体を鍛えていそうな口髭《くちひげ》の木田瞬《きだしゅん》はイリュージョン専門。すらりと痩せた丸眼鏡の黒河健二《くろかわけんじ》がクロースアップマジック、長身の菊山貴幸《きくやまたかゆき》がサロンマジック、長い黒髪でいかにも怪しげな見た目の伴尾佳史《ばんおよしふみ》はメンタルマジック専門だという。最後のひとりは柔和な顔立ちで、テレビ番組出演指導を担当する元プロデューサー、草野英則《くさのひでのり》。現在はマジシャンで、バラエティに富んだコミカルな芸風が得意とのことだった。それぞれが壇上で頭をさげると、参加者らもおじぎをかえした。

「さて」瀬沼が落ち着いた声を響かせた。「諸君には寮の部屋が割り当てられますが、これは第一の課題における成績に基づきます。成績上位組ほどハイグレードな生活環境があたえられるわけです」

きた。やはりK－POPサバイバル番組に似たルールか。レベル分けテスト。参加者が舞台でマジックを披露し、五人のマジシャンに採点されるのだろうか。

理事長の竹村が参加者らに呼びかけた。「四人ひと組のグループを作ってください。採点はグループ単位でおこなわれます」

沙希は真っ先に椎橋を見つめた。椎橋も沙希を見かえしたものの、その表情は曇りがちだった。それでも沙希は椎橋の手を握った。沈みがちな椎橋の顔に、また微笑が戻ってくる。

周りでは参加者たちがしきりに動きまわっていた。窪木に取り巻きが次々と媚《こ》び、奪い合いの様相を呈している。喧噪《けんそう》のなかを梨本が困惑ぎみにうろついている。

沙希は歩み寄ると梨本の肩に触れた。「わたしたちと一緒にどう？」

梨本が顔を輝かせた。「いいの？」

「もちろん」沙希は椎橋にきいた。「ね？」

椎橋がうなずいた。「僕らは特急ひたちに乗ってたときからチームだろ」

すると佐藤砂耶香が割って入ってきた。「特急ひたちでの人間関係が基準？　ならわたしが四人目のメンバーですよね」

強気をのぞかせながらも、砂耶香のまなざしには多少の不安のいろが読みとれた。沙希は椎橋と顔を見合わせた。互いに微笑が自然に浮かぶ。沙希は砂耶香にいった。「大歓迎」

砂耶香はようやく表情を和ませた。「たぶんこの四人でマジックをお披露目するんですよね？　なにを演《や》るかきめなきゃ。わたしが得意なのは四つ玉とフラワープロダクションと、それから……」

ふいに場内が静まりかえった。クロースアップマジック専門、丸眼鏡の黒河がひとり舞台を降りてきた。

係員の青年らが参加者の群れを整理する。いままで見えなかったが、舞台の手前にテーブルが据えてあった。

参加者たちは大きく輪になり、そのテーブルを遠巻きに見守るかたちになった。二百人ほどなら、なんとかクロースアップマジックを鑑賞できる距離は保てる。

砂耶香が妙な顔でささやいた。「なんなの？　模範演技？」

黒河は声を張った。「デックを持っている者、貸してくれ。ほかにふたりほど手伝いを頼む」

大勢が前にでようとしたが、互いに競い合いになり、ジャンケンで勝敗がついた。十代の少年ばかり三人が、テーブルに近づく権利を得た。ひとりが差しだしたデックを、黒河は受けとろうとせず、シャッフルするよう身振りでしめした。少年がデックを切り交ぜる。

ようやく黒河がデックを手にし、裏向きの状態でテーブル上に帯状にひろげた。五十二枚のカードを均等な幅にスプレッドするぐらい、ここにいる参加者なら全員できるだろう。よって現段階では、まだ黒河の腕はわからなかった。

黒河が三人にいった。「ひとり一枚、自由に引いてくれ。誰にものぞき見されないように、自分だけで確認すること。デックの任意の場所に戻したら、揃えてシャッフルしてくれ」

それだけいうと黒河は背を向けた。三人はいわれたとおりにした。それぞれがカードを引いて表を見る。誰もがマジックの心得があるだけに、他人からのぞかれまいとするさまも入念だった。三枚のカードがデックに戻された。ひとりがデックを揃えると、何度となくリフルシャッフルとカットを繰りかえした。それが終わると少年が黒河の背に呼びかけた。「できました」

黒河が振りかえった。沙希は固唾《かたず》を呑《の》んで見守った。周りの全員が沈黙とともに注視している。

これで三枚のカードが当てられたら奇跡だ。いままでの流れのどこにトリックが入りこむ余地があっただろう。デックは参加者の私物だったし、仕掛けが施されているはずがない。

仮に三人の少年が、あらかじめ黒河と打ち合わせ済みのサクラだった場合、裏に印がつけてある三枚を引くことはできるし、仮に当たっていなくても当たったと驚いたふりはできる。カードを確認したのは三人だけだからだ。

しかしそんなことはまずありえない。黒河がデックを持っている者を募ったとき、参加者の大半が前にでようとした。あの三人の少年は偶然の成り行きで選ばれた。引いたカードを第三者にのぞかれるようなヘマもなかった。シャッフルまで完璧《かんぺき》にこなした。

しばし静寂が流れた。デックはテーブル上に置かれている。黒河はそのテーブルに向き直って立っている。なぜか手をだそうともしない。

少年のひとりが戸惑いがちに問いかけた。「当てないんですか?」

黒河がうなずいた。「私は当てない」

「……はい?」

ざわつく場内に、瀬沼の声が反響した。「第一の課題です。いま黒河先生が披露した導入部のとおりに演じたうえで、三枚のカードを当てるトリックを考案してください。制限時間は三十分」

沙希は唖然《あぜん》とした。こんな奇妙な課題をあたえられる催しは初めてだ。椎橋もただ目を丸くしている。梨本や砂耶香も同様だった。参加者全員が動揺をしめし、場内はにわかに騒々しくなった。

「静粛に」瀬沼が壇上からつづけた。「この建物内の、施錠されていないドアなら、どこに入ってもよろしい。置いてある物は消耗品を含め、使用にいっさいの制限はありません。なんらかの新しいギミックも自作可です。ただし建物に手を加えてはいけません。三十分後、全グループに課題どおりのマジックを演じてもらいます。質問は?」

あちこちで手が挙がった。黒河が顎《あご》をしゃくった先、ひとりの青年がたずねた。

「デックやテーブルに仕掛けをしてもいいのでしょうか」

黒河が答えた。「いま見てもらった手順のとおりだ」

借りたデックでおこなう。よってデックに仕掛けを施しておくのは不可能になる。のみならずテーブルにも手を加えられないだろう。全グループがかわるがわるマジックを演じるというのに、事前にテーブルに細工できるはずがない。ほかのグループに作業を目撃されたらアイディアが盗まれる。こちらの細工がライバルの手で排除されてしまうこともありうる。

別の質問が飛んだ。「四人グループのうち、誰かひとりがどこかに隠れていてもいいのでしょうか」

「どのような手を使おうがかまわない。だが私たち講師に見抜かれたら、それなりの点数しかつかない。ほかのグループにトリックを暴かれた場合も減点の対象となる」

窪木がニヤニヤしながら挙手した。「先生はそのマジックができるんですか?」

「当たり前だろう。だが実演はしない。きみたちにヒントをあたえることになるからだ」

大広間は静まりかえった。たしかに実演さえ目にできれば推理もしやすい。それがない以上は、自分でイチからトリックを考えるしかない。

瀬沼がストップウォッチを手にした。「よろしいですね? では開始」

参加者らがいっせいに動きだした。使える物を探すためだろう、大半が観音開きのドアへと駆けていく。

椎橋が弱りきった顔を向けてきた。「まいったな。どうする?」

たった三十分で創意工夫を凝らし、実演可能な手順を組み立て、不可能を可能にせねばならない。沙希は唸《うな》った。「ふつうマジックってのは、既存のいろんなテクニックやギミックを組み合わせて、独自の手順を作るものだけど……。それだとほかの参加者に見抜かれるよね」

砂耶香も深刻そうにうなずいた。「みんなマジックを知り尽くしてるもんね……」

梨本が提言した。「借りたデックをすり替えたら? フォーシングデック持ってない? 五十二枚のカードがぜんぶ同じってやつ。あれを三分の一ずつ組み合わせておけば、三人に一枚ずつ引かせて……」

「なにそれ」砂耶香が厳しく突っこんだ。「三人はスプレッドしたデックから自由に一枚ずつ引くんだよ」

「だ、だからデックを三つの山に分けて、それぞれの山から一枚ずつ選ばせるってことに……」

椎橋が首を横に振った。「手順を変えちゃだめだ。黒河先生がやったとおりじゃないと」

砂耶香がさらに梨本に噛《か》みついた。「だいいちデックのすり替えだなんて、そんな簡単じゃないでしょ。どんなデックを借りるかわからないのに。こっちがバイシクルの青裏を用意しといて、タリホーの赤裏が差しだされたらどうすんの？」

梨本がたじたじになった。「ご……ごめん」

意見を頭ごなしに否定するのはよくない。沙希は梨本を励ました。「でもデックのすり替えはいいアイディア。まず第一歩かも。ライバルのグループはたぶん、わざと稀少《きしょう》なデックを貸そうとしてくる。バイシクルの青や赤じゃなくて、裏のいろがブラウンやフクシア、ターコイズとか。それらをヤマカンであらかじめ準備しておけばいいかも」

砂耶香が面食らったようすできいた。「本気ですか？　外れたらどうするの？」

「そのときは敗北、０点。でも当たったら先に進める」

「だけどデックのすり替えなんて可能でしょうか。マジシャンに囲まれてるのに」

「めずらしいデックであればあるほど、すり替えの可能性がないと高をくって、観察眼が緩くなる」

椎橋が砂耶香を見つめた。「トピットの隠しポケットがあるだろ？　デックをひと組ごと瞬時に放りこめる。と同時にパームしたデックを指先に現せばいい。きみの技術なら充分いけるよ」

　持ちあげられたからか、砂耶香が多少なりとも態度を軟化させた。「ならわたしのポケットというポケットに、あらゆる種類のデックを仕込んでおくんですか？」

　沙希は苦笑した。「わたしたちは四人いるから、デックを何個ずつか分担して持ち合えばいい。借りたデックと同じ物を、わたしたちがこっそりあなたに渡すから」

　砂耶香が頭を掻《か》きむしった。「そんなにうまくいくかなぁ……。マジシャンばかり二百人が見守ってるんですよ？　もしすり替えられたとして、デックにはどんな仕掛けを？」

　そこが難題だった。沙希はつぶやいた。「これから考えなきゃ」

「なんだ。沙希さんも思いついてないんですか」

　四人に沈黙が降りてきた。椎橋が視界の端にとらえている人影に、沙希も気づいていた。さっきから窪木の取り巻きのひとりが、沙希たちの周りをうろついている。会話が途絶えたからだろう、足ばやに引き揚げていった。

　椎橋がため息とともに砂耶香にささやいた。「悪い。いまの話は忘れてくれないか」

　沙希もうなずいた。「デックのすり替えなんて無理。やらないのが前提」

「はあ？」砂耶香が目をぱちくりさせた。「なんで？　トピットとか具体的に詰めときながら……」

「聞き耳を立ててる人がいたから」沙希は小声で本音を告げた。「これからはライバルの動きにも注意しなきゃ」

シャッフルさせたデックに演者が触れるチャンスはいちどきり、テーブル上にスプレッドする瞬間のみ。マジシャンばかりの衆人環視のもと、もとよりデックのすり替えなど不可能だった。

三人の相手がそれぞれにカードを引き、デックに戻し、ひと組に揃えたうえで切り交ぜる。そのあいだマジシャンは背を向けていなければならない。場内のどこかに隠しカメラを仕込もうと、のぞき見できる隙が生じるとは思えない。

瀬沼の声が容赦なく告げた。「残りあと二十分です！」

周りの動きがあわただしくなった。沙希のなかで焦燥が募った。アイディアの糸口さえみいだせない。

梨本が狼狽《ろうばい》のいろをのぞかせた。「僕たちもここにいるだけじゃまずいよ。なにか探しに行かないと」

砂耶香が苦言を呈しかけたが、椎橋がそれを制した。「賛成。使える道具があれば状況が変わるかもしれない」

沙希はドアへと歩きだした。「行ってみましょう」

大広間をでて、さっきの通路に戻った。受付の机はそのまま放置され、係員の青年らは姿を消している。通路沿いには半開きのドアがあり、参加者が複数入りこんでいた。沙希たちも室内に足を踏みいれた。

狭い給湯室だった。棚には急須《きゅうす》や湯飲みのほか、救急箱も置いてあったが、とっくに中身は漁《あさ》られていた。傷口消毒剤《ヨードチンキ》の小瓶や絆創膏《ばんそうこう》がぶちまけてある。ガスコンロにヤカン。ほかにめぼしい物もない。

壁にこのフロア内の案内図があった。診療所区画の〝電子顕微鏡室〟と記された部屋が目を引くものの、いまどのように役立つのかわからなかった。

別グループもなにも見つけられず、そわそわしながら退室していった。給湯室には沙希ら四人だけが残された。

沙希はぼやいた。「お茶でもしたくなる」

砂耶香が妙なものを見る目を向けてきた。「マジですか」

「もちろん冗談」沙希はそれっきり黙りこみ熟考した。

最初の課題からきわめて難題だ。たしかにマジシャンの技術というのは、ある一線を越えれば横並びにちがいない。大きく差がつくのは創造性であり、そこを能力の判断基準にするのもわかる。多くのマジシャンが苦手とする分野でもある。マジックのタネは、プロでもふだん自分で考えるのではなく、本やマジックショップで仕入れるからだ。自然に知識は均一化される。同業のマジシャンを欺こうとするのは、やはり至難の業だった。

するといの椎橋が告げてきた。「沙希。これは邪道かもしれないけど、僕の経験上知りえたことが」

12

課題発表の時間を迎えた。

大広間は物々しい雰囲気に包まれている。中央に据えられたテーブル。そのわきには長テーブルがあって、理事長と五人のマジシャンが着席した。周りを取り巻く参加者たち。これから順にひと組ずつテーブルを前に立ち、規定のクロースアップマジックを演じねばならない。

長テーブルに控える六人は、全員が審査員なのだろうが、代表はやはりクロースアップ専門の黒河にちがいない。丸眼鏡の奥の目が鋭い光を放っている。運営の瀬沼はひとり舞台上に立っていた。スタンドマイクで瀬沼が厳かな声を響かせた。「それではクロースアップマジック部門の課題、実演を開始します。呼ばれたグループは前にでてください。武井佳広《たけいよしひろ》、所章太《ところしょうた》、堀口充志《ほりぐちあつし》、坂部健史《さかべけんじ》のグループ」

二十歳前後の四人組が、緊張しきった足どりでテーブルに向かう。視力がある沙希の目には、ネームプレートでそれぞれの氏名と年齢が確認できた。十九歳と二十一歳、二十歳がふたりだった。見守る参加者らは拍手しない。審査員が微動だにしないがゆえ、全員がそれに倣うしかない、そんな空気が充満している。

テーブルを前に武井が立った。ほかの三人は武井の後ろに控えている。うわずった声で武井がいった。「ええと、あの……。じゃ始めます。どなたかデックをお持ちのかた。ほかにおふたりお越しください」

息の詰まりそうな状況のせいか、参加者たちの反応は鈍く、譲りあうような気配があった。そんななかでも中学生ぐらいの少年三人が我先にと進みでて、テーブルに近づいた。ひとりが震える手でデックを差しだす。バイシクルの赤裏だった。

武井が指示した。「切り交ぜてください」

デックがシャッフルされる。武井はそれを受けとり、テーブル上にスプレッドした。

すり替えていないのは一目瞭然《いちもくりょうぜん》だった。やはりこのタイミングでデックのすり替えなど不可能だと沙希は確信した。武井が三枚引くように要請し、少年たちに背を向ける。武井のグループ仲間三人もやはり後ろを向いた。

少年たちがカードを引く……。その瞬間、黒河が制止の声を響かせた。「まて」びくっとして三人の少年が動きをとめる。武井たちもなにごとかと振りかえった。

黒河が三人の少年に問いかけた。「名前は？」

三人のうちひとりが臆《おく》したようすで答えた。「つ、坪内宏隆《つぼうちひろたか》……です」

「坪内。きみら三人は、ずいぶん率先して前にでたな。みんな遠慮していたのに、なぜだ」

「あ……あの。ただデックを貸して、マジックを間近に観ようと……」

「サクラだな。武井たちに頼まれたんだろう。ちがうか？　ただちにさがれ。武井、ほかの三人を呼んで、新たにデックを借り、イチからマジックをやり直せ」

武井ら四人は尋常でないほどうろたえていた。顔を真っ青にした武井が、しどろもどろにうったえた。「そ、それはちょっと……」

「0点だ」黒河は列席するほかの審査員らに問いかけた。「ご異議は？」

マジシャン四人と理事長の竹村が、それぞれ異議なしと唱えた。壇上から瀬沼が申し渡した。「武井佳広、所章太、堀口充志、坂部健史。さがってよし」

絶望にすくみあがった四人が、すごすごと引き揚げていく。坪内ら三人の少年も同様だった。取り巻く参加者らは慄然《りつぜん》としていた。

砂耶香も震える声でささやいた。「やば……。なにこれ。容赦ないじゃん……」

ほかの参加者と同様、沙希も言葉を失っていた。

黒河の観察眼は鋭い。たしかに少年三人が急ぎ足で前にでた時点で、やけに積極的だと沙希も思ったが、まだ疑いを持つまでには至らなかった。しかし黒河は事前に打ち合わせ済みのサクラだとたちまち断じた。その推測は正解だったようだ。

瀬沼が淡々といった。「では次。井ノ川大《いのかわまさる》、音成敬太《おとなりけいた》、南田彩加《みなみだあやか》、上中百合恵《うえなかゆりえ》のグループ。前にでてください」

男女混成グループのパフォーマンスが始まった。ところが今度も序盤でつまずいた。失点は審査員ならずとも識別できてしまった。代表してテーブルの前に立った井ノ川は、青裏のバイシクルデックを借りるや、大胆にもすり替えた。それもハンカチで手を拭《ふ》くふりをし、その陰でポケットのなかのデックと入れ替えるという、かなり見え透いたやり方だった。三枚のカードを引かせるより早く、黒河が中止を呼びかけた。憤りをのぞかせながら黒河が指摘した。「裏にマーキングのあるデックとすり替えた。差しだされたデックが、ありふれたバイシクルの青裏だったことに安堵《あんど》したか？バイシクルの赤と青ぐらいは用意してあったんだろう。安直で安易だ。０点」

井ノ川が死刑宣告を受けたかのように愕然《がくぜん》と立ち尽くす。その場に留《とど》まることさえ許されなかった。瀬沼から退散するよう告げられると、四人は怯《おび》えきったようすで撤収していった。

「次」瀬沼の声が反響した。「諸橋順子《もろはしじゅんこ》、西口和奈《にしぐちかずな》、木川田佳代《きかわだかよ》、高戸由樹《たかどゆき》のグループ」

制服の女子高生ばかり四人のグループだった。見た目も可愛らしい。中年男性が好むタイプかと思いきや、黒河はいっさいの手心を加えなかった。というよりグループ単位で呼ばれたにもかかわらず、三人しか前にでなかった時点で不自然だった。

ひとりは大広間の後方でキャットウォークに上り、望遠鏡をのぞきこんでいた。引かれた三枚のカードをのぞき見する気だったのだろう。そのトリック自体がうまくいかなかったが、所業の一部始終を黒河が見抜いていた。また演技が中断させられ、０点が告げられる。四人は泣きながら引き下がった。

瀬沼が口もとをマイクに近づける。その声が大広間にこだました。「里見沙希、椎橋彬、梨本俊司、佐藤砂耶香のグループ。前にでてください」

周囲がいっせいに視線を向けてきた。静寂のなか沙希は歩きだした。椎橋が横に並ぶ。砂耶香も緊張の面持ちながら歩調を合わせる。出遅れた梨本だったが、必死に追いかけてくる。

いよいよきた。そう思っているのは沙希だけではなさそうだった。参加者らが一様に目を輝かせているのがわかる。審査員たちは依然として冷静そのものだ。なんにせよ大広間のすべての視線が、沙希ら四人に向けられているのはあきらかだった。

テーブルの前には沙希が立った。椎橋と梨本、砂耶香は後方に控える。沙希は呼びかけた。「デックをお持ちのかた。そのお友達のおふたりにもご協力願います」

今度は複数の参加者らが、ただちに前へでようとする素振りをしめした。だが猛然とテーブルに駆けつけたのは、水いろの髪の窪木だった。取り巻きのふたりはネームプレートによれば、緒方雄輔《おがたゆうすけ》（19）と松崎悠太《まつざきゆうた》（18）という名らしい。

窪木は鼻息荒くデックをテーブルに置いた。ポーカーサイズのデックですらなかった。扇状《ファン》に広げたときに美しい裏模様を描くのが前提の、カードマニピュレーション用ファンデックだ。すなわち空っぽの手から次々とカードを扇状に広げて出現させる、そんなステージマジックに用いるデックで、特殊な縦長のサイズになる。裏模様のデザイン自体がめずらしいレア物だった。窪木がこのデックを貸してくる理由は明白だ。

すり替えられるものならすり替えてみろ、細めた目がそんなふうに挑発してくる。

沙希はいっこうに動じず、テーブル上のデックにも手を伸ばすことなく、ただ周りに声を張った。「みなさん、お集まりになって、お近くでご覧ください」

参加者らが興味津々といったようすで押し寄せる。たちまちテーブルの周りはぎゅうぎゅう詰めになった。

押し合いへし合いのなかで窪木が顔をしかめた。「なにか策を弄《ろう》する気ならやめとけよ」

だが沙希は平然と応じた。「クロースアップマジックなんだから、近《クロース》くで観てもらいたいと思ってるだけですけど。なにか？」

黒河ら審査員の六人が、人混みを掻《か》き分けながら歩み寄ってくる。渋い顔をしているが苦言は呈さない。この距離感こそが本当のクロースアップマジックだと、大人のプロマジシャンたちも理解しているからだ。

沙希は窪木にいった。「シャッフルしてください」

窪木が油断ならない目を向けながら、テーブルからデックをとりあげる。切り交ぜたのちテーブルに戻す。沙希はそれを裏向きにスプレッドした。

背を向けながら沙希は指示した。「お三方にそれぞれ一枚ずつ引いてもらいます。

カードをおぼえたら任意の場所に戻して、デックを揃えてシャッフルしてください」

グループ仲間の椎橋と梨本、砂耶香も沙希と同じ方角を向く。背後はまったく見えない。窪木はカードをテーブルに滑らせる音さえ立てなかった。きわめて慎重に行動しているのがわかる。やがて三枚のカードが戻されたらしく、デックをシャッフルする音がした。

最後に窪木の声が呼びかけた。「できた」

沙希はテーブルに向き直った。テーブル上にデックが積んである。けれども沙希は身を引いた。代わりに砂耶香がデックを手にとり、表向きにスプレッドした。

砂耶香はジャケットを脱ぐと梨本にあずけ、シャツの袖《そで》をまくりあげた。「お三方の選んだカードはこのなかにあります。それを当てる前に、私から別のクロースアップマジックを披露させていただきます」

「おい!?」窪木が頓狂《とんきょう》な声をあげた。「ふざけんな」

「ふざけてなんかいません。わたしはマジシャンです。マジックを演《や》りたくてここにいます」

「課題どおりのマジックをこなせ。よけいなことをするな」

沙希は首を横に振ってみせた。「黒河先生の段取りのとおりに進めました。ここから先はどのようにしようがわたしたちの自由ですよね？　最終的に三枚のカードを当てさえすれば」

一同の視線が黒河に注がれる。黒河は眉間《みけん》に皺《しわ》を寄せたもののうなずいた。

「ほら」砂耶香が得意げな笑みを浮かべ、デックをきちんと揃えると、裏向きにテーブルの隅に置いた。代わりにハーフダラーのコインを四枚並べた。「では瞬間移動をご覧にいれます！」

コインが右手から左手へ移動していき、最後にジャンボコインが出現するという、定番の手順が披露される。ギミックを用いない、純粋なスライハンドのマジックだった。砂耶香の技術は卓越していて、見守る参加者らも、しだいに圧倒されていくのがわかる。ただ窪木ひとりだけは斜に構え、ずっと苛立《いらだ》たしげな態度をのぞかせていた。

次いで椎橋がテーブルの前に立った。今度はスポンジボールを複数個とりだし、椎橋が控えめにいった。「僕からもひとネタ」

「まてよ」窪木が声を荒らげた。「早くカードを当てろ！」

沙希は窪木に注意をうながした。「お客さん、マジックに野次は禁物ですよ」

ざわめくような笑いが沸き起こる。窪木が顔面を紅潮させた。「こんな茶番にはつきあってられない。黒河先生、そうでしょう？」

黒河がため息をついた。「カードを当てるまでの流れは演者まかせだ。だが関係のないマジックで技術点は加算されんぞ。むしろ間延びしたぶん減点対象になりかねん。そこを忘れるな」

「はい」沙希はうなずいてみせた。「でも観客を楽しませるのがマジックですよね？彬さんの腕は絶品です。それをお目に掛けないと」

椎橋がスポンジボールの手順を披露した。通常の手順なら相手にスポンジボールを握らせ、数が増える現象だが、さすがにマジシャンにはタネも知れている。そこで椎橋は自分の手だけでスポンジボールを増やしたり減らしたり、自己流のルーティーンを演じた。片手で握っただけのスポンジボールが、すぐに消えてしまう。空っぽの手の裏表がしめされると、観衆からどよめきがあがった。

たいした器用さだと沙希は思った。スポンジボールを極小に畳みこみ、親指と人差し指の付け根のあいだに隠している。あまりにも迅速に、しかも完璧《かんぺき》に隠すため、本当に消えたように見える。

ここに集うのが百戦錬磨のマジシャンばかりだろうと、自分の知らないテクニックには弱い。沙希はカリキュラムを勝ち抜くすべをみいだしつつあった。過去のマジックの常識と決別することだ。純粋に新しいトリックを思いつけば、ほかのマジシャンにも見抜けない。

椎橋が演技を終えると、ぱらぱらと拍手が起こった。手を叩《たた》かないことが前提の状況にあって、これは事実上、万雷の拍手と喝采《かっさい》にあたる。いかに椎橋のマジックが素晴らしかったかの証《あかし》だった。

窪木がなおも憤然と吐き捨てた。「万引きで鍛えた腕前だろうよ」

沙希は椎橋に代わってテーブルを前に立った。デックをとりあげながら沙希は窪木にいった。「お客さん、鑑賞マナーを守っていただかないと」

「なにがお客さんだ。どうせカードを当てられないんだろ？　いさぎよく降参しろよ」

「カードは当てられます。三枚とも」

「なら早く当てろ」

「ちゃんとおぼえてますか？　引いたカード」

「……あー、ひょっとして僕らが忘れることを狙ってたのか？　まちがいなくおぼえているとも」窪木が仲間ふたりをうながした。「な？」

緒方と松崎が揃ってうなずいた。松崎が胸を張って宣言した。「脳裏に刻みこんである」

「でもねぇ」沙希はわざとのらりくらりといった。「なんだかね。三枚とも当てられるんだけど、あなたたちが正直かどうか」

窪木がむっとした。「そりゃどういう意味だ」

「当たったのに『当たっていない』っていいそうじゃないですか？　わたしたちを貶《おとし》めるために」

「そんなことは絶対にしない！」

「誓えますか？　どうも信用ならないなー」

「そうやって僕らのせいにして、最後までカードを当てないってのが、きみらの演目か？　くだらない。黒河先生、これはごまかしのパフォーマンスです。もうこれ以上は観る価値なし……」

沙希は遮った。「あわてないでください。正直にリアクションしてくださるのなら、ちゃんとカードを当てて差しあげます」

大広間はしんと静まりかえった。窪木の訝《いぶか》しげな目がこちらをとらえる。全員の視線が沙希に釘付《くぎづ》けになっていた。

「いきますよ」沙希はデックを振りかざした。「ハートの3、スペードの7、ダイヤのQ」

大きくスイングしたデックから、三枚のカードを指先で弾《はじ》き飛ばす。カードが水平に回転しながら手裏剣のように飛び、三人それぞれの眼前に迫る。窪木らは驚きのいろとともにカードをつかみとった。

各自の引いたカードがいま手もとに還《かえ》った。窪木がスペードの7、緒方がダイヤのQ、松崎がハートの3。

三人の驚愕《きょうがく》の表情がすべてを物語っている。観衆はみな息を呑《の》んでいた。窪木は目を剝《む》き、声を震わせていた。「あ……あ……」

黒河が人を掻《か》き分け、窪木のもとに近づいた。「当たったのか？　正直にいえ」

なおも信じられないという顔を三人が向けてきた。窪木が沙希にきいた。「どうやったんだ。なんで……？」

その反応に参加者らが騒然となった。カード当てが三枚とも成功したのは、もはやあきらかだった。誰ひとりトリックを見抜けなかったようだ。みな感嘆の声の響きとともに、仲間内でああでもないこうでもないと議論を始めた。

最後に黒河が窪木らに念を押した。「当たったんだな？」

窪木が苦虫《にがむし》を嚙《か》み潰《つぶ》したような顔で、沙希を一瞥《いちべつ》したのち、仕方なくうなずいた。緒方と松崎もそれに倣った。

「……よし」黒河がうなずいた。「里見沙希のグループに得点を認める。審査員の合計点数は、きょうの最終発表をまつように」

参加者らが歓声をあげた。一同が笑顔で押し寄せ、胴上げせんばかりに祝福してくる。沙希ら四人はもみくちゃにされつつ、苦笑しながらテーブルを離れた。

椎橋と目が合った。やはり椎橋も笑っていた。沙希は顔がほころぶのを自覚した。ふたりでこんな瞬間を迎えることを、ずっと夢見てきたような気がする。これで終わりではない。さらなる栄光の前段階だと信じたい。

13

巨大な建造物は、じつは四つの棟に分かれていて、すべての階が空中廊下でつながっていた。そのうち参加者の寮となる南棟は、まるで高級ホテルだった。

十階までの各フロアに個室が設けてある。南棟の床面積は全フロアとも同じだが、部屋数は下に行くほど増える。すなわち各部屋の室内が狭くなる。一階では四人の居室がワンルームに等しく、二段ベッドふたつでいっぱいだときいた。

沙希はそれを自分の目でたしかめられなかった。一階からは遠く離れた最上階、ペントハウスをあてがわれたからだ。

　ホテルでいえばプレジデンシャルスイートにあたるのだろう。きょう課題がおこなわれた大広間を上回るほどの規模だった。たった四人で過ごすには贅沢《ぜいたく》すぎる広さ。とりわけ砂耶香ははしゃぎまわっていた。

　入口からしてわざわざエントランスホールがあった。大理石の床やシャンデリアに彩られている。柔らかく暖かな照明の下、リビングは高級革のソファや数々の調度品からなる豪華仕様で、ダイニングルームも隣接していた。

　寝室はふたつあった。どちらもキングサイズのツインベッド、窓には自動ブラインドが備わっている。

　あまりにデラックスな部屋すぎて身を持て余す。四人は当惑ぎみに寄り集まった。

沙希はつぶやいた。「ええと。寝室をどうやって分けるかだけど……」

　椎橋が頭を掻きつつ、苦笑いとともに梨本を見た。「やっぱ僕らは一緒だろうな」

　砂耶香が沙希の腕に絡みついてきた。「当然でしょ！　沙希さん、わたしたちはあっちの寝室にしよ。ウォークインクローゼットが広めだし、床暖房があるし」

　沙希は砂耶香に気圧《けお》されながらも、椎橋の顔いろをうかがった。椎橋は梨本と談笑している。常識的な部屋割りだろう。ここに異議を唱えるのはおかしい。

腹が空《す》いていた。昼はなにも食べなかったからだ。夕食はルームサービスだった。メニューから選ぶと豪華な料理がワゴンで運ばれてきた。鱈《たら》とカリフラワーのスフレに、和牛フィレのロッシーニ風、どちらもとんでもない美味《おい》しさだった。四人とも夢中になって平らげた。

デザートのホットチョコレートスフレを味わいながら、ソファでマジック談義に花を咲かせる。砂耶香が上機嫌にいった。「いやー、満足満足。初日から課題で最高点だなんて。沙希さんのグループに加わってよかった」

沙希は苦笑するしかなかった。「彬さんのおかげだから……」

四人のうちひとりだけ二十歳の椎橋だが、ワインには手をつけず、炭酸水のボトルをグラスに傾けた。「ヨードチンキにはヨウ素とヨウ化カリウムが含まれてる。沸騰させて蒸気を発生させれば、指紋が浮かびあがるんだよ」

梨本があっけらかんときいた。「なんで指紋の採り方なんか知ってたんですか?」

ふいに沈黙が降りてきた。椎橋が暗い表情でうつむいた。「……窪木がいってたろ。万引きで捕まった過去があってね。それに関連する知識で」

はっとした梨本があわてぎみに弁明した。「す、すみません。つい……」

砂耶香が真顔になった。「罪は償ったんでしょ?」

椎橋が炭酸水のグラスを呷《あお》った。「どうかな。保護観察処分だなんて甘すぎるって、世間からかなり叩《たた》かれたし」

沙希は穏やかに話しかけた。「彬さんはそんな悪い人じゃない」

「……悪くなきゃ捕まったりしないさ」

重苦しい空気が漂う。砂耶香がそれを払拭《ふっしょく》するように明るくいった。「きょうのMVPはまちがいなく椎橋さんだよ」

同感だと沙希は思った。しかし勝利に貢献したのは椎橋ひとりではない。沙希はいった。「四人全員が活躍してる。砂耶香もデックのすり替え、みごとだったし」

砂耶香がにんまりとした。「冒頭じゃなくあのタイミングなら、観衆の注意も逸《そ》れがちだったからね」

デックを貸してくださいと要求すれば、まず真っ先に窪木がしゃしゃりでてくる、そんな事態は予想がついていた。それも大広間で初対面したとき、彼がいじっていた扇《ファン》デックを差しだすだろうことは、まずまちがいないと思われた。

窪木のデックの裏模様は稀少《きしょう》なデザインで、沙希も同じ物は持っていなかった。ただしファンデックに関していえば、ここに来るようなマジシャンの荷物にはたいていてい含まれている。みなふだんからカードマニピュレーションの練習を怠らないからだ。

沙希は砂耶香に自分のファンデックを持たせておいた。裏模様がちがっていてもいい、サイズが同じならかまわない。

まず窪木のデックから三枚のカードが引かれる。それらがデックに戻され、シャッフルされる。砂耶香がテーブルの前に立ち、デックをとりあげた。あのとき砂耶香はトップの一枚を残し、デックをトピットのポケットに投げこんだ。と同時に、あらかじめ隠し持っていたデックのトップにさっきの一枚を載せ、テーブルに表向きにスプレッドした。表側はどのファンデックも変わらないため、持ち主の窪木すらすり替えに気づかなかった。砂耶香はふたたびデックをきちんと揃えたのち、裏向きにしてテーブルの隅に置いた。窪木のカードは一枚トップに載っているだけだが、デックが揃えて置いてあれば、すべてのカードがその裏模様に見える。

砂耶香はコインマジックを演じるにあたり、ジャケットを脱いで背後の梨本に預けた。〝体格がいいわりに影が薄くて、いてもいなくてもまったく記憶に残らない〟、窪木は梨本をそんなふうに揶揄《やゆ》した。けれどもマジックの世界においては、短所はいつでも長所になりうる。興味津々な観衆のなかから、梨本はこっそり抜けだし、ひとり大広間から退散した。

通路の机の引き出しのなかに、招待状の束がポリ袋におさまって放りこまれている。

砂耶香と椎橋がクロースアップマジックでつないでいるあいだに、梨本は三枚の招待状をとりだした。窪木、緒方、松崎の名が記載された三枚だ。

給湯室に入った梨本は、ヨードチンキをヤカンで沸騰させ、湯気に三枚の招待状をかざした。持参した砂耶香のジャケット、隠しポケットに入っていたデックにも、同じように蒸気を浴びせる。

課題実演前の準備中、沙希も実験につきあったが、指紋は驚くほど明瞭《めいりょう》に浮かびあがる。

スプレッドしたデックからカードを引く場合、裏側の左上コーナー付近に人差し指が押しつけられる。もともと窪木のデックだから、あちこちに彼の指紋がついているのは当然だが、特定の位置の人差し指の指紋は容易に識別できる。梨本によれば、その位置に指紋がついた三枚は、すぐに見つけだせたらしい。さらに招待状の指紋と比較し、誰がどのカードを引いたかを特定する。梨本はそれら三枚をデックのボトムにセットした。下から窪木、緒方、松崎の順だ。浮かんだ指紋はこすれば消える。

まだ椎橋がスポンジボールのマジックをつづけているあいだに、梨本は大広間に戻ってきた。手にしている砂耶香のジャケットの下で、梨本がデックをこっそり沙希に渡した。

沙希はテーブルのデックを手にしたとき、トップの一枚を除き、残りを丸ごとすり替えた。トピットの隠しポケットなどなくとも余裕でなせる技だった。窪木らは沙希がカード当てを放棄し、ごまかしのパフォーマンスに走っていると信じていた。おかげで沙希の手もとからはすっかり注意が逸《そ》れていた。沙希は自分の手もとに目を落とさず、ずっと窪木を見つめて喋《しゃべ》りつづけているあいだに、すばやくデックのすり替えを済ませた。それまでテーブルにあったデックは、沙希のポケットのなかに隠れ、元どおり窪木のデックが手のなかにおさまった。

最後にボトムから三枚をちらと見た。窪木、緒方、松崎の順に、引いたカードをいい当てた。それら三枚をサムショットという技術で回転させながら飛ばした。

ソファでくつろぎながら砂耶香がグラスを掲げた。「窪木のデックがずっとテーブル上にあるように見せかけたのが、トリックの肝だよね。あんなにうまくいくなんて」

梨本もまだ信じられないというようにいった。「ほかのグループはどこも成功させられなかったよね。僕たちのトリックは見抜かれなかったけど……審査員の先生たちは？　黒河先生はタネに気づいてるのかな？」

「さあ」砂耶香がニヤニヤした。「たぶんわかってないんじゃない？　なんだか悔しそうな顔してたし。ほかの先生たちも」

「それでいいのかな？　先生たちはタネを知る必要がないの？」

「いいにきまってんじゃん。みごと課題どおりのマジックを演じて、誰も見抜けなかった時点で満点。それ以外に審査基準なし。そもそも黒河先生自身が、ちゃんと課題どおりの現象を演じられるかどうか怪しいし」

「先生はできるっていってたよ？」

「演じてないんだから本当はどうなのか、わかりゃしないって」

ふと沙希の脳裏を不安がよぎった。きょうはぎりぎりの勝利だった。今後もこんな危ない橋を渡らねばならないのだろうか。奇跡を実現しつづけるのは簡単ではない。

そう思うと焦りが生じてきた。沙希はグラスを置いた。「さ、そろそろ寝支度に入らないと。明日《あした》も早いんだし」

「えー」砂耶香が顔をしかめた。「まだいいじゃん。もっと勝利の余韻に浸ろうよ」

「もうだめだってば」沙希は立ちあがった。「夜更かしして頭がぼうっとしてちゃ失敗する。睡眠はちゃんととらないと」

砂耶香は最後まで渋っていたが、そのわりにはベッドに入ってから、ほどなく寝息がきこえてきた。消灯したベッドルームで、いつまでも寝付けずにいるのは沙希のほうだった。

今後のことが心配だった。これからも無理難題を押しつけられるのが、このカリキュラムの趣旨なのか。純粋にマジックを披露するだけのコンベンションが恋しい。

ドアの向こうで物音がした。断続的に小さな音が響いてくる。沙希は気になり、そっとベッドを抜けだした。パジャマ姿でドアに近づく。

そろそろとドアを開けると、リビングの間接照明だけが灯《とも》っていた。ソファに座っているのは、パジャマにガウンを羽織った椎橋だった。カードマジックの練習中だとひと目でわかる。

椎橋がこちらを見た。「あ、ごめん。音が気になった？」

「こんな時間に練習？」沙希は歩み寄った。

「まあね。腕を磨いておきたくて」

沙希は椎橋の隣に座った。「彬さんは充分に凄腕《すごうで》じゃん」

「きょうの勝利は邪道だよ。陳列された商品に自分の指紋を残さない、その練習のために指紋検出が必要だった。あんな知識、元犯罪者じゃなきゃ持ってるはずがない」

「ちがうよ。彬さんはいろんなことを知ってるだけ。それをマジックに役立ててる」

「正攻法で勝負したいんだ。まともな人間になりたい。だから基本から復習してる」

「……ならわたしも一緒に練習する」

するとと椎橋が見つめてきた。「さっき沙希は寝ておかなきゃって……」

「技術の向上はいつでもマジシャンの最重要課題」沙希はデックを手にとった。

「シルバーカットの進化形、知ってる？」

いきなり「わっ！」と大声を発しながら、砂耶香が飛びかかってきた。沙希はびくっとして、カードをぶちまけてしまった。

砂耶香はいつの間にかベッドルームを抜けだしてきていた。ソファの背に隠れていたらしい。笑いながら砂耶香は沙希に抱きついた。「沙希さん、へたくそー。カード落としちゃってんじゃん」

「もう！」沙希は笑いながら砂耶香を振り払おうと身をよじった。「こっそり忍び寄るなんて反則でしょ。人体交換の箱の陰じゃあるまいし」

するともうひとつのベッドルームのドアが開いた。梨本が寝ぼけ眼で現れた。「僕も練習したい」

椎橋が腰を浮かせた。「きみは眠ったほうが……」

「影が薄くて存在感がないのが勝因だなんて、そんなのやだよ。次こそはマジックで目立ちたい。そのためにもうまくなりたい」

四人はソファにおさまり、互いに顔を見合わせた。自然に笑いが堪《こら》えられなくなる。結局またみな起きだしてきてしまった。

しばらくは互いの得意なテクニックを教えあい、思い出話に共感しあうのだろう。それでいいと沙希は思った。こんな素晴らしい時間を生きられるだけでも幸せだ。ひとりではないと、いまは強く実感できているのだから。

14

翌朝は薄曇りだった。沙希たちは敷地内の裏庭にあたる場所に集合させられた。そこは牧場のような一角で、あちこちに干し草が積みあげられ、養鶏小屋が連なっていた。我慢できないほどではないが、わりとにおいがきつい。

参加者らを前に、理事長とマジシャン五人が立った。きょうの担当はサロンマジック専門の菊山貴幸だと伝えられた。長身の菊山が進みでた。木製の屋外用テーブルの上に、卵が一個置いてある。

菊山は百円硬貨を一枚とりだし、右手に握った。百円玉を消してみせるのかと思いきや、手を開くことなく菊山はいった。「きょうの課題だ。手を開くと、この百円玉が消失している。テーブル上にある無傷の茹《ゆ》で卵の殻を観客が割ると、なかから百円玉がでてくる。以上のマジックを諸君に披露してもらう」

ざわつく参加者らに対し、わきに立っていた瀬沼が、例によって落ち着いた声を響かせた。「静粛に。質問があるなら挙手を」

そこかしこで手が挙がった。菊山に指ししめされた二十歳ぐらいの男がたずねた。

「実演はしていただけないんでしょうか」

「しない」菊山が即答した。「きみたちへのヒントになってしまう」

きのうと同じ押し問答は無意味だ。沙希は挙手とともに問いかけた。「演者が消してみせる百円玉ですが、事前に観客にサインさせたりするのでしょうか」

「いいや、それもない」

「……印もなにもない百円玉を、手のなかで消したのち、茹で卵のなかから百円玉が現れる。そういうマジックってことですか」

「そのとおりだ」

参加者らのあいだにひろがるざわめきは、これまでとは異なった響きを帯びていた。一様に安堵《あんど》したようすが見てとれる。窪木も仲間の三人らと笑いあっていた。

椎橋もほっとした顔でささやいてきた。「実質的にふたつのトリックってことだな。

手のなかでコインを消すほうは問題ない。どうやって茹で卵にコインをいれておくかだ」

沙希もうなずいた。「そっちのほうこそが難題」

コインがマジシャンの手中から、茹で卵のなかに瞬間移動するマジック。現象を説明すればそのようになるものの、コインにサインをさせない以上、消失と出現の両者が、同一の物体である必要はない。つまりコインは消失用と出現用で二枚あればいい。あらかじめ茹で卵のなかにコインを仕込んでおく。実演が始まったのち、マジシャンは別のコインを消してみせる。そのうえで観客が卵の殻を割ったら、なかからコインがでてくる。それだけだ。二枚の百円玉は、年号ぐらいは揃えておいたほうがいいかもしれない。だがなんにせよ、初めから二枚用いるのは既定路線だった。

菊山がつづけた。「午後からきのうの大広間で諸君に実演してもらう。小屋には生卵がたくさんあるので、トリックを考えるうえで何個使ってもかまわない。最終的に茹で卵一個を作ったうえでマジックに臨むこと。ではかかれ」

ただちに四人ずつのグループごとに散開していく。沙希たち四人も歩調を合わせながら、その場をあとにした。裏庭の区画内をゆっくりと横切る。

砂耶香が厄介そうにささやいた。「サロンといってもクロースアップマジック寄りの現象だよね。きょうも先生は実演なし。楽な仕事だこと」

椎橋が微笑した。「でもうまくきめれば、たしかに鮮やかなマジックだよ。消したコインが、たとえば小箱のなかから出現するっていうんなら、あらかじめ小箱が空っぽなのを見せておく必要がある。だけど……」

「ええ」沙希はいった。「卵なら、割らないかぎりなかに物を仕込めるはずがないから、事前のあらためは必要なし。観客が卵を割る前に、殻に傷ひとつないことを確認すれば、それで成立する」

とはいえ、どうやって百円硬貨を卵のなかに仕込むのだろう。そこが最大の難関にちがいなかった。

「んー」砂耶香が難しい顔で唸《うな》った。「千円札の端をちぎって燃やして、茹で卵のなかから出現させるってんなら、定番のマジックだよね。でも百円玉はなぁ」

砂耶香のいうマジックなら、たぶん参加者全員が知っている。沙希も真っ先に連想した。事前の準備としては、千円札の端を破りとり、きわめて細く巻く。爪楊枝《つまようじ》ぐらいに細くしておき、生卵の底に錐《きり》で穴を開け、そこに挿しこむ。白いパテで穴を埋めたうえで卵を茹でておく。端のちぎれた千円札は、マジシャンがポケットにしのばせる。それで準備完了だった。

マジックの手順としては、観客の前で新たな千円札をとりだし、端をちぎったうえで、その断片に火をつけて燃やしてしまう。観客のひとりに卵を渡す。底の小さな穴を塞《ふさ》いだパテには、まず気づくことはない。観客が卵の殻をむいているあいだに、マジシャンはこっそりテーブル上の千円札を、ポケットに隠しておいた千円札とすり替えておく。

茹でた卵の内部で、細く巻いた紙切れはひろがり、固まった黄身のなかに埋もれている。観客が卵から取りだした切れ端の断面を、テーブル上にある千円札にあてがってみると、ぴたりと一致する。燃やした切れ端がどうやって卵のなかに飛びこんだのか、観客はおおいに不思議がる。

かなり古典的なマジックで、なんのテクニックも必要ない。ただし千円札がちぎれたままマジックが終わるのは、どうにも美しくないため、たいていのマジシャンは千円札が破れていない状態に復活させてみせる。いうまでもなく三枚目の千円札を用意しておいてすり替えるだけだ。サムチップを用いたビルスイッチという技法、紙幣の入る箱や財布のギミックに頼るやり方など、さまざまな手順が考えられる。

現象をより不可思議に見せるためには、千円札の番号が印刷された部分をちぎればいい。卵から現れた切れ端が一致するだけでなく、番号まで同一なら、観客のさらなる驚きにつながる。

この場合は銀行で千円札を十万円ぶん、百枚を新札で下ろしておく。たいてい連番になっているから、数列の下二桁《ふたけた》にボールペンで書き加え、同じ番号の紙幣を三枚作る。具体的には下二桁が33、38、83の札に書き加え、すべて88にしてしまえばいい。本来の88の札も含め、同一番号紙幣が四枚も用意できる。

マジックの演技で破った紙幣は、のちにセロテープで貼り合わせ、銀行で交換してもらう。番号に加筆した紙幣も同様にする。むろん紙幣を故意に破ったり書き加えたりするのは好ましくない。現代では倫理観を疑われる行為のため、テレビで演ずればクレームが殺到する。よってこれを演じるマジシャンはもうあまり見かけない。

紙幣とちがい、硬貨には個別の番号がない。同じ年号の硬貨も複数あるため、百円玉二枚を用意しておくにしても、さほど手間はかからない。ただし問題は……。

沙希は歩きながらため息をついた。「百円玉は爪楊枝みたいに細く巻けない」

砂耶香が渋い表情になった。「発想を変えたほうがいいのかな。卵のなかに仕込むんじゃなくて、割ったあとで、いかにも黄身からとりだしたように見せるとか」

椎橋が首を横に振った。「卵は観客に割らせるって菊山先生がいってた」

「ですよね……。観客が卵のなかから百円玉を見つけなきゃいけない。やっぱ事前に入ってなきゃ駄目かぁ。でもどうやって……」

近くの養鶏小屋からいきなり怒鳴り声が響き渡った。「こら！　なにをやってる!?」

沙希は足をとめた。養鶏小屋の開放された門口からなかがのぞけた。白髪頭の作業服姿は養鶏の担当者らしい。頭から湯気を立ち上らせるほど憤っている。男子中学生とおぼしき四人組が、恐縮しながら頭をさげていた。

「す」四人組のリーダーが声を震わせながら詫《わ》びた。「すみません。鶏が百円玉を飲めるかどうか調べたくて」

作業服の怒りはおさまらなかった。「そんなもん飲ませようとするな。だいいち飲めるわけないだろ。いったいなにが目的だ？」

「マジックの課題で……。卵のなかから百円玉がでてこなきゃいけないんです」

「なに？　卵だと？」

作業服は初耳だという顔になった。ここでのカリキュラムなどまったく知らず、無関係に勤務しているらしい。理事長やマジシャンらは、とっくに裏庭から引き揚げている。瀬沼の姿も見えない。事情を説明できる大人は皆無だった。

「あのなぁ」作業服が説教じみた口調でいった。「鶏になにを飲ませようが、卵に入ったりはしないんだよ」

四人組が顔を見合わせた。リーダーがきょとんとして作業服にきいた。「そうなんですか?」

「当たり前だろう。鶏が飲みこんだ物はな、体内で消化されるか、そのまま排泄《はいせつ》されるかだが……」

沙希の近くで梨本がつぶやいた。「百円玉が消化管を通って卵巣に行き、卵のなかに入るなんて、鶏の身体のつくりからしてありえない」

小屋のなかで作業服も似たようなことを口にしていた。「……消化管からなんで卵巣に運ばれるんだよ。構造上不可能だろうが」

椎橋が目を丸くして梨本を見つめた。「詳しいね。そういえばきみは農業高校で……」

梨本はうなずいた。「酪農と養鶏を学習してます」

砂耶香が前のめりになった。「マジで? なら卵に百円玉をいれる方法、なにか思いあたらない?」

「しっ」梨本は静寂をうながし、周りの気配をうかがった。近場にライバルグループがいないのを確認したようだ。警戒しながら梨本は歩きだした。「こっちへ」

ほかに誰もいなそうな小屋のなかに入る。暗がりで梨本はスマホをとりだした。画面をタップするや、ぼんやりと光が宿る。

椎橋が小声でたずねた。「ネットはつながらないだろ？」

「撮ってある画像を見せるだけです」梨本が静止画を開いた。指先でスワイプし、次から次へと画像を送る。梨本がいった。「卵の殻について、学校でいろいろ教わりました。どこだったかな。あー、これです」

画面に映った静止画がさらに拡大される。古い塗り壁のような表層だった。凹凸が激しく、縦横に亀裂《きれつ》が入っていて、いたるところに小さな孔も開いている。

沙希はきいた。「これが卵の殻？」

「そう」梨本がうなずいた。「電子顕微鏡写真。つるつるの滑らかな表面に思えても、実態はこんなふうに凸凹《でこぼこ》と荒れてる。じつは卵は呼吸してててね、この孔から」

砂耶香が眉《まゆ》をひそめた。「卵って息してんの？」

梨本は説明した。「外から酸素をとりこんで、二酸化炭素を排出してる。炭酸カルシウムの結晶が多層に積み重なって、殻を形成してるから、砂みたいにざらついてる。このヒビみたいなところに沿ってきれいに割れた箇所は、断面が崩れないからくっつけやすい」

椎橋が真剣な表情できいた。「くっつけやすい？」

「ぴったり合わせれば、肉眼で見るかぎりなら、まったく割れてないように復元できるってこと。厳密にはクチクラ層が裂けたままなんだけど、手触りもごく自然だし、ヒビは全然見えない」

沙希のなかに衝撃が走った。「ほんとに？　それってマジックの世界では革命的じゃん！」

梨本が当惑のまなざしを向けてきた。「ただしあくまで理論上の話で……。正式に授業で習ったわけじゃなくて、先生が余談で口にしただけのことなんだよ。でも僕も、それならマジックに使えるんじゃないかと思って、もう少し詳しく調べてみた」

「どんなことがわかったの？」

「電子顕微鏡を見ながら、生卵の底をピンセットで押して、偶然にも亀裂に沿って割れればよし。亀裂以外が割れちゃう場合がほとんどだけど、何十個も試せばそのうちうまくいく。ただし殻を完全にまっぷたつにするのはさすがに無理。きれいに割れるのはせいぜい二・五センチってとこ」

百円玉の直径は二・二六センチだ。スリットができれば、なかへいれることも可能かもしれない。沙希の気分は昂揚《こうよう》した。「診療所区画内に電子顕微鏡室がある。部屋に入れれば試せるわけね」

「そうなんだけど……。元どおりくっつける器用さには自信がなくて。なにしろ文字どおりミクロの世界だから」

椎橋が梨本を見つめた。「僕ならできるかもしれない。細かい作業は得意なほうだ。殻をくっつける方法は？」

「まず断面をそっと洗浄して乾かす。薄い膜が残ってたら取り除かないとね。それから食品用の接着剤かエポキシ樹脂をごく少量つけ、割れ目を合わせて隙間なく密着させたうえで、ヒビにカルシウムパウダーを薄く塗る。電子顕微鏡で見ればヒビは残ってるけど、肉眼じゃ自然な仕上がりになる」梨本は付け加えた。「理論上は」

「なるほど。できそうだ」

沙希は不安になった。「そんなにうまくいく？」

椎橋が微笑を浮かべた。「マジックのテクニックは沙希にかなわないけど、器用さが要求される細かい作業には、むかしから慣れててね」

砂耶香が目を輝かせた。「わたしもむかしからビーズの工作が得意だったの！　一緒にやりましょうよ。手伝うから」

「……そうだな」椎橋がうなずいた。「現象がふたつあるんだから、ふたりずつ分かれよう。コインを消すマジックの探求と、コインいりの卵づくりに」

間髪をいれず砂耶香が提案した。「沙希さん、マジックのほうをよろしくお願いします！　椎橋さん、卵をなるべく多く持っていきましょうよ。何十個でも試してみなきゃ」

砂耶香が急ぎ椎橋を小屋の外へ連れだそうとする。椎橋は戸惑いぎみに沙希を振りかえった。けれども問題が山積している事実から目を背けられない、そんなふうに思い直したらしい。椎橋は立ち去りぎわにいった。「沙希、そっちは頼んだよ」

小屋のなかには沙希と梨本だけが残された。空虚な思いが沙希の胸をかすめる。

梨本がおどおどしながら告げてきた。「あ、あの……。よろしく」

「こちらこそ……」沙希はささやいた。心のなかで自分にいいきかせる。四人でひとつのチームだ。いまは勝ち抜くことがなによりたいせつだ。

15

午後一時をまわった。大広間の手前に延びる通路には、沙希と梨本以外、もう誰もいない。間もなく課題実演が始まるため、みな大広間のなかで待機済みだからだ。

沙希は百円玉一枚を左手の指先でつまんだ。ごく自然に右手に渡す。しかしそれはあくまで渡したふりで、硬貨は左手のなかにパームしてしまう。左手の指先を軽く曲げることで、なにも持っていないように装う。と同時に右手は、あたかも硬貨を受けとったように握ってみせる。

見守る梨本の視線は右手を追っていた。マジシャンどうしの礼儀で、ひっかかったふりをしてくれているのでは、最初はそう思った。しかし沙希が右手を開き、百円玉が消えたのを見せると、梨本は心底驚いたようすだった。

「びっくり」梨本は目を瞠《みは》った。「こんなすごいコインバニッシュは見たことがない。理屈を知ってるのにだまされる。完璧《かんぺき》だよ」

「ありがとう……」大げさすぎないかとは思ったが、マジックの知識がある人間にも通用するトリックを、日々研究してきたのは事実だ。それが功を奏したと思えば純粋に嬉《うれ》しい。

通路の突き当たり、閉じきったドアの向こうから、瀬沼の声が響いてくる。「課題実演の時間です。呼ばれたグループは前へ」

梨本の顔に焦燥のいろが浮かんだ。「やばい。もう時間だ」

沙希も切羽詰まった気分になった。「卵のほうは？　まだ？」

「まだふたりが現れない……。間に合わなかったらどうしよう。沙希さんのコインバニッシュだけでも演《や》ってみる?」

「そんなの意味がない。ケーキのデコレーションだけして、スポンジ焼いてないのと同じ」

通路にあわただしい靴音が響いた。沙希は梨本とともに振りかえった。椎橋と砂耶香が血相を変えながら駆けてくる。砂耶香が声を張った。「おまたせ!」

心拍の異常なほどの速まりを自覚する。沙希はたずねた。「卵は?」

砂耶香が息を切らしながら告げてきた。「三十二個目でようやくヒビに沿って割れてくれたけど、うまくくっつけられなくて、四十九個目でやっと成功。無駄にできないから、日持ちするぶんだけでも、今晩からみんなで卵料理」

そのわきで椎橋が手にしたハンカチを開いた。なかに卵が一個おさまっていた。沙希はそっと手にとった。

どこも割れていない。表面がつるつるしていて、ヒビなど一ミリたりとも見あたらなかった。沙希はきいた。「これ本当に細工した卵?」

椎橋と砂耶香が笑顔を交わしあった。砂耶香は沙希に向き直ると得意げにいった。

「卵の底を割ったの」

沙希は卵の上下をひっくりかえし、いわれたとおり底の部分を凝視した。……たしかにうっすらと筋状の痕《あと》が見えなくもないが、なにも知らなければ気づきようがないほどの仕上がりだ。思わずつぶやきが漏れる。「こんなふうに貼りあわせられるものなの？」

砂耶香がうなずいた。「椎橋さんって、ほんと匠《たくみ》レベルに器用なんです。いろいろ試行錯誤して工夫も凝らしたし」

「工夫って？」

椎橋が説明した。「卵の底のほうには小さな空洞があってね。貼り合わせるときに、ほんのわずかに通気できる部分を残しておけば、加熱時の膨張を防げる。ヒビ割れしにくくなるんだよ。それと、茹《ゆ》でるときには、先に湯を沸騰させておくこと」

「あー」梨本が納得顔になった。「冷水の時点から卵をいれて茹でると、白身の表面が粗くなるから……。でも沸騰した湯に卵をいれれば、白身がすぐに引き締まって、表面がつるつるになるよ。貼り合わせた部分もめだたなくなる」

砂耶香が声を弾ませた。「ほんとそれ！　ヒビが自然に塞《ふさ》がってくから、わたしも見ててびっくりして……」

よほど声が大きかったからだろう、大広間のなかまで届いたらしい。瀬沼の怪訝《けげん》そうな声がドア越しにきこえてきた。「まだ誰か通路にいるのか？　早く入ってきなさい」

やばっ、といいたげに砂耶香が両手で口を覆った。沙希ら四人は戦々恐々としつつも、及び腰にドアを開けた。

大広間内で舞台前に集まった参加者らがいっせいに振りかえる。壇上には瀬沼のほか、理事長と五人のマジシャンが勢揃いしている。当然ながら全員が渋い顔だった。

沙希はひたすら頭を低くし、こそこそと集団のなかに駆けていった。椎橋ら三人も同じようにつづいてきた。周りはしらけた反応だったが、窪木だけはここぞとばかりに嘲《あざけ》るような目を向けてくる。やはりあの男とは友達になれないと沙希は思った。

瀬沼が厳かにいった。「ではあらためまして、課題実演の時間です。友成徹治《ともなりてつじ》、平《ひら》方征太郎《かたせいたろう》、徳地比呂志《とくちひろし》、秦能弘《はたよしひろ》のグループ。舞台にあがってください」

入れ替わりに審査員らが舞台から降りる。長テーブルは舞台前ぎりぎりに置かれていた。理事長と五人のマジシャンがそこに並んで座る。舞台との距離が極端に近いのは、ステージマジックではなくサロンマジックの審査だからだろう。サロンの距離感としては適切に思えるが、硬貨の年号まではたしかめられない。そこは重要ではないのだろう。

十代後半の四人が登壇した。舞台上のテーブルに徳地が卵を置く。平方が百円玉を指先にしめした。それを右手に移し握りこむ……。

審査員席で菊山が声を張った。「終了！」

びくっとした平方が凍りつく。ほかの三人も壇上で唖然《あぜん》としていた。

菊山の低い声が反響した。「フレンチバニッシュからのフィンガーパームで、左手から右手へ渡したふり。見え見えなんだよ。次」

参加者らに動揺がひろがった。沙希も絶句せざるをえなかった。たしかに技法はフレンチバニッシュのムーブメントだったが、平方の手つきは完璧だった。あれで駄目だというのか。コインを消してみせるテクニックは数あれど、マジシャンなら知識があって当然だ。そこを指摘されたのでは、どんなやり方も通用しなくなる。

実際、参加者が続々と登壇したものの、みなコインバニッシュを菊山により一刀両断にされた。「いまどきフロント・サムパーム・バニッシュかね。終了」「コインスライド・バニッシュはサロン向けではない、テーブルマジックの技術だ。終了」「トゥルニケ・バニッシュなどやめたまえ、不自然の極みだ、終了」「ピックアップ・バニッシュ？　渡したフリのようにさえ見えん、終了」「終了」「終了」「終了！」

ニップアウェイ・コインバニッシュが否定されると、沙希は内心うろたえざるをえなくなった。「どうしよう……」

隣で椎橋が励ますようにささやいた。「沙希ならだいじょうぶ。心配ないよ」

「そうじゃないの。わたしが用意してる技法、いまのニップアウェイ・コインバニッシュの変形だし……。しかもかなりうまく演ったのに終了を食らってる」

「沙希のほうが巧《うま》いよ」

「ちがう。問題はそこじゃない。左手から右手に渡したふりをした時点で否定されるなんて。コインを消してみせるマジックは、その動作なしには無理。どうにもならない」

つづいて舞台にあがった二十歳前後の女性グループは、めずらしくコインバニッシュから先に進んだ。百円玉が無事に消えたのち、別のメンバーの手で、卵が審査員席に運ばれる。壇上の女性がうわずった声を響かせた。「そ、その卵の殻を剝《む》いてみてください」

菊山は卵を手にとったものの、一瞥《いちべつ》するとため息をついた。「卵の底に割った痕がある。パテでふさいでも、百円玉が入るほどの亀裂《きれつ》ならすぐに分かるぞ。もっとましな細工はできんのか。終了」

参加者たちはあからさまに取り乱す反応をしめした。みな手もとの卵を眺めるや青ざめる。菊山の目を欺ける自信のあるグループは皆無のようだ。

いや、唯一の例外がいる。椎橋だけは澄まし顔を保っている。沙希の脈拍は亢進《こうしん》した。卵はたしかにいい出来だ。しかしその前段階のコインバニッシュがきまらなければ……。

瀬沼の声がこだました。「次。里見沙希、椎橋彬、梨本俊司、佐藤砂耶香のグループ。舞台へ」

ダメもとで運を天にまかせるしかない。沙希は歩みだそうとした。

すると椎橋が沙希の肩に手を置いた。「まった。僕にまかせて」

はっとして沙希は椎橋を見つめた。「まかせるって……?」

「コインバニッシュは僕がやる」椎橋は砂耶香に卵を託した。「これを持って」

砂耶香が満面の笑みでうなずいた。「もちろん。がんばろ、椎橋さん!」

ふたりが舞台へ向かっていく。沙希は梨本とともにつづいた。

四人で登壇すると、瀬沼が問いかけてきた。「どなたが演じますか」

「僕です」椎橋がさらりと応じた。

「結構。始めてください」

審査員たちが沙希たちのほうにも注意を払う。梨本がこっそり姿を消していないかどうかたしかめたらしい。問題ないとわかると、菊山ら審査員一同は椎橋の演技を見守りだした。

椎橋は両腕の袖《そで》をまくったうえで、百円玉を右手の指先につまんでしめした。手から手で渡したりせず、そのまま握りこむ。しかも右腕を垂直に立て、こぶしのてのひら側を観衆に向けていた。コインがこぶしから抜けだす方法はない、椎橋はそう強調している。

ところが背後に立つ沙希は、まったく予想外の変化をまのあたりにした。椎橋のこぶしは、手の甲側が沙希に向いているが、人差し指と中指の付け根のあいだからコインが現れた。二本指をわずかに前後させ、百円玉を手前にひねりだしてくる。ほどなく手の甲に硬貨が飛びだした。椎橋はうまく腕をわずかに前に傾け、手首のあたりにコインをとどめた。垂直に立てた前腕の裏側を、コインがずり落ちていく。それもわずか二秒ていどにすぎず、百円硬貨は椎橋のまくった袖のなかに消えた。審査員や観衆の側からは、硬貨の動きがまったく見えなかったため、誰もが依然として椎橋の右のこぶしを注視している。

沙希は表情を変えないように努めた。梨本や砂耶香もしらばっくれた顔をしている。だが内心は驚愕《きょうがく》しているにちがいない。

舞台袖に立つ瀬沼からは目撃できただろうか。けれども瀬沼はあくまで中立の立場らしい。素知らぬ顔でたたずむばかりだった。

椎橋がこぶしに軽く息を吹きかけ、てのひらを開けた。見守る参加者らがいっせいに目を丸くした。どよめきが波状にひろがる。審査員席にも驚きの反応があった。菊山も身を乗りだしている。

砂耶香がテーブルの上の卵をとりあげ、舞台から降りていった。「ではこちらの卵を剝いていただきます！」

卵は菊山に渡された。菊山は不審げな顔で、壇上の椎橋を見つめたのち、手もとの卵に目を落とした。ゆっくりと卵を回しながら観察する。卵の底を間近から凝視した。

しかし亀裂の修復痕《あと》は発見できなかったらしい。菊山はおもむろに卵をテーブルに叩《たた》きつけ、殻を剝きだした。茹《ゆ》で卵が現れる。じつは殻と白身のあいだにある薄い膜が、底の部分のみ破れている。そこを修復するすべはないと梨本からきいた。菊山が気づけばすべて終わりだ。

殻を剝く菊山の手はとまらなかった。膜に注意を向けたようすもなく、茹で卵があらわになった。菊山は指先に力をこめ、茹で卵をふたつに割った。黄身を人差し指でほじる……。

つまみだされたのは百円玉だった。参加者たちばかりか、列席するほかのマジシャンらも感嘆のため息を漏らした。

菊山はしばし硬い顔のまま静止していた。やがて硬貨と卵をテーブルに置くと、ゆっくりと立ちあがった。壇上の椎橋を見つめ、菊山は手を叩きだした。

張り詰めた空気が一気に緩和したように思える。審査員は全員立ちあがり、菊山に倣って拍手した。参加者らも興奮ぎみに同調し始めた。拍手喝采《かっさい》がたちまち大広間じゅうにひろがる。苦い顔をしているのは窪木ぐらいだ。

沙希は胸のすく思いだった。やった。またしても奇跡を成し遂げた。

砂耶香が黄いろい叫びとともに壇上に駆け戻ってきた。その勢いのまま椎橋に抱きつく。椎橋も声をあげて笑いながらハグに応じている。

万雷の拍手がつづくなか、沙希の心に暗雲が垂れこめた。

梨本はまったく意に介さないらしく、さも嬉《うれ》しそうに手を差し伸べてきた。「沙希さん、やったね！」

「あ……うん」沙希は梨本との握手に応じたものの、なんとなく胸がざわついた。椎橋と砂耶香は抱きあい、笑みを交わしあっている。拍手がふたりを祝福する。どうにも気分がくすぶる。心が晴れない。

16

夕方にはまた招集がかかった。三階の広い空間に足を踏みいれると、木材と塗料の混じり合った独特の香りが鼻をついた。木くずの乾いたにおいも混ざっている。

上げ下げ窓から斜陽が射しこみ、ほのかに赤く照らされる内壁は、打ちっぱなしのコンクリートだった。梁《はり》に鉄製の滑車が設置され、ロープが垂れ下がっている。作業台に切りだされた木材が横たわっていた。ノコギリや電動ドリル、ハンマーといった工具のほか、無数の釘《くぎ》類が散乱する。塗装用のブースでは、刷毛《はけ》やローラーがバケツに無造作に突っこまれ、雑然と放置されていた。囲いが色彩豊かなペンキの撥《は》ね跡だらけになっている。

一方の壁には完成間近の大道具が立てかけてあった。細かい装飾が施された円柱や書き割りなど、舞台を切り取ったかのような造形物が見える。

どうやらイリュージョンの大道具をこしらえる作業場のようだ。参加者らを前に、例によって理事長と五人のマジシャンが立った。イリュージョン担当の講師、屈強そうな肉体に口髭《くちひげ》の木田瞬が前に進みでた。

木田はホワイトボードに大判の図面を貼りだした。「課題はずばり水槽脱出イリュージョンだ。この密閉水槽に施す仕掛けを考案し、独自の設計図を作成しろ。うちのスタッフが設計図どおりの水槽を作る。それを用いて来週、脱出イリュージョンを演じてもらう」

参加者一同が息を呑《の》んで図面を見つめた。沙希はすばやく手もとのノートに描き移した。高さ二メートル、幅一・五メートル、奥行一メートルの直方体。金属製で開口部は上蓋《うわぶた》のみ、南京錠で施錠できる仕組みだ。

金属製だが、前面と背面のみ強化ガラスの窓がある。窓は縦一・八メートル、幅一・三メートル。つまり前面と背面は、計二十センチていどの枠分を残し、ほぼすべてガラス張りと考えて差し支えない。それら二枚の窓を通して向こう側が見通せることになる。

木田がつづけた。「水槽は三トンの水で満たされる。むろんそれに耐えるだけの強度で制作される。演目はフーディーニの水槽脱出と基本的に同じだ」

その説明だけで全員が流れを理解できる。マジシャンは助手にロープで縛られ、水槽にいれられる。上蓋が施錠されるが、前面の窓から内部にいるマジシャンが見えている。マジシャンには潜水の技術と、長く息をとめる努力が求められる。水槽が大きな布で覆われ、一分後に取り払われると、窓のなかにマジシャンの姿はない。観客席の後ろにずぶ濡《ぬ》れのマジシャンが現れ、舞台へと駆けあがる。

参加者らはまるで記者のように、手帳やノートにメモを走り書きしていた。うちひとりが質問した。「フーディーニの水槽脱出と同じということは、水槽そのものは細部を観客にあらためさせることなく、こちらで用意したロープや南京錠を用いればいいんですよね？」

「そうだ」木田が答えた。「演技中に水槽の仕掛けが観客の目に映らなければ、それでかまわない。水槽をつぶさに調べられてもバレないとか、そういう話ではない。マジックにはタネがあるにきまっている。なにかと揚げ足をとろうとする審査は邪道だ」

黒河や菊山がむっとしたのがわかる。講師陣のなかでも意見が分かれているらしい。審査基準に曖昧《あいまい》さがあるとすれば困りものだと沙希は思った。

また質問が飛んだ。「脱出までの所要時間は一分間ですか」

「いや。短ければ短いほど高得点につながるといっておこう。むろん脱出に成功したらの話だが」

「水槽を覆う布も設計するんでしょうか」

「布？」木田は眉《まゆ》をひそめたのち、なにかを思いついたようにいった。「忘れていた。今回の課題には、フーディーニの水槽脱出と、唯一異なる条件がある。脱出に際し水槽はいっさい覆わない。舞台の天井から幕が下りてはこないし、大きな布をかぶせるわけでもない。衝立《ついたて》で囲うなどもってのほかだ」

ざわめきがひろがった。窪木がひきつった顔で問いかけた。「観客の目をいっさい遮らないで脱出しろっていうんですか？」

木田が真顔になった。「いいか。花瓶を消すためにハンカチをかぶせるなど、百年前と同じじゃないか。大仕掛けの場合でも、ふしぎなことが起きる肝心な瞬間を、布で覆うなど言語道断だ。きみらは二十一世紀を担う新人マジシャンだ。布なしに奇跡を実現させてみろ」

「……あのう」窪木がへらへらと笑った。「まさか水槽を観衆がぐるりと囲んだ状態だとはおっしゃらないですよね？」

「フーディーニの水槽脱出と基本的に同じだといっただろう。水槽は舞台上に設置する。観客席は前方のみだ。衆人環視からの脱出でなくてもいい」

緊張が漂うなか、参加者らのほっとしたようすが伝わってくる。沙希も同感だった。さすがに四方八方から見られていたのでは、水槽から抜けだすなど不可能になる。

なぜなら脱出イリュージョンで誰もが思いつくトリック、箱の底から舞台の奈落《ならく》へと抜けだす方法が、水槽脱出では使えないからだ。底を開けたとたん三トンもの水が滝のごとく流出してしまう。それだけの重さの水槽を支えうる舞台も、床を鉄骨やコンクリートでしっかり固めてあるにちがいない。すなわち下方へだけは逃げられない。

木田が淡々と告げた。「四人グループの役割分担を説明しておく。水槽脱出に挑むマジシャン一名。舞台上の助手二名。ほかに裏方一名は舞台に立たずともよい。条件内ならどんな仕掛けを用いてもいいが、図面は明日いっぱいで完成させろ。実演は七日後だ。では各グループとも作業にかかれ」

無茶振りも三回目になると、参加者らはあきらめ半分に受けいれている。四人ずつのグループが互いに距離を置き、作業場内のそこかしこで会議を始めた。いたるところに椅子やベンチが放置してあるため、それらを円形に並べた各グループが、ひそひそと会話する。

沙希たちは二人掛けのベンチふたつを確保できた。向かい合わせになったベンチの片方に、椎橋と砂耶香が並んで座った。正確にいえば椎橋が腰掛けた隣に、間髪をいれず砂耶香が滑りこんだ。沙希は思わず絶句した。椎橋と目が合う。どうやら椎橋も気まずさは自覚しているらしく、困惑のいろを浮かべた。しかし砂耶香は満面の笑みとともに椎橋に寄り添っている。

　この状況で席の交替を要請するのはおかしい。沙希はやむをえず向かいのベンチに座った。当然ながら隣は梨本だった。

　椎橋が身を乗りだした。「マジシャンはウェットスーツを着て、上蓋を開けた水槽のなかに飛びこむ。だから本当に水中に入らなきゃいけない。潜水と立ち泳ぎに自信のある人は？」

　誰も手を挙げなかった。互いの顔いろをうかがうように視線が交錯する。ふつうなら主役のマジシャンとして舞台に立ちたいところだが、今度ばかりは沙希も遠慮したかった。

　しばしの沈黙ののち、椎橋が仕方なさそうにみずから挙手した。「しゃあない。なんとか泳げるていどだけど、僕がやるよ」

　砂耶香がにっこりと笑いかけた。「椎橋さん、かっこいい」

　また微妙な空気が漂ったように感じたのは、沙希と椎橋だけかもしれない。特ににも気にしたようすもない梨本がいった。「観客が水槽内を目にできるのは、前面窓を通してのみだから、そこを気泡で満たせば、しばらくは視線を遮れるかも」

　沙希は賛同した。「いいアイディア。っていうか、たぶんそれしかないよね。水槽内部、前面窓の下端あたりに、空気の噴出孔をたくさん並べておくの。ブクブクと噴きだす泡が、窓を内側から覆うカーテンの代わりになる」

椎橋が腕組みをした。「そこまではいいとして、どこから脱出できる？」

「さあ……。上蓋は観客の目にもしっかり見えてるし、なにもかぶせちゃいけないんだから、そっちからはでられない。水槽の左右両側もそう。観客から見えるうえに水があふれでちゃう。底はもちろん開けられないし」

「じゃ背面の窓を開けられるようにしといて、舞台の裏側に逃れる手だけど……」

砂耶香が首を横に振った。「開けたとたんに水がジャーッと流れだして、舞台は大洪水」

「だよな」椎橋が弱りきった顔でつぶやいた。「そりゃ不可能を可能にするからイリュージョンなんだけどさ。実際に考えるとなると至難の業だよな」

ふいに瀬沼の声が呼びかけた。「里見沙希さん。ちょっと」

瀬沼は近くに立っていた。作業場内のあちこちでグループが会議をつづけている。瀬沼が声をかけたのは沙希だけだった。

なんだろう。椎橋らが怪訝《けげん》な面持ちで見つめてくる。沙希は腰を浮かせた。

作業場の出入口を抜け、通路へといざなわれた。瀬沼が後ろ手にドアを閉めた。がらんとした通路が、夕陽に赤く染まっている。ふたりの中年男性が立っていた。理事長の竹村と、サロンマジック担当の菊山だった。

「あの」沙希はふたりに歩み寄った。「なんでしょうか」

菊山が指で硬貨を弾《はじ》き飛ばした。回転する百円玉が放物線を描き、沙希の手のなかにおさまった。菊山がいった。「右手に握りこんで消す技。やってみせてくれ」

椎橋が演《や》ったトリックだ。沙希は戸惑った。「わたしが考えたタネじゃないですし、実際わたしもきょう初めて目にしたばかりで……」

「それでも後ろに立っていればタネはわかったんだろ？　きみならできるはずだな」

沙希は黙りこんだ。たしかに新たなトリックをまのあたりにした以上、ただちに練習しないわけにはいかない。それがマジシャンの性《さが》だった。夕方になるまでの休み時間、ひとりきりになる機会が訪れるたび、沙希はひそかに椎橋の動きを模倣してみた。最初のうちは百円玉を落としてばかりいた。しかし十回、二十回と繰りかえすうちに、コツがつかめてきた。

プロマジシャンになるための素養を判断される場だ。断る必要などない。沙希は菊山と竹村を前に、両腕の袖《そで》をまくった。百円硬貨をしめし、右手に握りこむ。こぶしのてのひら側をふたりに向けるが、人差し指と中指の付け根のあいだから、ひそかに硬貨を手前に抜けださせる。手の甲から前腕の外側を滑らせ、袖のなかに隠した。

沙希は右手を開いてみせた。コインが消えたのをまのあたりにし、菊山と竹村が目を瞠《みは》った。

斜め後方から瀬沼の声が告げた。「おみごと。舞台上で見たのと同じです。コインがスムーズに腕の裏をつたい、袖のなかにおさまりました」

嫌な解説だと沙希は思った。「タネはもう瀬沼さんから先生がたに伝わってたんですよね？」

竹村は感心したようにため息をついた。「タネを知らされていても、いまのマジックは驚異的だったよ。きみはすごいな。もう椎橋君の技を盗みとったか」

菊山が真顔で見つめてきた。「これを伝えておこう。きみの得点は参加者のなかでダントツだ。技術点のみならずスター性に秀でている」

沙希は恐縮しながらも、なんとなく不穏なものを感じた。「どうも……」

すると竹村が距離を詰めてきて、沙希の肩に手を置いた。「トップのきみにベネフィットをあげよう。ほかのグループを自由に選んで移籍できる権利だ。きみが指名した参加者と入れ替わることができる」

「……はい？」沙希は面食らった。「どういう意味ですか」

「聡明《そうめい》なきみのことだから、はっきり説明しておく。このままいけばグループ優勝はきみたちだ。きみがプロマジシャンとして世界に大きく羽ばたくことに、審査員一同異存はない。ただし……」

「なんですか」

「前科者と一緒にデビューさせるわけにはいかん」

通路の気温が急に下がった気がした。神経を逆撫《さかな》でされたような不快感をおぼえる。沙希は申し立てた。「椎橋彬さんのことなら、彼は前科者じゃありません」

菊山が険しい表情になった。「保護観察処分は前歴にはなる。無実というわけではない。それも数多くの犯行を重ねてきた知能犯だ」

「そんなこといまさら……」

竹村が片手をあげ反論を制した。「これはもう決定事項なんだ。とにかく有望なきみと、椎橋君を一緒にデビューはさせられない。このカリキュラムの最優秀グループには、報道陣を前に記者会見に臨んでもらうことになる。国際エージェントにも引き合わせる。その場に元万引き常習犯がいては困る」

受けいれがたい話だと沙希は思った。「ならどうして彬さんを招待したんですか」

瀬沼がいった。「ＥＪＭＳではプロマジシャンだけでなく、裏方のスタッフも育成するのです。カリキュラムを通じ、マジックを考案するアイディアと設計の能力、実技とルックスを見定めて、どちらの適性かを判断します。彼は最初から裏方候補でした」

「里見さん」竹村が語気を強めた。「あいにくだがきみのグループは、きみひとりの価値によりトップを独走しているといって過言ではない」

沙希は断固として否定した。「サロンマジックの課題は彬さんと砂耶香さんが演じました。あのふたりが最高得点を記録したんです。百円玉の入った卵ができたのも梨本さんのおかげです」

菊山が鼻を鳴らした。「なら三人とも優秀な裏方になりうる」

「ただし」竹村がすかさず付け加えた。「きみと同じ事務所には所属させない。四人でチームを組ませるわけにはいかないんだ。椎橋君たちはマジッククリエイターチームとして独立すればいい。きみがプロデビュー後、マジックの制作をそこに発注するのはかまわないが、同一チームにはなれない」

苛立《いらだ》ちがこみあげてくる。沙希は思わず声を荒らげた。「そんなに彬さんを毛嫌いするのなら、いますぐ追っ払ったらどうですか」

瀬沼が動じたようすもなく、穏やかな口調で告げてきた。「特に落ち度のない彼を失格にすると、参加者のあいだに動揺がひろがるのです。あなたがグループを離れてくれるのが最も手っ取り早い」

もともと短気だった沙希は、ＰＣＡＭで優勝したいまでも、けっして辛抱強くはなかった。沙希はドアへと踵《きびす》をかえした。「彬さんを下ろすのならわたしも辞めます」

「おい！」菊山の声が沙希の背中に呼びかけてきた。「暴言を吐くと失点につながるぞ」

結構だと沙希は思った。椎橋と一緒に追いだされるのなら本望だ。たとえ世界で活躍できる機会を永遠に逃そうとも。

ドアを開け、作業場のなかに戻った。ベンチでは椎橋たち三人が談笑していた。画板に方眼紙を載せ、ああでもないこうでもないと、各々が鉛筆を走らせる。

沙希が近づくと、三人が顔をあげた。砂耶香が笑いかけてきた。「あー、沙希さん。そろそろざっくりとでも図面を作ろうって、椎橋さんが」

なんとなく三人と目を合わせるのが怖い。沙希は黙って腰掛けた。

椎橋が気遣わしげに見つめてきた。「……どうかした？」

「べつに」沙希はうつむいた。なんのためにここにいるのだろう。またわからなくなってきた。

17

マジシャン学校なんて怪しすぎる、そんなものは非現実的だし信じるほうが馬鹿、そういう考えの人がいるなら頭が古い。

韓国には芸能高校があり、華やかな制服を着た現役と未来のスターが、洒落《しゃれ》た校舎に通学する。通常の授業のほかに芸能の専門分野を学び、月に一回のお披露目《ショーケース》には、大手事務所のスカウトも訪れる。

ただ日本となるとたしかに、その種の触れこみの団体施設は、学校法人とは無縁なことが多い。甘い夢を見させておいて、じつは運営者が授業料で稼ぐばかりの、金儲《かねもう》けの手段でしかなかったりする。業務形態を調べてみると専門学校ですらなく、サービス業と記されている事実が判明する。

EJMS主催のグレート・マジシャン選抜カリキュラムは、果たしてどちらなのだろうと沙希は思った。講師陣の非情な態度は、本気でプロマジシャンを養成するまともさゆえか、それともその逆だからか。

残念そうに嘆く声がいっせいにあがり、沙希はふと我にかえった。

参加者らは舞台の前に群がり、床に腰を下ろしている。舞台上にいる男子高校生四人組が演じた水槽脱出イリュージョンは、またも無残な失敗に終わった。あふれた水が壇上いっぱいにひろがり、滝のように流れ落ちてくる。モップを手にした清掃員らが大急ぎで飛びだす。

参加者たちの集団にまぎれ、長テーブルに列席する審査員らも頭を抱えている。木田がハンドマイクで声を張った。「そこまで。失格」

ずぶ濡《ぬ》れのウェットスーツと助手ふたりが項垂《うなだ》れながら舞台を降りる。これで十組中九組が失格を宣告された。

唯一成功したのは窪木文明のグループだった。濡れた髪から雫《しずく》を滴らせる窪木は、ウェットスーツの首にバスタオルをかけ、仲間たちと胡座《あぐら》をかいている。またひとつの敗退を目にし、笑顔で同胞とこぶしを打ちつけ合っている。

沙希のなかに緊張感が高まっていた。窪木らのトリックは沙希のグループとまったく同じだったからだ。図面を盗み見されたとは思えない。考えつく方法がひとつしかなかった。突き詰めればそこに行き着くのは当然だった。

舞台袖《そで》で瀬沼が床の濡れぐあいを気にしつつ、スタンドマイクで呼びかけた。「里見沙希、椎橋彬、梨本俊司、佐藤砂耶香のグループ」

ウェットスーツ姿の沙希は立ちあがった。タキシードを着た砂耶香と梨本も腰を浮かせる。裏方の椎橋はジャージ姿だった。トリックの都合で役割を交替したからだ。椎橋が沙希に笑いかけた。「しっかりね」

返事をまたず椎橋は身を翻し、後方のドアへと走り去った。彼は裏動線で待機する。彼の手を借りるところまで演技が進行すればいいのだが。

砂耶香や梨本も表情がこわばっている。不安を抱えながら三人で舞台へと向かった。係員が総出で壇上の水槽を取り替え中だった。太いホースで水を抜き、空っぽになった水槽を舞台袖に排除、新たな水槽を搬入し、また水を注入する……。恐ろしく手間のかかる準備だった。費用も途方もなく高額だろう。韓国の芸能高校とくらべるべきではないかもしれないが、このカリキュラムが本物と信じるに足る、ひとつの根拠にはなる。

図面を引いたとおりの水槽が舞台上に鎮座した。沙希たちは舞台にあがった。まだ床があちこち濡れている。

これまでの十組すべてが、前窓の内側を気泡で覆い尽くし、脱出の瞬間を見えなくするという点で共通している。沙希の用意した水槽もそこは同じだった。

失敗した九組については、その後のトリックが二種類に分類される。ひとつは水槽上部の照明をできるだけ暗くするか、暗幕を下ろして上蓋《うわぶた》を見えないようにし、そこから抜けだす方法。水をこぼさず抜けだすには、上蓋が施錠されても内側から開けられる仕掛けを施しておくしかない、そういう発想は理解できる。だが大ホールの完全に暗転するステージとはちがい、大広間の舞台は観客との距離も近く、照明を落としても完全な闇にまでは至らない。どのグループも無理を承知で挑まざるをえなかったのだろう。

もうひとつのトリックは、背面の強化ガラス窓を上方のみわずかに開けて、急いで外にでる方法。水はこぼれるが、なるべく早く脱出することで、その量を最小限に抑えようとするやり方だった。たぶんどのグループもぶっつけ本番だったのだろう。窓を少し開けただけでも、水が津波のようにあふれるのを想定できていなかったらしい。しかも恐るべき水圧により、いちど開けた窓はなかなか閉じられない。結果としてさっきのように壇上が水浸しになってしまう。

水槽への水の注入が完了し、沙希たち三人は舞台上で一礼した。参加者と審査員の群れがこちらを見上げている。背後には水槽があった。高さ二メートル、幅一・五メートル、奥行一メートルの直方体。いよいよイリュージョンの始まりだった。

助手ふたりにより、沙希は後ろ手に手錠をかけられ、胴体をロープでがんじがらめにされる。正直なところこのくだりは、観る側もさして興味をしめさない。手錠は外れるようになっているし、ロープはあちこちジョイント用ギミックでつないであるだけで、身をよじれば切断できる。脱出マジックあるあるだった。

両脚は縛られないため、水槽のわきにある脚立もなんとか上れる。砂耶香が一緒に上りながら身体を支えてくれた。

じつはもうトリックは始まっていた。脚立に上りながら、砂耶香の手が沙希の背中に、細いワイヤーを接続する。ウェットスーツの下のハーネスから突きだす金具に、数本のワイヤーが固定された。

水槽の上蓋は砂耶香が開けた。沙希は軽く跳躍し、水中へと飛びこんだ。勢いよく水飛沫《みずしぶき》があがる。

いや正確には、飛びこんだのは事実だったが、そこは水中ではなかった。

じつは水槽の奥行三十センチに、間仕切りの強化ガラスがいれてあった。つまり水で満たされているのは、水槽の前窓から三十センチ奥までであり、間仕切りガラスから背面までの七十センチはドライな空間だった。沙希が飛びこんだのは、その水一滴すらない、乾ききった区画でしかない。

それでも水槽の外壁に手をかける梨本が、一秒のずれもないタイミングでボタンを押してくれた。沙希の飛びこみとともに水柱が立ち、気泡が無数に発生する。すべて水の入った区画の底面にある空気噴出口のなせるわざだった。

と同時に、沙希が身を投じたドライな区画でも、底面の仕掛けが作動した。金網の下にあるファンが回転し、猛烈な風を上向きに吹かせる。これにより沙希の髪は逆立った。しかも水槽内部の上方に隠されたワイヤー巻き上げ機が、沙希の身体をゆっくり上下させる。

沙希は下からの強風に晒《さら》されながら、ファンとモーターのけたたましい音のなか、ワイヤーに吊《つ》りさげられていた。だが前面窓を通せば、気泡のなかで沙希は浮き沈みしているように見える。

むろんトリックを知っていれば、からくりは一目瞭然《いちもくりょうぜん》だった。窪木のグループも同じトリックだと気づいたにちがいない。けれども彼らがそれを公言できるとは思えなかった。仕掛けが共通しているのだから、窪木らはみずからのタネ明かしに及べない。自分たちのトリックも審査員にバレて、減点対象になってしまう。

上蓋が閉じられ、外から施錠される。砂耶香が脚立を下りていった。ワイヤーに吊られて上下するのは苦痛だが、息は自由にできるのがありがたい。

やがて間仕切りの向こうに大量の気泡が立ち上った。前窓からの視界が断たれた。

脱出のときが来た。

沙希は背面の窓に手を伸ばした。上部の留め金を外し、向こう側へと開く。ドライ区画だけに水があふれでることもない。ふだんストレッチを怠らない沙希の身体は、かなり柔らかく、手が余裕で背中にまわる。ワイヤーをハーネスから外した。

水槽の後方から舞台背面のカーテンまで一メートルほどの距離がある。沙希は膝《ひざ》のバネを使ってジャンプし、カーテンの隙間へと飛びこんだ。あらゆる演目のイリュージョンにおいて、舞台中央から消えるときに頻繁に使う脱出経路だった。

カーテンの裏で沙希は前転しながら着地した。梨本の操作により、水槽の背面窓が閉まる音がきこえた。あとは水泡がおさまったら、水槽のなかから沙希の姿が消えた事実を、観衆の目がとらえる。できるだけ早く大広間の後方へ急がねばならない。

この身軽さゆえ、椎橋ではなく沙希が水槽に入ることになった。潜水の必要がなく、ワイヤーに吊るされるだけの演技は、自作フライング・イリュージョンを経験した沙希こそ適任だった。

沙希はカーテンの裏側から舞台袖へと走った。そこには大広間のわきを貫く裏動線の通路がある。さっき窪木は水槽脱出を果たしたのち、かなりの早さで大広間に現れた。おそらく通路を全力疾走したにちがいない。一秒を争う勝負だった。

通路に駆けこんだ。数メートル先で椎橋が振りかえった。なんと椎橋は走りもせず、スムーズに沙希のもとへ横移動してくる。沙希は椎橋の足もとを見た。ローラースケートを履いている。どうするつもりかと沙希は唖然《あぜん》とした。

「行くぞ、沙希！」いうが早いか、椎橋は沙希を横抱きにした。いわゆるお姫様抱っこだった。

「ちょ」沙希はあわてた。「ちょっと……」

だが椎橋は猛然と通路を滑りだした。いきなりジェットコースターに乗せられたような感覚があった。沙希はずり落ちそうになり、必死で椎橋にしがみついていた。恐怖に身をすくませたのは一瞬のみだった。ほどなく椎橋の身体の温かさに触れ、クルマに乗っているような安心感がひろがりだす。沙希はいつしか緊張から解放されているのを自覚した。体温がじかに伝わってくる。あらゆるものから守られている気がする。こんな心境は初めてだった。

通路を滑りきり、たちまち終点に達した。傍らのドアを開ければ大広間のドアの前にでられる。椎橋が沙希を下ろした。

沙希はまだ夢見心地だった。顔が火照ってくるのを感じる。やけに暑かった。困った。なぜ頬を赤らめているのかと審査員に訝《いぶか》しがられたらどうしよう。どうにかして冷やさないと……。

そう思ったとき、椎橋が持ちあげたバケツを水平に振った。沙希の顔面と全身に大量の水がぶちまけられた。一瞬にして沙希はずぶ濡《ぬ》れになった。

椎橋が真剣な表情でドアを開けにかかった。「さあ急いで、沙希。観衆へのアピールを忘れちゃ駄目だよ」

沙希は半ば突き飛ばされるように、ドアの外へ送りだされた。呆気《あっけ》にとられたまま、大広間の観音開きのドア前にたたずむ。前髪から無数の雫《しずく》が滴る。……たしかに乾きったウェットスーツのまま観衆の前に現れるわけにはいかない。手早さは椎橋の思慮深さのなせるわざだ、彼はイリュージョンの成功を誰よりも願っている。そう思うことにした。

ただちにドアを押し開け、沙希は大広間に踏みこんだ。水槽の前窓から気泡が消えて、まだ数秒しか経っていないからだろう、参加者も審査員もこちらを振りかえってはいなかった。

舞台上で砂耶香と梨本が、笑顔で右腕をまっすぐに伸ばし、こちらを指ししめす。ようやく観衆が振り向いた。どの顔にも驚きのいろがひろがった。

真っ先に立ちあがったのは窪木だった。信じられないという面持ちをしている。裏動線の移動があまりに速かったからだろう。次いでほかの参加者らも腰を浮かせた。沙希は舞台へと走った。観衆のなかを駆け抜けるうち、どよめきが自然に歓声へと変わっていった。

舞台にあがり、ふたりの仲間と手をつなぐと、並んでおじぎをした。三回目の課題、拍手喝采を浴びるのもこれが三度目だった。審査員席では菊山を除く五名がスタンディングオベーションしている。ひとりだけ座っている菊山に、木田が眉《まゆ》をひそめた。菊山は仕方なさそうに立ちあがり拍手に加わった。理事長の竹村も、手は叩《たた》いているものの、眉間《みけん》に深い縦皺《たてじわ》が刻まれている。

ふたりがむっとしている理由はあきらかだった。沙希の反抗を好ましく思っていないにちがいない。審査員の心証を悪くしてしまっただろうか。けれどもマジックで人を欺く以外は正直でありたい。

万雷の拍手の向こう、大広間の後方に椎橋がたたずんでいた。沙希は手を振ってみせた。椎橋は微笑を浮かべたものの、すぐに背を向け、ドアの外に消えていった。

胸にぽっかり空いた穴に風が吹き抜ける、そんな心境におちいる。椎橋の態度が気になった。どうかしたのだろうか。

18

カリキュラムの開始以来、沙希たちは寮エリアの最上階、ペントハウスを独占していた。食事もルームサービスが運ばれてくる。ただしサロンマジックの課題時に溜めこんだ卵だけは、自分たちで調理せねばならない。

殻を割っていないぶんは、厨房《ちゅうぼう》の冷蔵庫で保管している。沙希と砂耶香は厨房のある階へ下り、キッチンを使わせてもらって、四人分の卵料理をこしらえる、それが日課になっていた。午後五時すぎ、きょうも目玉焼きを四皿作り、それらを手にしながらエレベーターに乗った。

最上階の部屋に戻り、両手が皿でふさがった状態ながら、なんとか肘《ひじ》でドアレバーを押し下げる。身体ごとぶつかるようにしてドアを押し開けた。

開いたドアの向こうから、梨本の驚くような声の響きがきこえてきた。「どうしたっていうんですか、いったい」

リビングルームに梨本が立ち尽くしている。彼が途方に暮れて見つめる先には、ベッドルームの開け放たれたドアがあった。その室内で椎橋が旅行用トランクに荷物をまとめている。まるでチェックアウトを迎えた宿泊客のような素振りだった。

沙希は茫然《ぼうぜん》とたたずんだ。「彬さん……。どうしたの？」

沈黙があった。椎橋はふと手をとめたものの、暗い表情でうつむいたまま、畳んだ衣類をトランクにおさめていった。「部屋を移るんだよ」

砂耶香が妙な顔になった。「移るって？　イリュージョンの課題もまた最高得点だったのに？　誰がそんなこと……」

「きみらには関係ないんだ。僕だけだから」

「それってどういう……」

ドアをノックする音がきこえた。沙希と砂耶香はまだ両手に一枚ずつ皿を持っていた。砂耶香がじれったそうにダイニングテーブルへ向かい、卵料理を置いたのちドアへと向かった。「はあい」

沙希はその場から動かず、手近なリビングテーブルに皿を載せた。いまは椎橋から目を離したくなかった。

砂耶香がドアを開けた。旅行用トランクを転がす音がする。痩《や》せた青年が入ってきた。頼りなく自信のないさま、覇気に欠ける面持ち、いずれもこれまでの課題実演で見たおぼえがあった。ただし演目は記憶に残っていない。たぶん順位ではかなり下位のグループだろう。

青年がおずおずと旅行用トランクを押してきた。ネームプレートには〝久保健吾《くぼけんご》20〟とある。久保がぎこちない笑顔とともに、遠慮がちに頭をさげた。

意味がわからない。沙希が立ち尽くしていると、トランクを閉じる音がした。椎橋は自分の旅行用トランクを縦にし、スポーツバッグを載せると、ベッドルームからでてきた。

砂耶香があわてぎみに立ちふさがった。「どこへ行く気ですか」

「ええと……」椎橋は久保に目を向けた。「二階だっけ?」

「一階です」久保がささやくように応じた。「エレベーターからいちばん遠い端っこの部屋。あー、トランクはいいけど、スポーツバッグまでは持ちこめないかと。なにしろ狭い四人部屋なんで」

椎橋が力なく苦笑いを浮かべた。「そうはいっても荷物を減らすのは無理だしな。なんとかするよ」

砂耶香が苛立《いらだ》ちをあらわにした。「椎橋さん! 答えてよ。なんで一階の部屋に? この人誰?」

久保は腰が引けたようにまたおじぎをした。「こ、こちらのグループにお邪魔することになりました、久保です。椎橋さんから指名していただけるとは、身に余る光栄です」

室内はしんと静まりかえった。椎橋が荷物を押して玄関ドアへと向かいだした。

「そういうこと。じゃ」

「まってよ」砂耶香が声を張った。「椎橋さん!」

けれども椎橋はドアを開け、さっさと通路にでていった。沙希は追いかけた。黙って見送れるはずがない。

閉じかけたドアをまた開け放ち、沙希は通路にでた。椎橋の丸めた背がエレベーターホールへと遠ざかっていく。

沙希は駆けていった。「彬さん。まって」

トランクを押す椎橋が身体を起こした。仕方なさそうに振りかえる椎橋の顔に、憂いのいろが見てとれる。椎橋が静かにいった。「気にしないで」

「なにを……?」

「きみが断ったのはまちがってないよ。ほかのグループへの移籍を」

衝撃が走った。沙希は頭が真っ白になった気がした。なにもいいだせず、ただ椎橋を見つめるしかなかった。

「……まさか」ようやく沙希はささやきを漏らした。「わたしの代わりにほかのグループへ……?」

「きょう課題実演の前に理事長が来てね。事情を打ち明けられた」

「そんな。どうして彬さんが移る必要が……」

すると椎橋が片手をあげて制してきた。「納得がいく話だよ。沙希は優勝候補だからね。グループに僕がいたんじゃ迷惑になる」

愕然《がくぜん》とせざるをえない。理事長らが沙希を説き伏せようとしたのと同じ話のようだ。沙希が突っぱねたがゆえ、代わりに椎橋が標的になったらしい。

思わず涙ぐみそうになる。沙希は首を横に振った。「そんなの受けいれなくたっていい。わたしたちはチームメイトじゃないですか。なんででていくの?」

「わかるだろ。僕があくまでここに残ろうとすれば、きみが強制的に移籍させられる。それだけだよ」

沙希は激しい動揺にとらわれた。「そんなの勝手すぎる。わたしから理事長にかけあってくる」

通路を歩きだそうとしたとき、沙希は椎橋に腕をつかまれた。はっとして沙希は振りかえった。

「よせ」椎橋がじっと見つめてきた。「きみがいなくなったら、砂耶香さんや梨本君はどうなる？」

憤りが全身を突き動かそうとするものの、心にブレーキがかかる。沙希は立ちどまった。視線が自然に床に落ちた。

「だろ？」椎橋が静かに微笑んだ。「砂耶香さんと梨本君は才能があって優秀だよ。きみとの相性も合ってる。だけどきみがいなきゃ輝けない。あのふたりのおかげで勝ちあがれたところもある。僕がいなくなるのがいちばんさ」

悲痛な思いが胸を締めつけてくる。沙希は震える声を絞りだした。「彬さんがいちばん貢献してる……。いままでの課題は三つとも、彬さんなしには成功しなかった」

「……心配いらない。これからもきみを支えるから。不正が疑われない範囲でね。そのために優勝争いとは無縁のグループを、移籍先に選んだんだし」

また椎橋が旅行用トランクを押し、ゆっくりと歩きだした。沙希は堪《たま》りかねて呼びとめた。「彬さん！」

椎橋は沙希に向き直らなかった。「僕と入れ替わりに来た久保って人、歓迎してあげなよ。ステージで観るかぎり筋はよかった。きみが指導すればきっと成長する」

会話は途絶えた。椎橋の横顔はまだなにかいいたそうにしていたが、そのうちあきらめたように黙りこくった。トランクを押しながら遠ざかっていく。沙希には制止できなかった。どちらかがこのグループを去らねばならない。運命からは逃れられない。椎橋の後ろ姿が小さくなっていき、やがてエレベーターの扉に消えていった。まるで永遠の別離のごとく、胸を引き裂かれそうな思いにさいなまれる。

背後から砂耶香のささやく声がきこえた。「どういうことなの……？ 沙希さん」

沙希は振りかえった。通路にたたずむ砂耶香は目を潤ませていた。その奥で半開きになったドアから、梨本が困惑顔をのぞかせている。

砂耶香が詰め寄ってきた。「なんで椎橋さんがでていかなきゃならないの!? 元万引き犯だから？ 理不尽でしょ。どうして黙って行かせたんですか」

「……理由は彼が告げたとおり」沙希は思いのままを口にした。「あなたたちにも将来があるし……」

「わたしや梨本さんを哀れに思って、このグループに留《とど》まったって？ だよね。沙希さんあってのグループだもん。だけど椎橋さんを追いだすなんて耐えられない」

「追いだしたわけじゃない。ほかに方法がなかった」

なぜ砂耶香が憤っているか考えるまでもない。椎橋と離ればなれになりたくなかった、それが砂耶香の本音だ。一方で沙希とともにいなければ希望が持てない、そうも思っている。椎橋を引き留めず、元のままの四人を維持できなかった沙希にこそ、砂耶香は腹を立てざるをえない。

「沙希さん！」砂耶香は泣きながらわめき散らした。「あなたはいいよね、天才だもん！　沙希さんには将来がある。わたしにはなにもない……。だけどプロマジシャンになる道がすべてじゃないの。わたしの夢を壊さないで！」

それだけいうと砂耶香は背を向け、ドアのなかに駆けこんでいった。梨本があわてたようすでわきにどいた。戸惑った表情の梨本も身を退かせ、ほどなく室内に消えていった。

罪悪感と孤独感に胸を抉《えぐ》られそうになる。のみならず複雑な思いが渦巻いた。いましがた砂耶香が告白した、プロマジシャンになる以外の夢。それがなんなのか考えるまでもない。砂耶香は椎橋に恋心を抱いている。

19

久保の加わった新たなグループの四人は、ぎすぎすした空気のまま一夜を明かした。誰もがほとんど言葉を交わさなかった。ベッドルームでも砂耶香は沙希に背を向け、ひとりふて寝をしていた。沙希も砂耶香に声をかけずにいた。どうにもならないことは、お互いによくわかっている。

朝七時には全員が駐車場に集められた。スマホを回収されたうえでバスに分乗し、ひさしぶりに敷地外へとでた。山道を下っていき、素朴な街なかに着く。スーパーマーケットの隣、雑居ビルにしか見えない建物の一階に、小さな看板がでていた。サンシャインスタジオと記されている。

参加者らがぞろぞろとなかに入ると、いっせいに驚きの声があがった。前室を抜けた向こうは本格的なテレビスタジオだった。歌番組ほど広くはなく、むしろ手狭な部類だが、いろ鮮やかな番組収録用のセットが組まれている。天井の照明が辺りを煌々《こうこう》と照らしていた。料理番組なのかキッチンがセットの中心を占めている。

ソーサリーとして番組出演の経験がある沙希は、こういう意外な場所にスタジオが存在するのを知っていた。実際に出演したのはふたつの番組のみでも、ほかの現場にも挨拶《あいさつ》まわりに行かされたからだ。収録スタジオはテレビ局の外にもある。それも大規模な複合スタジオ施設のみならず、めだたないビル内にひっそり設けられ、出演者の有名人がひそかに出向いてくる。都内にかぎらず地方局でも同じだった。こういう地価の安い場所にある、廉価でレンタルできる収録スタジオは、このところ需要を伸ばしているときいた。

例によって審査員らが立っていた。きょうの担当は元プロデューサーで現マジシャン、テレビ番組出演指導を受け持つ草野英則だった。ほかの威圧的な講師陣とは異なり、愛嬌《あいきょう》のある笑顔で草野がいった。「本日は番組収録という設定で、マジシャンとしての出演場面をいかにうまくこなすか、その適性を判断しようと思う。見てのとおり本格的なセットを組んだ。番組自体は模擬にすぎないが、スタッフは実際にテレビ局で働いている制作チームを招いてる」

ぶらりと現れた男性は、参加者らに挨拶する前に、まず真っ先に沙希に声をかけてきた。「いよお、沙希ちゃん！　ひさしぶり」

沙希は面食らった。なんと『ミュージックステーシー』のディレクターだ。周りがざわつくなか、沙希はディレクターを見つめた。「こんなところまでわざわざ……」

「そりゃお互いさまだよ。沙希ちゃん、いまダントツ一位だってな。当然といえば当然か」

草野がディレクターにきいた。「お知り合いだったんですか」

「まあね。沙希ちゃんはほら、いまは無きソーサリーの一員だったから」

また驚かざるをえない。沙希はささやいた。「いまは無き……？」

ディレクターがきょとんとした目を向けてきた。「なんだ、知らなかったのか？あー、カリキュラムじゃテレビは観れないし、スマホでネット検索もできないんだったな。ソーサリーは早々と解散したよ」

「それはなぜ……」

「沙希ちゃんなしじゃお声もかからないし、メンバーの反発もあって大荒れだったとかきいたな。気にする必要はないよ。しょせんそのていどのアイドルグループだったんだし」

暗澹《あんたん》たる気分にさせられる。沙希に味方してくれていた若年のメンバー、乃彩や比菜の顔がちらついた。せっかくデビューできたのに、傷を負ったうえで、またプロからアマに逆戻りさせてしまった。あのまま沙希がつづけていれば、いまも活躍できていただろうか。

沙希は近くにいる砂耶香が気になっていた。砂耶香が沈んだ表情でうつむいている。梨本も同様だった。椎橋は離れた場所でほかのグループメンバーと一緒にいる。沙希の行動いかんによって、周りを振りまわす事態につながってしまう。誰も辛《つら》い目に遭ってほしくない。けれどもカリキュラムが競争の場である以上、平等に終わることはありえなかった。

草野が咳《せき》ばらいをした。「テレビ出演ではアドリブと機転が求められる。いうまでもなくマジシャンには困難な課題だ。マジックとはそもそも段取りがきまっている。日本のバラエティ番組も、あるていどは構成台本に沿って進むが、フリートークが主体の場合は、うまく切りかえして自分の見せ場を作らねばならない」

ディレクターがあとをひきとった。「そこで番組収録現場を完璧《かんぺき》に再現するため、私たちが呼ばれた。タレントも特別ゲストをお招きした。なんとフトコ・デイタイムさんだ」

参加者らがどよめいた。フトコ・デイタイム。テレビで目にしない日はないぐらいの売れっ子タレントだ。常に女性の扮装《ふんそう》で登場し、オネエ言葉で喋《しゃべ》るが、実際には相撲取りのような巨漢だった。辛口でずけずけとものをいうキャラがウケて、業界ではひっぱりだこになっている。

スタジオに大きなシルエットが現れた。ずんぐりした体形を黒いロングドレスに包んでいる。丸顔に濃いアイシャドウやアイラインで強調されたつぶらな目と、三重顎《あご》が特徴的だった。ヘアスタイルはふんわりとボリューム感を持たせたアップで、団子状にセットしている。派手なイヤリングやネックレスが揺れるたび光沢を放つ。

テレビ番組のままのフトコ・デイタイムを前に、参加者らはいっせいに沸き立った。

フトコはむっつりと黙りこくっている。そんな表情もテレビでお馴染《なじ》みだった。わざと不機嫌そうに振る舞って、笑いを誘っているのだろうと沙希は思った。

ディレクターが台本を片手にフトコにいった。「趣旨はお話ししたとおりです。マジシャンの四人グループがひと組ずつ、フトコさんにラーメンをお作りします。完成後、マジシャンはマジックによって、ラーメンをなにか別のものに変えます。その現象とセンス、それに対するフトコさんのツッコミへの対処力が採点の基準になります」

参加者らはざわついた。ラーメンを別のものに変える。簡単にいってくれると沙希はあきれた。熱いスープに入った麺《めん》と具材を、なににどうやって変化させろというのか。これが本当にテレビスタッフの企画の丸投げだったならブチ切れものだ。

フトコは眉間《みけん》に皺《しわ》を寄せ、台本に目を落としていたが、やがて身体を起こした。黙って参加者一同を見渡す。しんと静まりかえったスタジオ内に、フトコのぼやきが響き渡った。「わたしマジック嫌い」

ディレクターと草野が笑い声をあげた。審査員らも笑っている。参加者がみなそれに倣った。フトコのブラックジョークだと解釈したからだ。

ところがフトコはいっそう苦々しげに吐き捨てた。「冗談だと思ってんの？　本気よ」

沈黙がひろがった。空気が一気に張り詰める。ディレクターが戸惑いぎみに話しかけた。「あのう、フトコさん。そんなマジックがお好きでないフトコさんを、いかに喜ばせるか、そこも彼らマジシャンの腕に関わってくるわけで」

フトコは意に介さないようすで主張をつづけた。「なんでわたしがマジック嫌いかといったらね、べつに人のためにならないからなの。わけのわかんないトリックで人を煙に巻くだけの、超難問クイズとなにも変わりゃしない」

草野は笑顔を凍りつかせていた。「いえフトコさん、そこはちがいます。マジックにはたしかにタネがありますが、不思議な現象を演じてみせることで、観客を夢の世界にいざなうのが……」

「夢の世界？」フトコが遮った。「タネがある時点でインチキでしょ。馬鹿にしてるじゃないの。なにか人のためになる要素があればいいんだけど、ただ意外に思わせるだけ。ちゃんと観てなきゃいけないから疲れるし」

理事長の竹村がなだめに入った。「おっしゃることはわかりますが、プロマジシャン養成のため、ぜひフトコさんのお力添えをいただきたかったんです」

フトコは無愛想に応じた。「わかってるわよ。たんまりギャラを弾んでくれたから、こんな片田舎まで来たけどさ。でもびっくり仰天のリアクションをとれって指示されても、わたしやんないから。マジックなんて興味ないし」

参加者らが当惑のまなざしで見つめ合う。呆気《あっけ》にとられる、沙希もそんな気分だった。なぜならフトコはこれまで、マジシャン特番にも頻繁にゲストとして出演していたからだ。クロースアップマジックを鑑賞し、大仰なほど驚いて場を盛りあげるフトコの姿は、ここにいるマジシャン全員の目に焼きついているだろう。にもかかわらず現実のフトコはマジックを毛嫌いしている。その矛盾に誰もが困惑せざるをえない。

ただし沙希はあるていどフトコに共感していた。テレビに出演し始めて、真っ先に直面するのは業界の欺瞞《ぎまん》だ。テレビで見覚えのあるタレントたちが、裏ではむっつり顔を貫いたり、あるいはふざけて人を貶《おとし》めたりしている。打ち合わせやリハーサルの場では、やたら傲慢に振る舞う半面、ひとたびカメラが回ると態度を豹変《ひょうへん》させる。収録中はまるで初対面のようなふりをしてきて、こちらがどのように答えようとも、初耳であるかのごとくリアクションする。すべては台本どおりの小芝居にすぎない。報道番組ですらそういう段取りは変わらない。すなわちテレビの世界とはなにもかもインチキだった。

芸能人はみなスポーツが好きだ。野球やサッカー、オリンピック競技について延々と話題にしたがる。その理由はスポーツがインチキと無縁の真剣勝負だからだ。自身がエンタメを作りだす側にあって、芸能界がインチキそのものと知り尽くしている以上、楽しみを求めるのならスポーツしかない。

マジシャンはその正反対の意味で、芸能人が忌み嫌う。スポーツとは真逆、インチキの塊だからだ。テレビにおける芸能の本質を突きつけられているようで、多くのタレントにとっては落ち着かないものになる。マジック鑑賞を本気で楽しめるタレントはいない、その事実に沙希は気づいていた。芸能人それ自体がタネ明かしを恐れる立場だ。真実を偽って生きるタレントは、偽りのみに依存するマジックに、けっして魅せられない。

草野はあわてぎみに参加者に申し渡した。「と、とにかく諸君にはこれから三十分で、現象とトリックを考えてもらう。このスタジオ内に置いてある物はなにを使ってもいい。模擬番組収録中はフトコさん相手にラーメン作りを進め、終盤でマジックを演じることになる」

参加者のひとりから質問が飛んだ。「使えるのはここにある物だけですか。隣にスーパーがありましたが、なにか買ってくることは？」

「それぞれに千円ぶんの商品券を渡す。追加の食材や調理器具など、必要な場合はそれで済ませること。係員が同行する。外出許可はスーパーへの行き来だけだ」

フトコが鼻を鳴らした。「まるで囚人」

「以上だ」草野が焦りぎみに声を張った。「では取りかかってくれ」

まだ文句をいいたげなフトコを、ディレクターが必死に機嫌をとりつつスタジオから連れだしていった。三十分後の課題実演まで、フトコは楽屋に籠《こ》もるらしい。参加者らはスタジオじゅうを駆けめぐりだした。椎橋のいるグループも動き始めている。

沙希は砂耶香や梨本、久保と譲り合いながら、無言で歩きだした。まずはセットの真んなかにあるキッチンに近づく。調理台の上には袋いりのインスタントラーメンが五十ほども並べてあった。ひとつを手にとってみる。未開封の商品だった。当然ながらなんの仕掛けも施されていない。

キッチンの向こう側には、段ボール箱がたくさん並べてあった。それらのなかにはあらゆるマジック用品が詰めこまれている。なかでも白地に青いラインの入った丼《どんぶり》鉢《ばち》が次々に取りだされ、参加者らのあいだで激しい奪い合いになっていた。

砂耶香がいろめき立った。「ライスボウル！　あれは絶対に使わなきゃ」

いうが早いか砂耶香も争奪戦に加わった。ライスボウル。テンホーでも過去に輸入していた海外製のマジック用品だ。丼鉢にすり切りいっぱいの米粒をいれたうえ、もう一個の丼鉢を逆さまにかぶせ、両方の口をぴたりと合わせるように密閉する。ふたたび開けると米が山盛りになるほど増えているというマジックだった。最後はなにもなかったはずの丼鉢から水がでてくる。西洋で流行した東洋風の演目で、道具としては仕掛けのない丼鉢二個と、タネである白いゴム蓋《ぶた》からなる。

　そんなライスボウルに参加者らが群がるのは、当然といえば当然だった。たとえばスープに入った麺と具を、タネのゴム蓋の下に仕込んでおけば、空っぽに見せかけた丼鉢から出現させられる。そういうマジックであればそのまま演じられる。ラーメンを別の料理に変化させるマジックも、なにか工夫すれば可能かもしれない。ライスボウルさえあれば、まずは第一歩を踏みだせる。段ボール箱のなかにあるほかの道具類では、料理マジックになどろくに絡ませられるはずもなかった。

　しかし段ボール箱のなかに、ライスボウル用の丼鉢は、二個ずつ十組ほどしかないようだった。参加者たちは額に青筋を浮かびあがらせ、丼鉢の奪い合いに躍起になった。砂耶香も喧嘩《けんか》腰《ごし》で臨んだものの、男が大半を占めるなかでは勝ちようがなかった。ほどなく砂耶香は争いの渦中から締めだされ、ひとり蚊帳《かや》の外に立たされてしまった。

　砂耶香が半泣きで梨本にうったえた。「手を貸してよ！　誰かからライスボウルを奪いとって！　すりこぎ棒でぶん殴ってもいいから」

梨本はすっかり弱腰になっていた。「そんなことできないよ……。沙希さん、ほかのグループと交渉できない？　ライスボウルを譲ってって……」

沙希は浮かない気分で首を横に振った。「早い者勝ちみたいだから」

すると砂耶香が詰め寄ってきた。「沙希さん。なにか考えある？　ラーメンをほかの物に変えるなんて、大きめの道具を使わなきゃ無理でしょ。段ボール箱のなかに残ってる道具、どれか使える物がある？」

「……なさそう」

「ない？」砂耶香が感情を昂《たか》ぶらせた。「ないならどうすればいいの？」

久保が制止にかかった。「なあ砂耶香さん……」

「黙ってて」砂耶香は久保にぴしゃりというと、すぐさま沙希に向き直った。「わたしたち四人のなかで、あなたがリーダーでしょ。ならもっと積極的に行動してよ。椎橋さんがいなくなったのも、もとはといえば沙希さんのせいなんだし」

梨本が遠慮がちに苦言を呈した。「それはちがうよ……。なりゆきでどうしようもなかったんじゃないか」

「いいから！」砂耶香が憤然と沙希を睨《にら》みつけた。「いまになってわたしたちを困らせるなんて最低。どうせここで結果をださなくても、ダントツトップは揺るがないからかまわないって？　沙希さんはそれでいいかもしれないけど、わたしたちはどうなるの？　このままじゃ捨て石にされるだけじゃん」

沙希はため息まじりにいった。「落ち着いてよ。仲間割れしてもなんにもならない」

砂耶香がなおも嚙《か》みつく素振りをしめした。そのとき久保が砂耶香の腕をひっぱった。「砂耶香さん。あれはどう？　ダブパンがあるよ」

段ボール箱のなかから銀いろの鍋《なべ》がのぞいている。通常は鍋のなかを燃やし、いったん蓋をして開けると、白鳩が出現するというマジックに用いる。むろん鳩は準備段階で蓋に仕込んでおく。そのうえで蓋にぴたりと嵌《は》まる円板で塞《ふさ》いでおく。マジックの演技中、いったん蓋を閉じたとき、蓋のなかの円板が鍋の底に落ち、真空状態が生じて火は消える。蓋を開ければ鳩が現れる、そんなからくりだった。

ダブパンはおそらく防水仕様ではない。液体の消失や出現は試したことがないし、ましてや料理マジックに利用した例はきいたことがない。それでも鍋である以上は使える可能性もある。いや、ラーメンをほかの物に変化させるというマジックには、むしろダブパンこそおあつらえ向きではないか。

砂耶香もそう思ったらしく、段ボール箱に駆け寄ると、ダブパン一式をつかみだした。ところが窪木も同じダブパンをつかんだ。ふたりは奪い合いになった。さらに続々とほかのグループの面々も争いに加わる。ダブパンはその一式しかないらしい。喧噪《けんそう》のなかで砂耶香の声が響き渡った。「わたしのだってば！」

ますます気が鬱する。梨本や久保をその場に残し、沙希はひとり踵《きびす》をかえした。スタジオの出入口へ向かう。待機する係員の青年に沙希は告げた。「隣のスーパーへ行きます」

千円の商品券が渡された。青年に付き添われ、沙希はスタジオのある雑居ビルをでると、スーパーマーケットへ足を運んだ。

店内では沙希以外にも、参加者がそこかしこで買い物をしていた。各々にひとりずつ係員の同伴がある。

沙希は買い物カゴを手にしたものの、なんとなく気が進まなくなった。野菜売り場で、ほかの客の邪魔にならない場所を見つけ、そこにひとりたたずんだ。

係員がきいた。「買い物しないのか？」

「します……。でも少し考えてから」

なにをやっているのだろう。このカリキュラムは否が応でも自分と向き合わざるをえない。マジックの実演能力だけが評価されるのであれば、いままでどおり己を欺けたかもしれない。しかしトリックをみずから考えるという課題の数々が、徐々に心を蝕《むしば》んでくる。自身の本質を暴かれる気がしてならない。

　カリキュラムに参加してからずっと、観る者の目を欺く方法ばかりを考えてきた。審査員の裏をかこうと必死だった。いわばインチキを極めるだけ極めようとしてきた。その行く末に到達できるのは、インチキのなかのインチキ、究極のインチキ。感情を偽らず世間と交流したり、誰かと友情を育《はぐく》んだりすることからはほど遠い、単なる嘘つきの完成。めざすところはそんな境地だったのか。マジックは芸能の一分野だと割りきったところで、現にフトコのような芸能人は、マジシャンを嘘つきと毛嫌いしている。

　タレントにかぎらず世間の人々もきっとそうだ。ほんのいっとき目を楽しませてくれる娯楽はありがたがるかもしれない。しかしそれを演じたマジシャンとの結びつきなど誰も望まない。マジシャンが正直者だとは思えないからだ。すべての秘密を打ち明けようとしないマジシャンなる存在は、不気味がられるうえ嘘つきとみなされる。人とのあいだに壁を作り、距離を置いているのはマジシャンのほうだった。芸が身を助くどころか、身を滅ぼしている。誰かの友達にも、恋愛対象にも、まして結婚相手にもなりえない。

　ふと気づくと、スーパーの店内は閑散としていた。参加者らはほとんど買い物を済ませ、スタジオに引き揚げている。沙希に付き添う係員も咳《せき》ばらいをした。「そろそろ……」

「そうですね。……すみません」沙希は動きだした。百二十円の食材にガムテープ、持ち帰り用のポリ袋のみを購入し、さっさとレジを抜けた。

外の道端でしゃがみ、沙希はジャケットを脱いだ。ガムテープとポリ袋で即席のタネをこしらえる。見守る係員は、マジックの知識がないからだろう、ただ眉《まゆ》をひそめていた。

ジャケットを着た沙希は、外見上なんの問題もないことを、ショーウィンドウのガラスに映りこむ姿で確認した。同伴の係員とともに雑居ビルに戻り、ふたたびスタジオに入る。

漂うのは静寂ばかりではなかった。なにやらただならぬ雰囲気に満ちている。セットを遠巻きに囲む参加者らのなかから、砂耶香と梨本が駆けだしてきた。さっきまでの憤りはどこへやら、砂耶香は悲痛ないろを浮かべ、すがりつかんばかりにささやいてきた。「沙希さん、どこへ行ってたの。大変な状況なんだよ」

沙希はセットに目を向けた。キッチンには挑戦中の四人組が立っている。傍らのテーブルにフトコが着席していた。あいかわらず不機嫌そうだ。審査員らはそこから離れた長テーブルで、一部始終を見守っている。

四人組の代表は椎橋だった。椎橋が丼鉢《どんぶりばち》にインスタントラーメンを作り終えた。それとは別に、もうひとつの丼鉢が空っぽだとしめしたうえで、ハンカチをかける。椎橋が呪文《じゅもん》をかける手振りをする。ただちにハンカチを取り払い、フトコの前に置いた。湯気がうっすら立ち上っている。さっきまで空っぽだった丼鉢にラーメンが出現した。

フトコは仏頂面だった。「だからさ、まずあんたたちの場合、課題をクリアしてないんだって。ラーメンをほかの物に変えるマジック、そういう課題じゃなかった？」

椎橋が動揺とともに弁解した。「一杯のラーメンを二杯のラーメンに変えたということで……」

「たぶんそれしかできない仕掛けの道具なんでしょ？　きくけど、どこか人のためになる要素がある？」

「一杯が二杯に増えるんだから、これが本当の魔法なら、食糧難を救えるかもしれません。そういうところが夢があるかと」

「あー、ほかのダンマリばかりの子たちよりは、ましな回答よね。でも駄目。インスタントラーメンを二杯も食べたら塩分過多でしょ。腎臓《じんぞう》に負担がかかるってわからない？」

椎橋は困惑を募らせたようすだったが、やがて頭をさげた。「申しわけありません。お見逸《みそ》れしました」

ふんとフトコは鼻を鳴らした。「ちゃんと謝れるとこは認めてあげる。いい男だしね。でもそれだけ。次」

砂耶香が不安げなまなざしを向けてくる。だが沙希は、この先自分たちが直面することへの気遣わしさより、椎橋について心を痛めていた。彼にとってはカリキュラム始まって以来の全面敗北だった。沙希が一緒にいれば彼の創意工夫か技術を役立てられただろう。いまはそれもかなわない。

次は窪木のグループだった。番組収録に似せた段取りで、実際にカメラが撮影するなか、窪木とフトコのやりとりが始まる。キッチンで窪木はラーメンをこしらえた。できあがったラーメンをダブパンに注ぎいれる。蓋《ふた》をしてフトコの前に置いた。窪木が気取ったしぐさでダブパンの蓋を開ける。なんと鍋のサイズいっぱいのペリカンが、羽をばたつかせながら起きあがった。

参加者らは驚嘆の声を発した。現象それ自体に驚いたのではない。マジックで出現させうる鳥類のなかでも、かなり大きな部類に入るペリカンを、窪木はこっそりカリキュラムに持ちこんでいた。その点こそが驚きだった。しかもバスに乗って移動するにあたり、この場まで運んできたとは、なんという用意周到さだろう。

だがフトコは相変わらずだった。「気にいらない」

窪木が頰筋をひきつらせた。「なにか?」

「このペリカン、可哀想でしょ。ずっと狭い蓋のなかに押しこめられてたの? しかもペリカンの足もとを見てよ。スープに浸っちゃってる。底板が浮いてるじゃないの。おおかたその下にラーメンがあるんじゃなくて?」

「……フトコさん。マジックを観ているときには、タネ明かしは御法度で……」

「そんなの知ったことじゃないの。食べ物は無駄にするわ、動物は虐待するわ、あんたなに考えてんの? これだからマジシャンとか嫌なの。つまんない芸のために、いろんなものに犠牲を強いる無神経さが」

窪木がむっとした。「僕だって、ふだんならこんなマジックはしません。課題どおりにやったんです。ラーメンをほかの物に変えました。よそのグループみたいに、一杯のラーメンが二杯になったとか、そんな詭弁《きべん》に頼ってません」

審査員席から草野が真顔でいった。「窪木君。このカリキュラムにおける原則だ。タネを見破られるようなマジックを演じた時点で、完璧《かんぺき》にはほど遠い。フトコさんとのやりとりにも、ウィットのかけらすら感じられない。きみは失格とする」

忌々しげな表情になった窪木が、憤然とセットを離れた。三人の仲間が泡を食ったようすで窪木につづく。礼を失した態度とみたからだろう、フトコが憎悪の籠《こ》もったまなざしで見送った。

いまや雰囲気は最悪だった。その後も数組がフトコを前に敗退した。こじつけのマジックとへらへら笑いでごまかせるほど、フトコは心が広くはなかった。どのグループも泣きっ面でセットをあとにする羽目になった。

やがて沙希のグループの番がきた。沙希と砂耶香、梨本、久保は前にでた。セットに入るとカメラが向けられる。ADが秒読みをしたのちキューがでた。

沙希はいった。「フトコさん、きょうはようこそいらっしゃいました。マジシャンのわたしたちが特別なメニューをご提供いたします」

キッチンのわきに座ったフトコが苦笑した。「特別なメニューって、あんた、インスタントラーメンでしょ。そこに置いてあるじゃないの」

番組さながらの軽快な喋《しゃべ》りに、フロアスタッフから自然に笑いが起きる。参加者や審査員は息を呑《の》んで見つめていた。沙希はフトコに微笑してみせた。「ただのインスタントラーメンはおだししません。マジックで変えてみせます」

「なにをする気？　一杯が二杯になるとか、ペリカンのスープ漬けとかはお断りよ」

「おまかせください」沙希は仲間たち三人に向き直り、小声で指示した。「ふつうにインスタントラーメンを作って」

砂耶香が心配そうにささやきかえした。「だいじょうぶなの？　なんの仕込みもトリックもないのに」

「いいから。まかせて」

ラーメンの袋を開ける。インスタントだが乾麺《かんめん》ではなく生麺だった。沙希は真空パックを開封し、ざるで軽く水洗いしたのち、沸騰した鍋《なべ》のなかに落とした。

「まって」フトコが沙希を指さしてきた。「どっかで見た顔……。あー！　あんたソーサリーでしょ」

「元ソーサリーです」沙希は菜箸《さいばし》で鍋を掻《か》き混ぜつつ、控えめな口調で応じた。「もう解散しちゃいましたけど」

「その前に脱退したんじゃなかった？」

「はい……」

「なんで辞めたのよ」

「メンバーと意見が合わないところがありまして」

「あんたはマジシャンがやりたくて、ほかのメンバーはアイドルがやりたかったのよね？　週刊誌によると」

「ざっくりいってそうだと思います」

フトコが鼻で笑った。「本当の番組収録ならそんなふうに認めないでしょ。模擬だからって、なめてない？」

怒らせて反応をみようとしている。それがフトコの意図だろう。しかし沙希は腹を立てていなかった。「後悔はしてます。わたしが短気を起こしたから……。もう少し辛抱強ければ、ソーサリーは存続してたかも」

「意見が合わないんじゃどうしようもないでしょ」

「メンバーと話し合って妥協点を探るべきでした。たとえ相手が年上でも」

「ふうん……。あんたさ、なんでそもそもマジックなんかに手をだしたの？　あんたの歳なら、周りはみんな歌とかダンスとか、楽器演奏とかやりそうじゃない？」

「……自己肯定感の低さと承認欲求ゆえでしょうか」

「どういう意味よ」

「人の愛情に飢えてました。幼なすぎてできることは限られてたし、習いごとができる家庭環境でもなかったので、手っ取り早く人の関心を引きつけるには、マジックしかなかった……。そこいらにある日用品か安物の道具で、きめられたとおりに演じるだけで、いちおう人智を超えた現象になりうるので」

「あー。お笑いをめざすなら自分流の芸を磨かなきゃならないもんね。マジックなら手順どおりにやれば、大の大人にも通用するってわけか。小さいころから安易な方法に走っちゃったのは気の毒」

「そうでもありません。いいこともあります」

「どんな？」

「こうしてフトコさんと一緒に話してます」

フトコがまた鼻を鳴らした。「持ちあげてもなんにもでないわよ」

「わたしたちからはラーメンがでます」沙希はできあがったスープと麺を丼鉢《どんぶりばち》に移した。ライスボウルの道具ではない、本物の中華用丼鉢だった。そこにネギの輪切りやメンマ、半熟卵を添える。丼鉢をそっと持ちあげ、テーブルへと運び、フトコの前に置いた。

沙希はわきに立った。フトコは座ったまま前屈姿勢になり、しげしげとラーメンを眺めた。

ほどなくフトコがいった。「やっぱりただのラーメンじゃないの」

「現時点ではそうです」沙希は身を乗りだした。「これからおまじないとともに、別のものに変化させます」

しばしラーメンの上に手をかざす。沙希は念じるように目を閉じてみせた。フトコの猜疑心《さいぎしん》が無言のうちにも伝わってくる。

やがて沙希は目を開けた。手をひっこめるとフトコに勧めた。「どうぞ」

「どうぞって。なにも変わってやしないけど」

「食《しょく》されればきっとおわかりになります」沙希は割り箸《ばし》を差しだした。

フトコが妙な顔で割り箸を受けとった。箸を二本に割ると、先端をラーメンに突っこむ。麺をつまみあげ、大きな口をすぼめると一気にすすった。

しばし咀嚼《そしゃく》の時間が過ぎる。参加者と審査員が固唾《かたず》を呑んでフトコを見守った。

椎橋が不安そうな目を向けてくる。グループの仲間たちも同様だった。砂耶香がひどく落ち着かない態度をのぞかせている。

やがてフトコが麺を噛《か》みながら、目を細めて笑いだした。「ほほほ」

観衆が一様にぎょっとした。なにが起きたのかとみな前のめりになっている。

フトコは口のなかの麺を飲みくだし、レンゲでスープをすすったのち、傍らの麦茶に手を伸ばした。グラスを呷《あお》り、すぐに麦茶が空になる。ため息とともにグラスを置くと、フトコが沙希を仰ぎ見た。「これコンニャク麺？」

「そうです」

「最初から袋に入ってたの？」

「いいえ。ご覧になったとおり、ほかのグループと同じく、インスタントラーメンの麺を鍋にいれただけです。いましがたマジックの念を送り、コンニャク麺に変えました」

「からかってんの？　……だけど、たしかに怪しい動きはなかったわよね」

「ありがとうございます」

「でも、なんなのこれ。どういうマジックよ」

「人のためになるマジックです」沙希は静かにいった。「特にフトコさんのために。低カロリーで低糖質。小麦はいっさい使われてません。食物繊維が豊富です。それを望まれてたんですよね？」

フトコがにんまりとした。「狙ったのね、そこを」

「望みを叶《かな》えるのがマジックですから」

スタジオ内は静寂に包まれていた。フトコは箸を置くなりため息をついた。カメラに向き直るとフトコは甲高い声を響かせた。「この子のグループは満点。これにて終了」

審査員席に動揺があった。血相を変えつつ草野が申し立てた。「採点は私たちが……。里見沙希さん。大きな問題がふたつある。まず技術面だ。きみはジャケットの下に、おそらくポリ袋を、トピットの隠しポケットのように仕込んでるな？　麺をそこに投げこみ、スーパーで買ったコンニャク麺をざるにいれた。それだけだろう」

「ちょっと」不満をあらわにしたのはフトコだった。「審査員かなにか知らないけど、興ざめのタネ明かしはよしてくれる？　わたしはなんにもわかんなかったわよ」

草野がうろたえながらもつづけた。「もうひとつの問題は、これが番組収録を前提とした課題である以上、テレビを意識せねばならないという点だ。里見さんは初めからすり替えたコンニャク麺を鍋で煮たにすぎない。よって視覚的にはなんの変化もない」

またフトコが草野に異議を唱えた。「わたしのリアクションで視聴者に伝わるでしょ」

「それはそうなんですが……。フトコさん、それだけでは……」

「なによそれだけって。食レポでもリアクションがすべてでしょ。わたしが喜んでるんだからよくない？」

「失礼ながら……。フトコさんはお喜びなんですか？　いまのマジックで」

「ええ。気にいったわ」フトコがまた目を細めた。「人のためになるかならないかって、つまりはこういうことよ。健康を害する恐れのあるインスタントラーメンがコンニャク麺《めん》になる。しかもこれ美味《おい》しいの。もしわたしを気遣ってくれる魔法使いがいたとしたら、きっとこうするでしょ。これがマジシャンに求められてる姿勢なの」

列席する審査員らが苦渋の表情を浮かべている。竹村が草野におずおずとささやいた。「トリックを見破られた時点で失格という原則が……」

フトコが声を張りあげた。「引いたトランプがいちばん上に来るとか、いかにも造花っぽいのが飛びだすとか、ペリカンが現れるとか、だからなんなのよ！　マジックのそういう意味のないとこが嫌いなの！　不思議なことができるのなら人の夢を叶えなさいよ！　沙希はそれができてた。わたしがそう思ってんのよ、文句ある⁉」

スタジオ内にあるブース、サブ室のドアが開き、ディレクターが顔をのぞかせた。「文句ありません！　フトコさんのおっしゃるとおり。沙希ちゃんは満点です！」

審査員らはなおも渋い顔だったが、フトコがもういちど睨《にら》みつけると、みな一様にあわてたようすになった。竹村が戸惑いがちに言葉をひねりだした。「そのう……。認めます。最高点かどうかは終わるまでわかりませんが、里見沙希のグループは課題をクリアしました」

いきなりスタジオに盛大なファンファーレが流れた。

窪木が取り乱した。「なんだそれ⁉　ありえない。先生たち、気はたしかですか。どうしてルールを曲げるんです？　審査基準は絶対譲らない方針だったじゃないですか」

竹村がこぶしでテーブルを叩《たた》いた。「私たちがそう判断したんだ。きみは黙っていたまえ！」

たしかに審査員の変わり身の早さがどうも気になる。だが沙希が疑問を募らせる間もなく、砂耶香が涙ながらに沙希に抱きついてきた。

「沙希さん」砂耶香は幼女のように泣きじゃくっていた。「ごめんなさい、沙希さんを信じきれなくて。やっぱ沙希さんはすごい。これこそ本当の奇跡」

「……あんまり胸に顔を押しつけちゃだめ」沙希は苦笑してみせた。「ポリ袋のなかの生麺が飛び散るから」

砂耶香は泣きながら笑った。その顔を見るうち沙希も感無量になった。いったん亀《き》裂《れつ》の生じた仲間と、ふたたび心が通じ合うことのほうが、夢にまで見た奇跡だ。

梨本と久保も祝福に駆けつけた。ファンファーレにつづき、なにやら感動的なBGMが流れる。番組ならエンディング曲にあたるのだろう。音楽の効果は絶大だった。

参加者らが沙希に喝采を送りだした。ライバルたちまでが沙希の勝利を喜んでくれている。窪木のグループがいまどんな顔をしているか、そんなことはどうでもよかった。沙希は胸が熱くなった。フトコが立ちあがり、沙希と砂耶香を抱き寄せてくれたからだ。

参加者たちがいっせいに押し寄せてきたため、沙希はそれに応《こた》えるために精いっぱいだった。椎橋の顔を探した。いた。群衆のかなり後ろのほうで伸びあがっている。けれども椎橋は、いま沙希に近づくのは無理と断念したのか、ほどなく人混みの向こうに消えていった。沙希はもみくちゃにされながら、時間の流れが滞ったように感じていた。すぐにでも追いかけたい。でもこの場から逃れられない。トリックなしに脱出イリュージョンは実現できない。

20

陽が傾きつつあった。フトコやディレクターは東京に帰ったらしい。沙希たちはバスに乗らず、山間《やまあい》の街のはずれにある公園に向かわされた。

いくつかの遊具とベンチがあるほかは、やたら広い敷地を木立が囲むのみだ。近所の住人らしい高齢者や、小さな子供連れの母親らしき若い女性が、そこかしこを散歩している。

各グループにメモ帳が配られた。無地の正方形の紙が束ねられたメモ帳だった。一同の前に立った講師は、長い黒髪でいかにも怪しげな見た目、メンタルマジック担当の伴尾佳史だった。

超能力っぽい現象のマジックをメンタルマジックという。海外ではメンタルマジック専門のマジシャンをメンタリストといい、タネのあるマジックとは明言せずに演じることで、世間の興味を煽《あお》る。日本ではそういう方針があまり歓迎されず、マジックならマジックと謳《うた》うべきとされる。

それには理由がある。昭和のころ日本のテレビは、スプーン曲げで有名なイスラエル人を超能力者だと強調した。海外では彼がマジシャン出身だとか、芸人とみなすべきだという声があがる時代になっても、まだ超能力者だと喧伝《けんでん》しつづけた。いまではウィキペディアでも彼のことは〝超能力者を名乗る人物〟とされている。彼に関する番組にかぎらず、ヤラセまがいの過剰な超常現象特番が量産された結果、カルト教団犯罪を招いたとの批判があった。よって現在では、正直に超能力風マジックとの看板を掲げたうえで演じるのが、放送法に準ずる健全な姿勢とされている。

伴尾が参加者らに告げた。「課題となるメンタルマジックは、テレパシーの実演だ。私たち審査員が、この公園にいる見知らぬ誰かを指名する。きみらはその人物にメモ用紙と筆記具を渡し、『遠くへ行って好きな絵を描いてください』と頼め。きみらもメモ帳を開いて絵を描く。くだんの人物が戻ってきて、二枚の絵を見せ合うと、ぴたりと一致している」

公園にたたずむ参加者一行は沈黙した。遠目にほかの審査員たちが見守っている。鳥の鳴き声だけが辺りにこだました。

窪木が厄介そうに手を挙げた。「先生。この公園にいる人たちのなかに、数人のサクラが交ざっていて、それをご指名いただけるとか……?」

「そんなわけないだろう」伴尾の眉間《みけん》に深い縦皺《たてじわ》が刻まれた。「サクラなどひとりもいない。私たちは無作為に、公園にいる誰かを選ぶ。その人ときみらの描く絵が一致していれば、テレパシー実験は成功。一致しなければ失敗、すなわち失格だ」

「お言葉ですが」窪木が頭を掻《か》きむしった。「メンタルマジックは本物の超能力じゃなくて、あくまでマジックだと思ってましたが。ちがうんですか」

「マジックだとも。メンタルマジックというんだからな」

「なら見知らぬ誰かとテレパシーなんて、ありえないじゃないですか。あらかじめサクラでも仕込んでおかないことには」

「誰でも思いつくようなタネでは、マジックとしても三流にすぎん。きみらが演ずる現象は説明したとおりだ。三十分後に実演してもらう。各自相談のこと」伴尾は立ち去りかけたが、ふと思いついたようにまた一同に向き直った。「ああ、それから、もうひとつ伝えておきたいことがある」

散開しかけた参加者らが、また伴尾の前に集まり、真剣に耳を傾けだした。

伴尾がいった。「最後の課題が近い。よって今回、ここでの課題が終了したとき、得点が最下位のグループは脱落となる。カリキュラムから永久追放だ」

参加者らが視線を交錯させる。沙希は鳥肌が立つ思いを味わった。ほどなく誰もがひとつのグループに目を向けた。椎橋を含む四人組だった。

久保が気まずそうにうつむいた。参加者全員の顔ぶれをたしかめるまでもなく、かつて久保がいたグループが最下位にちがいないことは明白だ。ずっと失格の連続だったからだ。椎橋が加わったのち、初めての課題はさっきの模擬番組収録だが、やはり得点に結びつかなかった。フトコは椎橋の態度を評価したものの、審査員の採点は辛かった。ライスボウルの丼鉢《どんぶりばち》を使った演技について、多少なりとも技術点があたえられるべきところが、0点を申し渡されていた。

なにより椎橋のグループが最下位だと確信できる理由がほかにもある。ほかならぬ椎橋の存在ゆえだ。審査員たちはまたしても椎橋を追い払いたがっている。あくまで得点をあたえないつもりだろう。

伴尾が厳かな声を響かせた。「本物のテレパシーに見まがうほどの奇跡を期待している。ではのちほど」

ざわめきがひろがるなか、伴尾がほかの審査員らのもとへ立ち去っていく。椎橋は浮かない表情ながらも、仲間たちを鼓舞しつつ四人で遠ざかっていった。ほかのグループもそれぞれに距離を置いて相談を始める。もはやカリキュラムでお馴染《なじ》みの光景だった。

沙希のグループは公園の端、木立の密集地帯に移動した。順位がトップだけに、周りのライバルがしきりにこちらのようすをうかがってくる。声をきかれずとも、身振り手振りだけでどんなトリックか推測される恐れがある、砂耶香がそういった。よって遠目にも絶対に見えない場所に身を置いた。

梨本が声をひそめながら提案した。「あらかじめ二枚の同じ絵を描いておいて……。先生が誰を指名しようが、その人が描いた絵を持ち帰ったとき、メモ用紙をすり替えるとか」

砂耶香はにこりともしなかった。「指名した人に先生が『本当にあなたの描いた絵ですか』ときいたらどうするの？　っていうか先生はまちがいなくそうするよ。でなきゃ簡単すぎる。誰でも思いつくトリックだし」

「そんなこといわれても……」梨本は弱り果てた顔を久保に向けた。「なにか思いつかない？」

「無理だよ」久保はおろおろと応じた。「だって僕は、あのグループの一員だったんだし」

久保が遠目に見やるのは、木立の隙間の向こう、椎橋のグループだった。公園内の反対側の片隅でしゃがみこんでいる。会話は途絶えているようだ。誰もが一様に暗い表情で視線を落としている。椎橋がときおり仲間たちに声をかけるが、返答らしきものはない。

沙希は集中できず辺りを見まわした。審査員は一か所に集まっているが、それとは別に運営の瀬沼が、近くを通りかかるのが目にとまった。大広間の舞台を離れたきょうは影の薄い存在だった。しかし話が通じそうな大人といえば瀬沼ぐらいしかいない。

「まってて」沙希は仲間たちにそういうと、小走りに瀬沼を追いかけた。「すみません」

瀬沼が足をとめ振りかえった。「ああ。里見さん」

「この課題は延期していただけないでしょうか」

「……はて。なぜですか」

「不可能すぎます。見ず知らずの人とテレパシーだなんて」

「それを可能にするからマジックでしょう」瀬沼は硬い表情だったが、穏やかな物言いで告げてきた。「延期は無理です。最終課題の出題は三日後、課題実演はその翌日ですから」

カリキュラムの最終日まであと四日という意味か。沙希は瀬沼を見つめた。「理不尽な点もあります。最下位グループが脱落だなんて、事前に知らされていませんでした」

「里見さんには関係のない話でしょう。トップを独走するあなたのグループに、脱落の心配などありません」

「そうまでして椎橋さんを落としたいんですか。最初から招待しなきゃよかったのに」

「……参加者候補はＥＪＭＳが選出のうえで絞りこみました。あいにく私は、カリキュラムをつつがなく進行する責を負っているだけでして、それ以外のことには関知しておりません」

「理事長と一緒に、わたしをほかのグループへ移籍させようとしたのに？　椎橋さんにも移籍を持ちかけたんですよね？」

瀬沼は表情を変えず、沙希に背を向けると、さっさと遠ざかりだした。「あと二十五分です。お仲間のもとに戻ったほうがよろしいのでは？」

沙希は苛立《いらだ》たしげな気分で瀬沼の後ろ姿を見送った。瀬沼は審査員らと合流しようとしている。やはり大人たちは同じ穴の狢《むじな》だ。世間体ばかりを気にしつつ、営利目的のみを優先する。若者の将来がどうなろうが知ったことではないのだろう。

悶々《もんもん》とする気分をひきずりながら沙希はひきかえした。木立のなかで仲間たちは激論の真っ最中だった。砂耶香が声を張りあげていた。「わたしが着替えを持ってたら、それでどうなるって？　ほかの人になりすませると思う？」

梨本が困惑顔でいった。「でも打ち合わせなしに、絵が一致するなんて絶対にありえないよ。だから仲間のうちの誰かが公園内に紛れるしかない。砂耶香さんなら髪をまとめたり、別の服を着たりして、なんとか別人になりすませるかも……」

久保は自信なさそうにささやいた。「僕の意見だけど……。砂耶香さんが地元民を装って、近くをうろついたとしても、先生が指名してくれるかどうか」

砂耶香が吐き捨てた。「それ以前に不自然でしょ。なんでわたしたちのチームだけ三人になってるの？　消えるなら存在感の薄いあなたでしょ。前にもいちど成功してるんだし」

梨本が肩を落とした。「いちど成功してるからこそ、その後はずっと審査員からマークされてるんだよ。先生たちは毎回こっちを見てるし」

沙希は輪のなかに戻った。会話がきこえていなかったふりをして問いかける。「進んでる？」

砂耶香が泣きついてきた。「全然だめ。こんなの本物の超能力者しか実現できないじゃん。沙希さん、なんとかして」

三人とも望みを託すようなまなざしを沙希に向けてくる。沙希はため息とともにメモ帳を開き、ボールペンの先を這《は》わせた。「仕方ない。これしかないかな……」

やがて課題実演の時間を迎えた。全員が公園内の中央付近に集まった。

最初の四人組が実演に臨んだ。伴尾の振る舞いは、沙希のみならず参加者全員にとって、まさしく鳥肌ものだった。公園を散策する人を、本当に無作為に捕まえてきて、実験に協力してくださいと頼む。メモ用紙を渡されたその人が、絵を描いて戻ってきたのちも、近くに留《とど》まらせる。描いた絵を当人と一緒に確認する。挑戦するグループの代表者も、すでに描いた絵を伴尾に渡しておかねばならない。そのように強要されたからだ。

こんなやり方では絵のすり替えも不可能だ。砂耶香の予想したとおりだった。ふたりの描いた絵が本当に一致しないかぎり、マジックとしては成り立たない。トリックの入りこむ余地は皆無だった。

あまりにシンプルでストレートな奇跡を求める課題だったからだろう、どのグループもタネを仕込めなかったようだ。つまりなんのトリックもなしに演技に臨んでいる。見知らぬ誰かが、偶然似たような絵を描いてくれる可能性に賭《か》ける、みなそんな方針をとっていた。だが確率的に到底ありえない。本気でテレパシーを送るように、必死で念じるグループもあった。祈りが天に通じることが唯一の希望だったのだろう。むろん二枚の絵は一致しなかった。協力を求められた人は、妙なものを見る目つきを残し、そそくさと遠ざかっていった。

やがて椎橋のグループの番になった。椎橋は仲間たちとともに、項垂《うなだ》れながら前にでようとしている。自信を失った虚《うつ》ろな横顔がそこにあった。もう脱落を覚悟済みなのは明白だった。

ほうってはおけない。沙希はすばやく歩きだした。参加者たちの人混みのなか、椎橋に近づく。半ば進路を遮るように沙希が立つと、椎橋の顔があがった。沙希は椎橋の右手をとった。しっかりと手を握る。

……こっそり渡した物があった。椎橋は手もとに目を落とさず、ただ触感でそれを悟ったようすだった。沙希と離れたのち、椎橋は右手の指先を自然に曲げ、あたかもなにも持っていないかのように歩き去った。フィンガーパームしている。

椎橋のグループが前にでた。伴尾が公園内を振りかえり、大声で遠くに呼びかけた。「そこのきみ！　そう、野球帽をかぶったきみだ。こっちへ来てくれ。ちょっとした実験に協力してくれないか」

遊具の近くで戯れていた、小学三、四年生ぐらいの男子児童三人のうち、野球帽はひとりだけだった。男子児童が小走りに駆けてきた。「なんですか」

椎橋がメモ帳から一枚を破りとると、四つ折りにして男子児童に差しだした。「これを向こうへ持っていって、なにか絵を描いてくれないか。描き終わったら戻ってきてほしい」

ボールペンは伴尾から渡された。男子児童は訝《いぶか》しそうな顔になったが、メモ用紙とボールペンを手に駆けていった。

伴尾が椎橋に向き直った。「あの子が戻ってくる前に、きみも絵を描け。しっかりテレパシーを送りながらな」

「……わかっています」椎橋はメモ帳にボールペンを走らせた。

わざわざ子供を選ぶとは悪意がある。沙希はそう思った。さっきまでのグループはみな大人が指名されていた。大人ならいきなり頼まれても空気を読んで、いかにも共通しそうな絵を描いてくれる可能性もある。しかし子供の場合は別だ。なにを描いてくるかわからない。

椎橋が描き終わると、ただちに伴尾がメモ帳をひったくった。しかも伴尾はひとり先に椎橋の絵をたしかめた。もはやマジックの体をなしていない、そんな苦言を呈したくなる。だがメンタルマジックというのは、超能力実験風の演出と進行が肝のため、こういう空気になっても文句はいえない。実演時に喧嘩腰《けんかごし》で臨んでくる観客もたまにいる。それでも奇跡を起こすことが、メンタルマジシャンに求められる唯一の責務だった。

男子児童が駆け戻ってきた。伴尾がいった。「描いたかい？　見せてくれ」

要請に応じ、男子児童は四つ折りのメモ用紙を渡した。受けとった伴尾がメモ用紙を開く。

伴尾の顔に衝撃のいろがひろがった。信じられないという目で、紙に穴があくほど凝視しつづける。

「き、きみ」伴尾は男子児童にきいた。「これ、たしかにきみが描いた絵かね？」

「はい」男子児童が答えた。

「なぜこの絵を描いた？」

「なぜって……。なんとなく頭に浮かんだから」

「頭に浮かんだ……？」

「ふしぎと、もわっと頭のなかに、それがでてきて」

「誰かに頼まれたんじゃないだろうな？　これを描けって」

男子児童が当惑をしめした。「誰にも頼まれてません」

椎橋が控えめに呼びかけた。「先生。絵をみんなに見せてください」

「あん？　ああ……。わかった」伴尾はなおもためらいがちに、ふたつの絵を参加者一同に向けた。

真っ先に驚きの声を発したのは審査員たちだった。次いで参加者らがいっせいにどよめいた。あまりにリアクションが大きかったせいか、公園内を散策する人々が振りかえった。椎橋と同じグループの三人までもが愕然《がくぜん》としている。

椎橋が描いたのは、東京タワーと富士山《ふじさん》だった。都内から望遠レンズでとらえたかのように、東京タワーのほうが大きく見えているうえに、富士山が肉迫して背景いっぱいに拡大されている。

なんと男子児童もまったく同じ絵を描いていた。東京タワー、その背景に富士山。タッチは異なり稚拙ではあるが、構図は完全に同一だった。

誰よりもうろたえている伴尾が、しゃがんで男子児童と目の高さを合わせた。「なあ、おじさんにきかせてくれ。どうしてだ？　おじさんはきみを指名した。なのになぜこれを描いた？」

「……だから頭に浮かんだんです。もういいですか」

「いや！　こんなはずはない。まるでテレパシーじゃないか。それも本物の！」伴尾はふたたび立ちあがると椎橋に詰め寄った。「どうやったかは知らないが、私は認めん」

「先生」椎橋が澄まし顔で伴尾を見かえした。「課題はこなしました」

参加者の群れのなかから沙希はきいた。「どなたかトリックを見破れましたか？　わたしにはわかりませんでした」

誰ひとり声をあげない。審査員らも黙りこくっている。

伴尾がいっそう狼狽《ろうばい》をしめした。「おかしいですよ。こんなふうにできるわけが…

…」

半ばあきらめ顔の竹村理事長が諭すようにいった。「伴尾君、彼は成功したんだ。どうやったか私たちにさえもわからなかった。究極のマジックと呼んで差し支えあるまい？」

いつしか汗だくの伴尾が目を泳がせた。ほかの審査員たちも苦々しげな面持ちながら無言を貫いている。認めざるをえない空気に誰も逆らえない、そんなようすだった。

斜陽が公園を赤く染めている。椎橋と仲間の三人が審査員らに一礼し、参加者らの群れに帰っていく。四本の長い影が地面に落ちていた。沙希は椎橋と目を合わせられず、ただその影を眺めつづけた。これでよかったのだろうか。

21

模擬番組収録と公園での課題があった翌々日、沙希は大広間に呼びだされた。

ほかの参加者たちは実習の時間だった。大広間に参加者はひとりもいない。舞台にも緞帳《どんちょう》が下りている。がらんとした空間に大人たちが立っていた。竹村理事長と運営の瀬沼のほか、五人のマジシャンが勢揃いしている。

沙希は頭をさげながら入室した。「失礼します」

大人たちが振りかえった。まず竹村と瀬沼が足ばやに近づいてきた。どちらも険しい表情をしている。次いでイリュージョン担当の木田と、クロースアップマジック担当の黒河、番組指導担当の草野がつづいた。メンタルマジックの伴尾はこちらを見たものの、立ちどまったまま動かない。サロンマジックの菊山はさも仕方なさそうに、ゆっくりと歩み寄ってくる。

瀬沼が沙希を見つめてきた。「里見さん。公園でのテレパシー実演ですが、どんなトリックだったのですか」

「……さあ」沙希はとぼけた。「椎橋彬さんにきくべきじゃないですか」

「あなたは知らないとでも？」

「わたしたちのグループは、あのあと挑戦して成功せず0点でした。彬さんのやったトリックがわかっていれば真似してます」

理事長の竹村が苛立《いらだ》ちをのぞかせた。「きみが彼になにかを渡したのはわかっとる。すなおに答えてくれないか」

「はて」沙希は竹村を見かえした。「なにか証拠でも？」

ふだん愛想のよさそうな草野も、いまはムスッとしていた。「動画を確認したんだ。

椎橋君が前にでる寸前、きみが歩み寄ってなにかを握らせた。彼はそれをフィンガーパームしたままだった」

胸の奥で不協和音が鳴り響く。沙希はきいた。「隠し撮りしてたんですか?」

竹村がじれったそうに語気を強めた。「里見さん。私たちは世界に通用するプロマジシャンになれる逸材を探しとる。きみらが課題に取り組む姿勢については、一秒たりとも目を離したくない」

あの公園に複数のカメラをこっそり設置していたのか。沙希のグループは木々の密集地帯に隠れて準備した。そこは隠し撮りできなかったのだろう。

不信感とともに沙希はささやいた。「伴尾先生に正解をお尋ねしたいんですが」

伴尾が顔をしかめた。「質問を受けてるのはきみのほうだぞ」

「先生は彬さんの実演成功に驚いておられましたよね? 正解は別のトリックだったんでしょう。そっちはどんなからくりだったんですか」

「なぜ知りたがる? きみは椎橋君にトリックを授けた。私たちの想定をはるかに上回る鮮やかな現象だった。……これぐらい褒めれば満足か? どんなトリックだったのか説明しなさい」

「びっくり」

「なにがだ」

「先生たちならお分かりかと思ってました。そのうえ動画も撮ってたぐらいだし、あらゆる手を尽くしてタネを推測したんじゃないかと」

黒河が唸《うな》った。「みんなが公園から引き揚げたあと、絵を描いた男子児童にもういちど質問した。しかしあの子によれば、頭に浮かんだとか閃《ひらめ》いたとか、そんなことしかいわない」

沙希は平然とうそぶいた。「テレパシーですね」

最も遠い位置から伴尾が声を張った。「正直に答えなさい！　指示にしたがわなければ大幅減点になるぞ」

「……かまいません」沙希はいった。「ほかのグループが最高得点を記録して、そのなかの誰かが首席で修了するでしょう」

「椎橋君も脱落になるぞ！」

ふいに胸騒ぎが生じた。この大人たちの執拗《しつよう》さはなんだろう。沙希は首を横に振った。「彬さんのグループは、公園での課題で最高点だったはずです」

竹村理事長が冷ややかに告げてきた。「彼はきみからトリックの提供を受けた事実を黙っている。あたかも自分で発案したかのように演じたんだ。これは欺瞞《ぎまん》にあたる。

このカリキュラムばかりか、ＥＪＭＳとしても信用できない。彼を採用しないよう、マジック業界のあらゆる方面に働きかけるしかない」

にわかに焦燥がこみあげてくる。沙希はうったえた。「やめてください。そんなの脅しじゃないですか。彬さんの未来を閉ざさないで」

「ならばきみも指示にしたがいたまえ。公園でのトリックを明かせ」

「変ですよ。どうしてそこまで……。マジシャンならあるていど想像がつくはずじゃないですか」

「想像がつかないから質問しとる。いいから答えなさい。きみはこのチャンスを逃しても引く手あまただろうが、椎橋君に至ってはもうこの先……」

砂耶香の声が大広間に反響した。「手紙にお金が貼り付けてあったんです!」

沙希はびくっとした。大人たちも驚きながら辺りを見まわしている。

舞台の緞帳が波打った。下端を引き上げ、姿勢を低くした砂耶香が顔をのぞかせる。

砂耶香は気まずそうに舞台を降りると、ゆっくりとこちらに歩いてきた。

裏動線を通って舞台上に潜んでいたらしい。呼びだされた沙希をひそかに追ってきたのだろう。砂耶香はばつの悪そうな顔を沙希に向けた。沙希は視線を落とした。

竹村が眉《まゆ》をひそめた。「手紙? お金とは?」

砂耶香は蚊の鳴くような声で応じた。「四つに折りたたんだメモ用紙です。じつは二枚重ねで、どちらも白紙ではなく、うち一枚には沙希さんが前もって手紙を書いていました。〝これを読んだら、もう一枚の紙をそのまま持ってきてください。自分が描いたと主張してください。千円はご協力いただいたお礼です〟」

「千円」草野が目を瞠《みは》った。「すると手紙には千円札が貼り付けてあったのかね」

「はい……」砂耶香がささやいた。「沙希さんは千円を四つに折りたたみ、シールで手紙に貼りました」

「もう一枚の紙には、あらかじめ絵が描いてあったと」

「そうです。どんな人が指名されるかわからないから、わざとヘタクソに描いてました」

木田が感嘆に似たため息をついた。「なるほどなぁ……。大人だろうが子供だろうが、一読すれば趣旨を理解できる。千円をもらって、絵が描いてあるほうの紙を返すだけだ。驚いている観衆を前に、ちょっとした気分のよさも味わえる。よほどのひねくれ者でないかぎり指示にしたがってくれるし、秘密を暴露することもない」

感心されても気分は少しもすぐれない。沙希は醒《さ》めた思いとともに砂耶香を見つめた。今度は砂耶香がうつむいた。

唐突に謎が解け、審査員らは大いなる安堵《あんど》とともに、少しばかり拍子抜けしたような反応もしめした。竹村はすっかり落ち着きを取り戻していた。「わかった。正直に打ち明けてくれたことに免じて、椎橋君の得点はそのままにする。里見さんと椎橋君、どちらも脱落はない。先生がたも異論はないですな？」

五人のマジシャンがうなずく。伴尾は面白くなさそうな顔で、さっさと出入口へと向かっていった。ほかのマジシャンらもそれにつづく。

竹村が踵《きびす》をかえしながら告げてきた。「明日には最終課題の発表がある。気を引き締めて臨んでほしい。里見さん、おおいに期待しとるよ」

瀬沼だけは最後におじぎをしてから立ち去った。大人たちが遠ざかっていき、全員の後ろ姿が通路に消えたのち、出入口のドアが閉まる。

大広間には沙希と砂耶香だけが残された。静寂のなか、砂耶香が沈痛な面持ちで目を伏せている。

沙希はきいた。「どうして……？」

「タネを明かしちゃってごめんなさい」砂耶香が掠《かす》れぎみの小声でいった。「でもわたし、椎橋さんにいなくなってほしくない」

「……脱落を止めたかったの？」

「離れたくない。それだけじゃなくて、あの人に幸せになってほしい。沙希さんの気持ちはわかってるけど、椎橋さんも……」

「なに？」

砂耶香は目に涙を溜《た》めていた。「沙希さんの将来のためには、一緒になれないとわかってるって、椎橋さんもいってた。だからわたしが……」

自己への呵責《かしやく》の念が、針を刺すように胸の奥を蝕《むしば》んでくる。ほかの誰のせいでもなかった。沙希が椎橋を苦しめてしまっている。砂耶香もだ。

皮肉な話だと沙希は思った。わが身をかこつような不幸のなかにあったころのほうが、誰とでも心を通じあえた。いまはちがう。沙希は恵まれている、誰もがそんな認識だろう。ひとりきり遠ざけられてしまった。もう椎橋と同じ場所にはいない。

ひとつだけはっきりしたことがある。砂耶香は椎橋に恋愛感情を抱いている。いま砂耶香はそのことを明確に伝えてきた。きかなかったふりはできない。

「……部屋に帰ろ」沙希は静かにうながした。「最終課題がまってる」

砂耶香は涙を拭《ぬぐ》いながらうなずいた。沙希はドアへと歩いていった。運命を変える奇跡にすがりたくなる。誰しもの身に幸せが降ってきてほしい。奇跡を信じたがるマジシャン。きっと稀《まれ》な存在にちがいない。なにもかもインチキだと、痛いほどわかっている立場なのに。

22

翌日の午後、最終課題が公表されるときがきた。

大広間から通路をまっすぐに行き、階段を二階ぶん下ったところに、やたら頑丈そうな鉄製のドアがある。そのなかに招かれるのは初めてだったが、室内は窓ひとつない、殺風景な六畳ほどの部屋だった。四方をグレーの壁に囲まれている。真んなかにテーブルが据えられ、奥と手前に椅子が一脚ずつ。置いてあるのはそれだけになる。

狭い場所ゆえ、参加者らは数グループずつ室内に呼ばれた。審査員たちが壁際に並ぶなか、テーブルの向こうに着席するのは、理事長の竹村だった。わきで瀬沼が説明した。「最終課題は理事長が担当なさいます」

テーブルの上に、蓋《ふた》付きの茶碗《ちゃわん》が六つ並べられた。竹村がいった。「グループごとに代表者一名のみ、この部屋で私とふたりきりになる。代表者がテーブルに背を向けて立つあいだ、私はこれら六つの茶碗のうちひとつに、なにかを入れる。どの茶碗になにが入っているかを当ててもらうマジックだ」

またもメンタルマジックか。沙希は問いかけた。「すべての参加者に同じ正解でしょうか。つまり理事長がなにかを茶碗にお入れになるのは、最初の一回だけですか」

「いや」竹村が首を横に振った。「テストごとに入れ替える。なにをどこに入れるかは毎回変わる」

「……わたしたちが部屋に入ってから、理事長がそうなさるわけですよね?」

「そうだ。きみらの入室前に、私が茶碗に物を入れるわけではない。それではさすがに当てられないだろうからね。ただししっかり背を向けてもらう。振りかえったのち、私もきみらも茶碗にはいっさい触れない。その状態で当ててくれたまえ」

これまた本物の超能力者でなければ実現できない技に思える。ほかのグループの面々はすでにあきらめ顔だった。沙希の仲間たちも同様の心境だとわかる。砂耶香や梨本、久保は途方に暮れていた。

実のところ沙希の頭にも、アイディアはなにひとつ浮かんでいなかった。これはまったくの無理難題だ。

こちらが背を向けているうちに、竹村が茶碗に物を入れる。こっそり手鏡をしのばせておいて、反射で確認できるほど甘くはない。ふたりきりの環境下では、竹村は充分にこちらを警戒できる。のぞき見などまず不可能だ。

伴尾が申し渡した。「明日、すべての参加者は大広間で待機。挑戦者はひとりずつ、呼ばれたらこの部屋へ赴くこと。室内には理事長だけがおられる。入れ替わり立ち替わり理事長を相手に実演、どの茶碗になにが入っているか答えること。終了後はすみやかに大広間へ引きかえせ。なにか質問は？」

まるで超能力者養成学校の卒業試験だ。あまりの無茶振りに、なにも問いかける気が起きない。ほかの参加者たちも苦い顔でだんまりをきめこんでいる。

瀬沼が厳かに告げた。「説明は以上です。退室してください」

部屋の外には、入室と説明をまつグループが複数、列をなしている。沙希たちは一礼ののち、ドアへと向かおうとした。

すると竹村が腰を浮かせた。「里見さん」

「……はい」沙希は足をとめて振りかえった。

「ここで得点できたらきみが首席卒業だろう。期待してるぞ。みんなもまだチャンスがある。彼女に追いつき追い越せ」

熱気にはあきらかな温度差がある。審査員の大人たちは妙に気合いが入っているが、参加者らはそのかぎりではなかった。むしろ一様にしらけきっている。

集めるだけ集めたプロマジシャン候補に、不可能ばかりを強いて、篩《ふる》いにかけるだけのカリキュラム。いやカリキュラムとは本来、教育課程のことではないのか。この催しではなにひとつ具体的なことを習っていない。プロマジシャンを志す者なら、あらゆるテクニックは知っていて当然といわんばかりに、ほとんど指導もなく実技試験ばかりがつづく。

すべてのグループが説明を受けたのち、大広間に籠《こ》もることになった。四人ずつが輪になって床に座り、互いに距離を置きながら、それぞれ小声で会議を始める。

いつになく大広間のなかは静かだった。あまりの無理難題のうえ、これが最終課題ということもあってか、意気消沈しているグループも多い。もう勝負を投げだしたかのように、仰向《あおむ》けに寝転がる姿さえ、そこかしこに見かける。

沙希のグループでも会話は途絶えていた。砂耶香はひとり落ち着かないようすで、遠くに目を向けてばかりいる。その視線の先には椎橋のグループがいた。椎橋もときおりこちらを見る。憂いのいろが浮かんでいる。そのことに沙希は気づいていた。

トリックなどまったく思いつかない。集中できていないのではと自分を疑ったが、そういう問題でもなさそうだ。本当に超能力が備わらないかぎり解決できない課題。こんな実技をマジシャンに要求すること自体がどうかしている。

しばしもの思いにふけっていると、近づいてくる足音がした。砂耶香や梨本が顔をあげ、驚く反応をしめしている。沙希もふたりの視線を追い、背後を仰ぎ見た。

窪木が仲間三人を引き連れ、こちらに向かってきた。やけに険しい表情の窪木が沙希を見下ろした。「里見さん。ちょっといいか」

「なんですか……?」

するると窪木は周りにも声を張った。「みんな。こっちに集まってくれないか。相談がある」

ざわっとした反応がひろがる。参加者らは怪訝《けげん》そうに寄り集まってきた。むろんそのなかには椎橋も含まれている。大勢が何重もの輪をなし密集しているため、椎橋は沙希や砂耶香の近くにまでは来られない。砂耶香がもどかしそうな顔を椎橋に向けている。

窪木は全員の耳に届くていどに声をひそめた。「座ってくれ。みんなに相談がある」

集団が腰を下ろしたのち、窪木のグループのうちひとりが、大判の紙をひろげた。イリュージョン用水槽の設計に使った方眼紙だった。いまは方眼紙に詳細な平面図と断面図が描きこんである。一見してこの建物だとわかった。

「いいか」窪木はみずからも腰を下ろし、方眼紙に顎《あご》をしゃくった。「うちのグループの國崎《くにざき》が図面にまとめた。連日みんなの就寝後、僕たちだけで建物内を調べ尽くしておいた。課題に役立つこともあるかもしれないと思ってな」

國崎進《すすむ》（21）のネームプレートをつけた青年が、平面図の一か所を指さした。「明日の課題に使われる部屋はここだ。知ってのとおりこの大広間は、二階上の反対側の端にある。両者はかなり離れてるけど、UHFの電波が飛ぶには支障がない」

沙希はきいた。「UHF?」

窪木がいくつかの小さな装置をとりだし床に並べた。針のような部品から延びた二本のコードが、小型基板と電池ボックスにつながっている。それとは別に、三インチほどのミニ液晶モニターもある。窪木がいった。「秋葉原《あきはばら》の電気街で買った。この建物内はケータイ電波を遮断してるが、UHF波はガラスや木材など、いろんな障害物を通過できる特性がある。こっちはミニカメラだ。針の先端が極小のレンズになってる」

盗撮でよく問題視されるツールだが、マジシャンには御用達の小道具でもある。透視やテレパシーといったメンタルマジックで、観客の引いたカードや描いた文字を盗み見するのに重宝する。

ただしそれはセッティングされた舞台におけるパフォーマンスの場合だ。いまはみな同じ疑問にとらわれたらしい。参加者のひとりが窪木にたずねた。「そいつをどこに仕掛けようってんだ？　あの部屋は密室だぜ？」

國崎が首を横に振った。「壁を挟んだ隣は納戸だ。ここの狭間《はざま》の壁を叩《たた》いてみたら、鉄筋コンクリートではなく木造だとわかった。あとからリノベーションして間仕切りを追加したんだな。だから工具で穴を開けられる」

参加者らがざわついた。別のひとりが声を震わせた。「建物に手を加えようってのか？」

窪木が真顔でうなずいた。「それしかない」

複数の参加者が異論を唱えだした。誰もがいっせいに発言したため、各々なにを喋《しゃべ》っているのかききとりにくい。だが抗議の声があがるのは当然だった。最初の課題でも瀬沼が警告している。建物に手を加えてはいけません、と。

國崎が周りを鎮めにかかった。「きいてくれ。納戸のこっち側の壁は、天井近くまで達する棚が置かれてる。その棚をどかし、背面の壁に穴を開ける。壁の内側に基板と電池ボックスを仕込み、ミニカメラの針状レンズのみ、くだんの部屋のなかに突きださせる。まずもってバレない。今夜のうちに細工するつもりだ」

一同が沈黙した。椎橋が低い声で問いかけた。「どうしてそのタネをみんなに明かす？」

窪木が答えた。「僕たちだけで細工を施すのは難しい。建物内を調べるだけならともかく、工事するとなると音もでる。だからみんなが一致協力して、夜間警備の連中の目を逸《そ》らすとか、作戦が必要なんだ」

十代の参加者が不服そうに口を尖《とが》らせた。「なんで窪木さんのグループのために、僕らが協力しなきゃならないんですか」

さもじれったそうに窪木が反論した。「うちのグループだけが活用するトリックじゃないんだ。本当はそうしたかったが、人の口に戸は立てられない。明日は全員がこの大広間で待機しなきゃいけないし、僕が小型モニターを観ていたら、みんな不審がるだろ。どうせチクる奴もでてくる。だからいっそのこと共有財産にしようってんだ」

沙希は窪木を見つめた。「共有財産？　みんなそのトリックを使っていいって？」

「ああ。無理難題をクリアするにはそれしかない。協力してくれれば、きみら全グループに小型モニターをまわす。自分の番がまわってきたら、理事長がどの茶碗《ちゃわん》になにを入れるか映像で確認しろ」

参加者のひとりはなおも腑《ふ》に落ちないようだった。「まてよ。全員が課題をクリアして、等しく点数を得たら、結局は最初からリードしてる里見沙希さんのグループが優勝だろ」

　別のひとりが疑わしげな目を窪木に向けた。「協力とかなんとかいっといて、じつはほかを出し抜こうとしてるんじゃないのか？　里見さんの番ではモニターが映らないようにしたり、録画した別グループ用の仕込みを流したり……」

　窪木が苛立《いらだ》ちをあらわにした。「僕らがそんなことをしたら、きみたちは審査員にタネを明かすだろう。結局、僕らのグループは建物への細工を咎《とが》められ、失格の憂き目に遭う。リスクを負いたくないからこそ、全員一丸となって臨もうといってるんだ」

「でも」女子の参加者が発言した。「点数の差が縮まらないのは本当でしょ。里見沙希さんのグループを追い抜くなんてできないよ」

　別グループから異論があがった。「そうともかぎらない。隠しカメラで状況を盗み見できたとして、その情報を室内にいる仲間に、こっそり伝えなきゃいけない。そこの創意工夫はそれぞれ考えなきゃいけないだろ」

　椎橋が穏やかに同意した。「そのとおりだよ。それにメンタルマジックの技術点は演技力だ。あらかじめ答がわかっていることを、あたかも超能力で察したかのように、自然に当ててみせる。うまく不思議さを醸しだしたほうが高得点になる」

窪木がうなずいた。「そういうことだ。これは練習いらずのダイナミックコインが、全員に配られるのと同じ状況だよ。テクニックは不要だし、失敗のしようもないが、見せ方に工夫が求められる。審査員をひとりでも多く唸《うな》らせた者が勝ちだ。どうだ、みんな。悪い話じゃないだろ？」

大広間はしんと静まりかえった。ライバルからの突拍子もない申し出に、どう受け答えをすればいいかわからない。どの顔にもそう書いてあった。

なかなか賛同の返事が得られないからだろう、窪木は業を煮やしたようすで沙希に向き直った。「きみはどう思う？」

全員が沙希を注視してくる。沙希はため息を漏らした。熟考するまでもない。今回の課題をクリアするには、窪木の提案する方法以外になかった。沙希はささやいた。「みんながそれでいいなら」

すかさず窪木が声を張った。「きまりだな。各グループとも今夜までに段取りをきめておく。消灯時間後、最初のグループが警備室にインターホンで連絡。ベッドを直したいから釘《くぎ》を打つと伝える。返事がどうあろうが盛大に物音を立てろ。叱られてもかまわない。そのあいだに國崎が納戸の壁に最初の穴を……」

ふいに参加者のひとりの声が飛んだ。「誰か来る！」

窪木が口をつぐんだ。通路を歩いてくる靴音が耳に届く。参加者らはいっせいに散り、それぞれ四人ずつ輪になって座った。沙希のグループもあわててなにごともなかったふりをした。

出入口のドアが開いた。足を踏みいれてきたのはサロンマジック担当の菊山だった。菊山は大広間を横切りつつ、周りの参加者らを見下ろした。各グループがぼそぼそと話し合うさまを、険しい表情で観察していく。

やがて大広間の真んなかで菊山は足をとめた。「最終課題実演は明日の午前十時からだ。遅刻は即失格となる。みんな気をつけるように」

返事はまばらで、しかも覇気がなかった。はい。はぁい。数人がそう応じたにすぎない。菊山は硬い顔のまま、しばし大広間のなかをうろつくと、椎橋の近くでふたたび立ちどまった。

菊山は椎橋に目を落としながらつぶやいた。「理事長が相手じゃ千円での買収なんか通用しない。里見沙希のアイディアで命拾いしたな。本来なら最下位失格だ」

小声でも静寂のなかにあっては、大広間の隅々にまで響き渡る。椎橋は座ったままだった。菊山がつかつかとドアへ向かっていき退室した。

椎橋の視線が沙希に向いた。なぜ審査員がトリックを知っているのか、目でそう問いかけてくる。沙希はうつむくしかなかった。

23

翌朝十時すぎ。窓の外は土砂降りの豪雨だった。

椎橋はぼうっとしたまま、ひとり通路を歩いていた。タキシードに着替えたものの、まだ瞬《まばた》きのたび、瞼《まぶた》の裏に夢が張りついている気がする。最終課題に挑む時間が刻一刻と迫っているというのに、いまだ目が覚めきらない。

昨夜遅くの共同作戦のせいでもある。どのグループも随時、窪木の提案どおりに物音を立てたり、通路をうろつきまわったりした。椎橋も真夜中すぎの指定された時刻に、仲間と一緒に起きだすと、大広間でカードマジックの練習にふけった。ノイズをききつけるたび警備員が駆けつけた。仕舞いには審査員の大人たちまで、眠そうな目をこすりながら起きてきて、小言を口にする事態になった。

講師陣はいちいちグループごとに減点を申し渡していたが、そのうち理事長の竹村が参加者たちに理由をきいてまわった。誰もが「なんだか落ち着かなくて」「気が静まらないんです」と答えた。最終的に竹村は、全員を不問に付すといった。「明日で最後だ、みんなピリピリするのも仕方がないだろう」竹村はそうつぶやいた。

椎橋は給湯室に入った。ヤカンがガスコンロの火にかけてある。そのわきにある調理台のシンクで顔を洗った。ステージ用のメイクはきょうは施していない。とにかく眠気を覚ましたかった。いっこうに晴れない気分を抱えるのもきょうかぎり、そう思えば少しは楽になる。

顔を洗い終えたとき、目の前にタオルが差しだされた。びしょ濡《ぬ》れの顔をあげると、沙希が近くに立っていた。彼女も煌《きら》びやかなタキシードを身につけている。いかにもプロマジシャンっぽい輝きを放っていた。

最終課題実演はもう始まっている。沙希はさっき呼ばれたはずだ。竹村のいる部屋へ赴く前に立ち寄ったらしい。

椎橋はタオルを受けとった。「ありがとう」

沙希に微笑はなかった。「だいじょうぶ？」

「なにが？」椎橋は顔を拭《ふ》きながら応じた。「いまのグループで仲よくやれてるかって話なら、やれてるほうだと思うよ」

「あの……。きょうの最終課題が終わったら……」

「僕らは離ればなれ。それぞれの道をいく」

「……そうなの？」

「それ以外にないよ」椎橋はたたんだタオルをわきに置いた。「きみはカリキュラム首席卒業の天才マジシャン。ＰＣＡＭ優勝者で元ソーサリーなんだし、すでに知られた存在だからね。これからもっと飛躍するだろう」

「なんでそんな言い方するの？　わたしは彬さんと一緒に歩んでいきたいと思ってるのに」

「そんなの無理だよ。ここではっきり申し渡されたじゃないか」

「大人がどういおうが関係なくない？　わたしたちの人生なんだし」

「僕はもう大人だよ。きみだって来年には成人だろ」

「そういう意味じゃなくて……」

「もういいんだ」椎橋は思わず投げやりに吐き捨てた。「やめた。あきらめた。マジックに関することなんて、大道芸でもまっぴらだ」

「……本気なの？」沙希は唖然《あぜん》とした顔になった。「だけどわたしたち、ほかに自信を持てるものなんて……」

「そのわたしたちってのをやめてくれないか。僕ときみはちがうといってるだろ。きみは前途洋々、僕は犯罪者でしかない」

「そんなことない」

「万引きから足を洗ったつもりでいても、それは僕の勝手な思いこみでしかなくて、世間はそうみなしちゃくれないよ。ずいぶん長いあいだ、嘘で塗り固めた日々を送ってきたからね……。いまさら償えるもんでもないし」

ガスコンロのヤカンが沸騰し始めている。湯気が漂うなか、沙希が切実な声を響かせた。「保護観察処分は終わったじゃん！　これからなのに」

「そういうのはさ、見下しながらのやさしさだよ」

「なんのこと……？」

「人を哀れんでいられるのは、自分が高みに立ってると思いあがっているからだろ？」

沈黙が生じた。沙希の潤みがちな目を見かえすのが怖い。心にもないことを口走っている自覚はある。しかしいわざるをえない。このままでは沙希を遠ざけられない。彼女の成功と幸せを願えばこそ、犯罪者とのつきあいなんか維持させるわけにいかなかった。

沙希は半泣きになっていた。「どうしてわたしが思いあがってるって話になるの？」辛辣《しんらつ》な言葉ばかりが口を衝《つ》いてでてしまう。椎橋はいった。「公園で僕にトリックを授けといて、あとで審査員にタネ明かし。僕を貶《おとし》めるなんて、ひどいと思わないのか」

きっと沙希は否定する、椎橋はそう思っていた。あのトリックを審査員らにバラしたのが沙希だとは、椎橋も本気では信じていなかった。

ところが沙希は頰に涙を滴らせたまま、無言で踵《きびす》をかえした。黙って立ち去ろうとしている。

どうして弁解しないのだろう。さんざん遠ざけようとしておきながら、椎橋はいまさら沙希が心配になり、その背を追いかけた。「まった。沙希……」

腕をつかみかけた。しかし沙希は椎橋の手を振りほどくと、すばやく白綿《しろわた》を握り締めて球状にし、ガスコンロに投げつけた。

それはマジシャン御用達の道具、フラッシュコットンだった。コンロの火に触れるや、ボンと音を立てて赤い閃光《せんこう》を放った。宙に浮いたヤカンが横倒しになり、熱湯がぶちまけられる。椎橋があわてて飛び退くと、その隙に沙希は通路に逃げだしていった。

椎橋は途方に暮れてたたずんだ。さすがは天才少女マジシャン、万が一の対処法に抜かりはない。まるでくの一だ。

ヤカンを拾おうとしたものの、火傷《やけど》しそうなほどの熱さに触れてしまい、あわてて手をひっこめる。湯気がもうもうと立ちこめていた。まいった。ロッカーを開けてモップをとりだす。椎橋は濡れた床を掃除し始めた。

思惑どおり沙希との距離が開いた。もう二度と縮まらないほどに。喜ぶべきことかもしれない。けれども沙希は傷ついたにちがいなかった。椎橋自身も同じくダメージを受けていた。かつて手を差し伸べてくれた沙希に、なんの恩返しもせず、ただ嫌味な言葉だけを浴びせた。つくづく最低な男だ。

戸口に人影が立つのを視界の端にとらえた。はっとして椎橋はそちらを見た。

タキシード姿でなくカジュアルな私服なのは、グループ代表として課題に臨むわけではないからだ。砂耶香が憂鬱《ゆううつ》な面持ちで立ち尽くしていた。

椎橋も心が沈んでいくのを自覚した。「いまの話を……」

「きいてた」砂耶香がささやいた。「椎橋さん。わざと沙希さんを遠ざけたでしょ」

「……短気を起こしただけだよ。僕はできた人間じゃないから」

砂耶香は声を詰まらせながら告げてきた。「あのね……。大人たちにタネ明かししちゃったのはわたし。わたしがあのメンタルマジックのトリックを、理事長や先生たちに教えたの」

「理由は？」まだ濡れている床に目を落とす。椎橋はモップで拭いた。

「沙希さんが問い詰められてたから……。ごめんなさい」

「あれは沙希が考えたトリックだよ。もともときみらのグループが演《や》るはずだったタネだ。沙希がどうしようと彼女の勝手だ」

「タネ明かししないと椎橋さんを脱落させるって。EJMSとしても業界で働けなくしてやるって、理事長たちが脅したの。わたしは耐えられなかった。沙希さんも、自分のことなら反発してたけど、椎橋さんに関わることは突っぱねきれなくて……」

胸の奥に重い石が積み重なった、そんな感触がある。椎橋の心は搔《か》き乱された。ほかの誰でもない、椎橋自身のせいだった。沙希は椎橋を庇《かば》おうとした。そんな沙希を責めてしまった。

動揺がおさまらない。と同時に、腑《ふ》に落ちないものも感じる。このカリキュラムはどうしてこんなに執拗《しつよう》なのか。やたら椎橋を追いだしたがっている。最初から椎橋を招待しなければ、こんなに手間がかからなかったものを。

それだけではない。審査員のマジシャンたちが、公園でのメンタルマジックにかぎり、沙希の考えたトリックをやたら知りたがったのはなぜなのか。それまでの課題ではそんなことはなかった。クロースアップマジックのカード当てにしろ、サロンマジックのコイン消失や卵作りにしろ、タネの説明は求められなかった。公園でのトリックだけ、どうしてタネ明かしを要求したのか。

鈍い思考が徐々に覚醒《かくせい》していく。遠い記憶がつながりを持ち始める、そんな感覚は過去に何度もあった。ただしいまは衝撃をともなっている。たぶんそうだ。ほかには考えられない。

モップをロッカーに戻すことさえもどかしい。椎橋は砂耶香のわきを抜け、戸口から通路にでた。

砂耶香があわてたようすで歩調を合わせてくる。「どうかしたんですか」

「課題には別の正解がある」椎橋の歩は自然に速まっていた。「別の意図というべきかもしれない。とにかくこのままほっとくわけにいかない」

24

椎橋が向かったのは大広間だった。砂耶香とともに通路を進み、ドアの近くまで達すると、なかから声がきこえた。「サーストン」

合言葉だった。椎橋は答えた。「ミスディレクション」

ドアが開いた。別のチームの少年が椎橋と砂耶香を迎えいれる。課題実演開始後は、ずっとこんな警戒態勢をとることになっていた。講師陣や運営側の人間が入ってきたのでは困る。

大広間のなかは緊張に包まれていた。参加者はみな床に座っているが、なかでも窪木のグループを中心に、十数人が寄り集まっている。國崎が手にする、わずか三インチのモニター画面を、誰もが食いいるように見つめていた。

ほぼ全員がメモ用紙の束と筆記具を持っている。竹村がどの茶碗《ちゃわん》になにを入れるのか、モニターに映ったすべてをすばやく書き留めるためだ。

椎橋が歩み寄ると窪木が顔をあげた。状況を知りたい。椎橋はたずねた。「どうなった？」

「まだ始まってはいない。一番手がドアの外で待機中。二番手は階段上、三番手の里見沙希さんはまだ最上階の通路で順番をまってる」

女子高生三人のグループがトランシーバーを手に、モニターを注視しつづける。一番手は彼女たちのグループらしい。モニターで理事長の動きを確認するや、無線で詳細を伝えるつもりだ。入室する仲間は、片耳のみワイヤレスイヤホンを嵌《は》め、髪を下ろして隠している。トランシーバーの音声を受信し、こっそりときける仕組みだった。

椎橋は人混みのなかをモニターに近づき、中腰の姿勢で画面に見いった。斜め上方からとらえた室内のようすが映っている。テーブル上に六つ並んだ茶碗が明瞭《めいりょう》に見えていた。この角度なら竹村がなにをどの茶碗にいれたか、はっきり視認できる。

ただし妙な物が目についた。椎橋はモニターを指さした。「ドアの周りにあるのは？」

窪木が眉《まゆ》をひそめた。「……たしかになにか設置されてるな。ゲートみたいなもんが」

しばし画面を凝視したのち、國崎が唸《うな》るようにつぶやいた。「やべえ。こいつは……」

隠しカメラはマイクも内蔵しているらしい。室内の音声がきこえてくる。竹村がドアの向こうに呼びかけた。「では最初の挑戦者、入ってください」

ドアが開いた。女子高生グループの代表者がタキシード姿で一礼した。「失礼します。よろしくお願いします」

女子高生は部屋のなかに足を踏みいれた。とたんにけたたましいブザーが鳴り響いた。

伴尾がドアを駆けこんできた。女子高生を睨《にら》みつけると伴尾はきいた。「なにか身につけてるな」

大広間の気温がふいに低下したように思えた。窪木がささやいた。「まずい……」

画面のなかでも女子高生がたじろいでいる。伴尾が詰め寄り、しつこく問いただすうち、女子高生は泣きべそをかきながら髪を掻きあげた。ワイヤレスイヤホンを伴尾に引き渡す。

國崎が悪態をついた。「畜生。金属探知機だ」

「なに？」周りのひとりが泡を食ったように嘆いた。「汚ねえ！　なにもかも終わりじゃねえか」

事実として二番手の少年も部屋に入るなりブザーが鳴った。まだ実演もしていない段階で、少年は隠し持っていたカード大の装置を没収された。無線式のテキストメッセージ受信用モバイル装置だった。大広間からテキストを送信すべく待機していた仲間三人が、いっせいに肩を落とした。

伴尾は不審そうに室内の壁を丹念に見まわりだした。

着席したままの竹村が喋《しゃべ》った。「伴尾先生。次の挑戦者を迎えいれたいんだが」

「まってください」伴尾の油断ならない目があちこちに向けられる。「ふたりつづけて外部から情報を受信しようとしました。どこかにカメラが仕掛けられてる可能性があります」

メンタルマジック担当の伴尾なら当然思いつくタネだろう。厄介な事態だと椎橋は思った。伴尾がカメラのあるほうを見上げた。表情がわかるほど顔を接近させてくる。

窪木が歯ぎしりした。「バレちまうかな」

「いや」國崎が祈るような声の響きで否定した。「最近のミニカメラのニードルレンズは、恐ろしく細いんだ。点のような針先が、壁から一ミリ突きだしてるにすぎない。中年のおっさんの目にとまるとは思えない」

「それ本当かよ?」

じりじりと時間が過ぎていく。伴尾の視線はなおもカメラ付近をさまよっていたが、たしかにこちらをまっすぐ見つめることはなかった。

やがて竹村が痺《しび》れを切らしたようにうながした。「伴尾君。あとがつかえてる」

伴尾が苦々しげにため息をつき、カメラから離れた。「わかりました。課題実演をつづけましょう」

大広間にほっとした空気がひろがる。モニターのなかで伴尾がドアを開け、通路にでていった。

代わりに戸口に立ったのは三番手の挑戦者、里見沙希だった。沙希は頭をさげた。

「失礼します」

沙希が金属探知機のゲートをくぐろうとしている。椎橋はてのひらに汗をかいていた。モニターを見つめる面々も固唾《かたず》を呑《の》んでいる。沙希も自前の受信機をどこかに仕込んでいるにちがいない。ゲートをくぐるやブザーが鳴ってしまう……。

ところが沙希はなにごともなくゲートを通過し、テーブルに歩み寄った。ブザーは一瞬たりとも鳴らなかった。

竹村がいった。「おはよう。三番手だな。前のふたりは部屋に入ったとたん失格だった。ちゃんと実演に臨むのはきみが最初だ。意気込みは?」

「頑張ります」沙希が答えた。

「そうしてくれ。では背を向けたまえ。実演に入ろう」

國崎が面食らったように疑問を口にした。「どういうことだよ。なんで鳴らない? 受信用デバイスを持ちこんでないのか?」

窪木が周りに目を向けた。「里見さんと同じグループは? どうやって彼女に伝えるつもりだ?」

「しっ」静寂をうながしたのは梨本だった。ボールペンとメモ用紙の束を記者のように構え、國崎の肩越しにモニターを見つめている。

モニターのなかで沙希はテーブルに背を向けた。竹村がおもむろに動きだす。ポケットから一枚のビスケットをとりだした。なにやら変わった持ち方をしている。右からふたつめの茶碗に入れ、蓋《ふた》をした。ほかの茶碗は空っぽだが、すべて同じように蓋がされる。

國崎が声を張った。「ビスケット。右からふたつめだ」

梨本がペンを走らせつつ身を翻した。ひとり集団から抜けだしていく。なんらかの方法で沙希に通信を図るつもりだろう。

しかし椎橋のなかに釈然としないものが生じた。竹村は包装もない状態でビスケットをポケットにいれていたのだろうか。妙な持ち方をしていたのも気になる。

ふと閃《ひらめ》くものがあった。椎橋は周りに声を張った。「まった。あれはビスケットじゃない。ビスケット形のUSBメモリーだ」

窪木が見つめてきた。「たしか？」

「ファンシー文具店で見たことがある。本物のビスケットなら指先につまむだけでいいだろ？　あんなふうに持ってたのはコネクターを覆い隠すためだ」

「なるほど、USBメモリーと答えなきゃ正解にならないわけか。ありうる。このカリキュラムらしい意地悪さだ」

國崎が唸った。「問題はどう彼女に伝えるかだ。受信機を持ってないんだろ？　ここにいる僕たちがわかってるだけじゃ……」

いきなりキーンという甲高い音が大広間に鳴り響いた。みな両手で耳を塞《ふさ》ぎ、不快そうに顔をしかめた。

「なんだ？」参加者のひとりが吐き捨てた。「この頭の痛くなるような音はよ？」

誰もが腰を浮かせ、辺りを見まわしたのち、視線が一か所に注がれた。

大広間の隅に梨本と久保が座りこんでいる。梨本が操作しているのは、ずいぶん原始的なテープレコーダーだった。建物内にあった備品かもしれない。音量つまみをさかんに上下させ、断続的に耳障りな音を反響させる。

「よせ！」國崎が怒鳴った。「審査員にきこえちまう」

しかし椎橋はモニターのなかに、異様な状況があるのを目にした。建物内の反対側、二階下に位置する部屋にも、この音は届いているはずだ。なのに竹村はなんの反応もしめさない。

そういうことかと椎橋は気づいた。「モスキート音だ」

大広間の全員が愕然《がくぜん》とした顔を向けてくる。窪木が目を丸くした。「そうか……。きこえるのは僕たちだけだ。大人たちの聴覚じゃとらえられない」

梨本が操作をつづけながらうなずいた。「一万六千ヘルツです。三十歳以上は無音に感じるだけだとか」

國崎がきいた。「その音でどうやって情報を伝える？」

砂耶香が得意げに告げた。「八十年前のメンタルマジックの方法で」

「あー！」窪木が額に手をやった。「モールス信号か」

むかしの読心術でも無線のタネは使われていたが、音声の伝達はまだ明瞭《めいりょう》ではなかった。そのころは一チャンネルの電波で音の合図を伝えるのみが主流だった。複雑な情報についてはモールス信号で送られた。マジックの歴史本には書かれていたが、椎橋はさすがに実践しようとまでは思わなかった。だが梨本はそれらの知識も身につけていたらしい。

沙希もモールス信号を知っているのだろうか。梨本がモスキート音による伝達を終え、大広間はまた静かになった。みな小型モニターの周りに殺到し、息を吞んで画面を見つめた。

振りかえった沙希がテーブルを見下ろす。六つの茶碗《ちゃわん》に手をかざし、念じるように目を閉じると、沙希はつぶやいた。「なにかを感じます。こっちのほう……。いえ、これは空っぽです。これも、隣のこれも。ここに入ってます。ビスケット……のかた

すなおに驚きをしめそうとしない。

ちをしたUSBメモリーが」

沙希が目を開けた。右からふたつめの茶碗をまっすぐに指さしている。

竹村は前屈姿勢で座ったまま、渋い顔で唸《うな》り声を発した。タネがわからないからか、すなおに驚きをしめそうとしない。

また緊張が漂いだした。窪木がささやきを漏らした。「運営側には僕たちと年齢の変わらない係員たちがいたよな？」

國崎が応じた。「きょうは見かけない。建物内にいなきゃいいんだけどな」

「いたら駆けつけちまうかもしれない」

竹村はまだなんの反応もしめさない。空気がどんどん張り詰めていく。椎橋の心拍は異常なほど亢進《こうしん》していた。砂耶香が震える身を寄せてくる。誰もが固唾を呑んで画面を注視しつづけた。

やがて竹村の音声がきこえた。「みごとだ。奇跡としか思えない。里見さん。私はきみに満点をつけざるをえない」

一瞬の沈黙ののち、大広間は歓喜に包まれた。歓声をあげるわけにはいかない。けれどもみなメモ用紙の束を天井高くぶちまけ、両手を高々とあげていた。立ちあがる者もいれば寝そべる者もいた。トップを独走する沙希が満点を記録したというのに、ライバルたち全員が喜びに沸いている。

砂耶香が抱きついてきた。椎橋は信じられない思いで画面を眺めていた。すべての課題をクリアした沙希が、澄まし顔でたたずんでいる。やはり彼女は天性のマジシャンだ。意地悪このうえない罠《わな》を予測したうえで、あらゆる不可能を可能にしてしまった。

椎橋は砂耶香とともに、梨本や久保のもとへ向かった。笑顔を交わしつつ、椎橋は梨本の肩を軽く叩《たた》いた。梨本の目にはうっすら涙が浮かんでいた。

最終課題はもう決着がついた。誰も文句はいえないだろう。沙希にはかなわない。首席卒業が彼女でよかった。

……ただし手放しで喜べるわけではない。椎橋の勘が正しければ、この成果が即座に沙希の栄光につながったりはしない。世界的プロマジシャンをめざす過程は、依然として茨《いばら》の道だ。おそらくはとんでもない障壁がまっている。

25

最終課題実演の終了後、順位発表と首席表彰式、修了祝賀会が開催される、そう伝えられた。夕方になっても雨はやまなかったが、参加者らは大型バスに分乗し、別の会場へと移動することになった。

例によってスマホを預けるよう申し渡された。課題は終わったのに、まだ外部との連絡を断たれるのだろうか。釈然としない思いのまま、ひとまずしたがうしかなかった。

沙希はバスに揺られつつ、割りきれない思いを抱えていた。実演の寸前まで沙希の耳にはワイヤレスイヤホンがあった。しかし階下からブザーが鳴り響くのをきき、金属探知機の存在に気づいた。万が一のためのバックアッププラン、モスキート音によるモールス信号を実行することになるとは。

ほかのグループが同じことを思いついていたとしても、結局沙希の首位は変わらなかった、参加者の誰もが口々にそういった。みなずいぶん吹っ切れている、そのことが意外だった。大広間での待機中、どんな心境の変化があったのだろう。

とはいえ周りから祝いの言葉を受けとれたのは、すなおに嬉《うれ》しい。こんなギスギスした争いは二度とご免ではあったが。

カリキュラムの開始以来、緊張の日々を送らざるをえなかった。毎晩のように悪夢にうなされた。奇跡の実現ばかり求められるのがマジシャンの宿命だというのだろうか。なにかがちがうと沙希は思った。プロマジシャンは観客を愉《たの》しませれば、それでいいのではないのか。

目的地に着いたころには、すでに日は暮れていた。いっそう山間《やまあい》に分けいった奥地に、瀟洒《しょうしゃ》な平屋の洋館があった。ロココ調の装飾を施した外観だが、白壁はＦＲＰ製の造形らしく、鮮やかにライトアップされている。降雨に生じる霧が建物全体を幻想的に浮かびあがらせていた。周辺には駐車場もある。看板はでていなくとも、隠れ家風のレストランにちがいない。

降車した参加者らは傘をさし、ぞろぞろとエントランスのなかに入っていった。沙希も列に加わった。

内部の空気はひんやりと冷えきっていて、しかも妙に暗かった。石造り風の壁面と大理石の床を、天井のダウンライトがおぼろに照らす。窓はひとつもない。がらんとしているのはなんらかの演出なのか。丸柱があるほかには、テーブルや椅子の類《たぐ》いはいっさい見えないが……。

参加者の全員が建物内に入った直後、いきなり物音がした。驚きの声があがり、エントランス付近にいた数人が、あわてぎみにドアに駆け寄ろうとする。ドアが自然に閉まっていく。外から閉じられつつあるようだ。焦燥に駆られた参加者らが、急ぎ押し開けようとするが、ドアはそれより一瞬早く閉じきった。施錠の音が響く。

「……なんだ？」暗がりのなかで参加者のひとりがつぶやいた。「これ、なんのサプライズ？」

ほかの誰かも声を張った。「もったいつけないで、早く式を始めてくださいよ！ 先生。理事長！」

沙希のなかで不安が募りだした。非常口のランプすら取り付けられていない。レストランとしては未使用に思える建物だが、カリキュラムが実施された場所と同様に、少しばかり年季が入っている。いちおう建築されたものの、店舗として使用されないまま、歳月ばかりが経過したのではないか。通電はしているものの、内部にはダウンライト以外の設備がなにもない。水道も蛇口ひとつあるかどうかさえ疑わしい。

砂耶香が不安げにささやいてきた。「沙希さん、なんかこれ変じゃない……？」

ざわめきが参加者のあいだにひろがっていく。十数人がエントランスのドアに押しかけ、押したり引いたりしているが、どうやらびくともしないようだ。みなしきりにドアを叩き、大声で外に呼びかけるものの、なんの返事もない。

かなりの時間が過ぎた。もうサプライズとは思えない。二百人前後がひしめきあっているせいか、徐々に息苦しさをおぼえだした。あちこちで咳《せき》がきこえる。ぐったりと座りこむ姿もあった。気のせいではない、本当に空気が薄くなりつつある。

窪木が動揺の声を響かせた。「どうなってんだよ！　先生たちはどこへ消えた？　どうしてこんなとこに置き去りなんだ。式は？」

するとト椎橋が静かにいった。「式なんてありゃしない。理事長も先生たちも、自分たちの祝賀会を開いてるよ。僕たちをそっちのけで」

参加者らがぎょっとして椎橋を見つめた。椎橋は物憂げな表情でたたずんでいた。

沙希は椎橋に歩み寄った。「どういう意味？」

椎橋が見かえした。「おかしいと思わないか。どこがカリキュラムだったんだ？　先生たちは現役のマジシャンと紹介されてたけど、僕たちは名前すらきいたことがなかった。課題をだすだけで実演ひとつしてくれない。正解も発表せずじまいだった」

窪木が怪訝《けげん》そうに近づいてきた。「少なくとも先生たちはマジックの知識を持ってたぞ。バニッシュやパームのムーブメントを見抜いた」

「誰だってそれぐらいにはなれる」椎橋が窪木に応じた。「そうじゃないか？　僕らも自分で知識を育ててきたろ？　マジックの教本を読んで、レクチャーの動画を観て、道具を買って練習して……。マニアレベルの知識なら簡単に身につく。あの先生たちが特に慧眼《けいがん》だったわけじゃない」

砂耶香が疑問を呈した。「マジシャンじゃなきゃ、あの人たちはなんだったんですか？　元プロデューサーがフトコさんを連れてきたり、ディレクターに模擬番組を委託したりしてたのに？」

椎橋が首を横に振った。「金しだいだよ。ＥＪＭＳって団体はたしかに設立されてるだろうし、大森組の資本で運営されて、収支報告書もあると思う。だけど米マジックキャッスルのサイトによれば、後援に加わったのは一昨年からじゃないか。それ以前には存在してたかどうかさえ怪しい」

窪木が顔をしかめた。「大森組の創始者がマジック好きって由来もあったろ」

「瀬沼さんがそう説明しただけだ」

「あのな。本当にプロマジシャンを育てる気がなかったってんなら、大森組はどういう気の迷いで、ＥＪＭＳなんて団体をでっちあげた？　このレストランや、カリキュラムに使われた建物は？　手間も金もかかりすぎだろ」

沙希のなかにひとつの考えが浮かびあがった。「ひょっとして……。わたしたちにトリックを考えさせるため？」

椎橋がうなずいた。「だと思う。既存のマジックの組み合わせじゃ実現できない奇跡を、僕らに作りださせた」

またざわめきがひろがる。窪木が一喝した。「静かに！　酸素が減るだろ。……なあ椎橋。カリキュラムなんてのは嘘っぱちで、あの審査員と称する連中が、僕ら発案のトリックを盗む目的だったってのか。世界のプロマジシャンをめざしたがってたのは、あいつらのほうだったわけか」

「あの人たちが不可能を可能にするすべを模索して、マジックをいろいろ研究したけど答が見つからず、僕たちを利用したのはたしかだ。でもその先にある理想はちがう。プロマジシャンになりたかったんじゃなくて、もっと儲《もう》かることに手をだすつもりだった」

沙希の心に電流が走った。「よほどの収入につながることだよね……。わたしたちをだますために使った経費の額からして」

「ああ。経費も莫大《ばくだい》だろうから、ＥＪＭＳが虚偽の名目で計上できるとは思えない。これは大森組が主導してる。たぶん会社ぐるみの犯行だよ」

窪木が慄然《りつぜん》とした。「なんだかよくわからないが、そうすると僕らは捨て石か？　ここに閉じこめられたたままかよ？」

否定はできない。というよりその可能性が最も高い。沙希は震える声を絞りだした。「たぶん理事長や先生たちは、なんらかの企《たくら》みをすでに実行に移してる。わたしたちは用なし」

参加者のひとりが取り乱しながら叫んだ。「冗談じゃない！　こんなとこで窒息死できるかよ！」

大勢がエントランスのドアに殺到した。数人ずつが体当たりを繰りかえす。いっこうに開かないドアを前に、参加者たちは激しくうろたえだした。ひとりがわめいた。「スマホがなきゃ通報もできない！　助けてくれ、誰かー！」

沙希は声を張りあげた。「落ち着いて！　わたしたちはマジシャンでしょ。不可能を可能にする課題をクリアしてきた。いまもそうだと思えばいい！」

椎橋が同意した。「みんな荷物は置いてきただろうけど、道具を隠し持ってる人が少なからずいるはずだ。どんなギミックでもいい。だしてくれないか」

参加者らが互いに顔を見合わせた。あちこちで動きがあった。ひとりの男がジャケットをかなぐり捨てる。背中部分の裏地に〝引きネタ〟が吊《つ》ってあった。安全ピンにゴム紐《ひも》が結わえられ、シガレットバニッシュ用のギミックがぶら下がっている。

それを見たほかの人々もジャケットを脱ぎだした。さまざまな引きネタが取り外され、床の一か所に集められる。キーベンダーやゴム製コインケース、ユニバーサルプル。極小型ペンライトまであった。

國崎がきいた。「このペンライト、なんのマジックに使う？」

持ち主が答えた。「電球を手のなかで点《つ》けるマジックだよ」

仕掛けのない乳白電球《フロスト》でも、隠し持ったペンライトをくっつけて照らせば、半透明のカバー部分全体がぼうっと光るため、手のなかで点灯したように見せかけられる。明かりを消したのち、引きネタをジャケットの下に収納し、両手が空なのをしめせば演技は完了。たったそれだけのマジックを、いつでもどこでも実演できるよう、ふだんから引きネタを吊っておく。世間の基準では風変わりな人間に分類されるだろうが、ここの参加者のなかでは半ば常識だった。

引きネタ以外のギミックも次々に集まりだした。サムチップ、ギミックコイン、シェル付きルービックキューブ、各種トリックデック。ほかに白綿や白い薄手の紙が数を増やしている。

沙希ははっとした。みずからのポケットをまさぐりながら呼びかけた。「フラッシュコットンとフラッシュペーパー！　ある人はみんな提供して！」

参加者らの動作があわただしさを増した。手っ取り早く人を驚かせられるアイテムだけに、大多数がしのばせていたようだ。久保もそのひとりだった。たちまち山積みになったが、問題は火種だ。沙希はたずねた。「誰か点火ギミックは？」

こういうときにかぎって持っている人がいない。久保が途方に暮れたように告げてきた。「置いてきちゃった……。そもそもタバコを吸ってる人を戒めたくて、シガレットバニッシュと併用してるんで」

窪木が眉間《みけん》に皺《しわ》を寄せた。「じゃあ愛煙家の手からタバコをとりあげ、それを閃光《せんこう》とともに消してみせて、ニンマリか？　日ごろそんな即席マジックを演じてるのか。よく喧嘩《けんか》にならないな」

「周りで煙に迷惑してるほかの人たちから拍手喝采《かっさい》なんだよ。動画もあげてる。なんにしても自分じゃ火種は持ち歩かない」

沙希はフラッシュコットンとフラッシュペーパーの山をすくいあげた。「みなさん、これらをドアへ運んで、隙間に押しこんで。ペーパーよりもコットン優先、どうしても足りない場所だけペーパーで補う。カードを使えば狭い場所にもうまく入るでしょ。ドア枠をぎっしり埋めるぐらいに」

梨本が問いかけてきた。「火種はどうする？」

「これを使う」沙希は引きネタのペンライトをつかみあげた。

参加者らは次々とドア前に向かい、交替しながら作業にあたった。フラッシュコットンでドアの隙間を埋めていく。みな息遣いが荒くなっていた。意識が朦朧《もうろう》とし始めてはまずい。早くケリをつけねばならない。

沙希はそのあいだに極小型ペンライトを分解した。先端の粒のような電球を壊し、細い銅線二本を爪の先で挟んでねじり、紙縒《こよ》り状に絡めていく。

椎橋が息を切らしながら近くにきた。「フラッシュコットンの威力だけでドアを開けられるかな」

「不可能じゃないと思う」沙希は手を休めずにいった。「少量でも閃光を放って一瞬で燃えるとき、小さな爆発が起きるでしょ。ニトロセルロースは第5類危険物に分類されるほどだし」

「たくさん集めればかなりの爆発か」

「そう。『グランド・イリュージョン』って映画で、大量のフラッシュペーパーが一瞬に燃え尽きる場面があったけど、んなわけない。あれだけの量なら大爆発。埋もれてる人や物は消し飛んじゃう」

「カッパーフィールドが監修してる映画って触れこみだったけど、いい加減だよな」

「映画のなかでマジにタネ明かしをしようとするマジシャンなんて皆無だから……」

窪木が駆け寄ってきた。「理屈はわかるけどよ。施錠されたドアが開くほどか?」

沙希は顎《あご》をしゃくった。「この建物、石造りに見せかけてるけど木造でしょ?　ドア枠なんて工業製品を取り付けてあるだけにすぎない。横からの力には弱いし、火事のとき消防士が壊して入るためにも、熱で変形しやすいってきいた」

國崎が壁をノックしながらうなずいた。「たしかに木造の音だぜ、これ。在来工法だ」

エントランスの周りから声が飛んだ。「できたぞ！　フラッシュコットンで埋め尽くした」

咳《せき》が絶え間なくこだまする。沙希もむせそうになった。もう一刻の猶予もならない。

人の群れが左右に割れる。沙希はドアの手前で片膝《かたひざ》をついた。ペンライトの先端部に突きだした、ごく短い銅線部分を隙間に差しこむ。すかさずスイッチを押した。

視界が真っ赤な閃光に染まった。爆発の威力は想像以上だった。肌が焦げるような熱風が押し寄せ、沙希を後方へと吹き飛ばした。轟音《ごうおん》が耳をつんざき、甲高い耳鳴りだけが残る。聴覚がろくに機能しなくなった。

全身が床に叩《たた》きつけられ、さらに吹き荒れる爆風に抗《あらが》いきれず、果てしなく転がっていく。あらゆる声が籠《こ》もりがちにきこえていた。奇妙に現実感がない。煙が濃厚に立ちこめている。周りがやけに暑かった。なにか燃えているのか、辺りが赤く揺らめく。それに水の混ざった風も吹きこんでくる。火傷《やけど》をひりつかせるほど冷たい水……。

沙希ははっとして身体を起こした。雨水だ。ということは……。

ドア枠が大きく歪《ゆが》んでいた。大勢の手がドアをこじ開けようとしている。錠のデッドボルトが、ドア枠のストライクから外れさえすればいい。あの歪みぐあいからすれば、おおいに期待できるはずだ。

いきなりドアが大きく開け放たれた。気圧の変化からか、ふいに聴覚が戻った。喧《けん》噪《そう》が耳に飛びこんでくる。参加者らが外の暗がりに飛びだしていく。そんなようすを目にしたとき、沙希の身体は誰かに抱きあげられた。

椎橋だった。水槽脱出の裏動線と同じく横抱きにされ、沙希は建物の外へと運ばれていった。

真っ暗闇の豪雨のなか、辺りになにもない木立に囲まれつつも、十代二十代の群れははしゃぎまわっていた。生をつないだ、誰もがその喜びに浸っている。窪木も大笑いしながら國崎と抱きあっていた。

沙希は椎橋にお姫様抱っこされたままだった。椎橋が身体を回転させる。沙希はあわてて身じろぎした。「まって。下ろしてよ」

けれども間近に見る椎橋の顔には、ごく自然な微笑があった。ずぶ濡《ぬ》れの前髪から雫《しずく》を滴らせ、椎橋がつぶやくようにいった。「もう少しこうしていたいんだよ。これで最後かもしれないから」

時間が静止したように沙希は感じた。ほのかな温《ぬく》もりをおぼえる。いまは身をまかせても差し支えない、そんなふうに思った。

少し離れた場所に砂耶香が立っていた。砂耶香と視線が合うのが怖かった。けれどもそれは思いすごしだった。砂耶香は笑っていた。目に涙を溜《た》めながらも笑顔を保っていた。祝福の拍手を砂耶香は送ってくれた。あらゆる感情が沙希の胸を満たしていった。この土砂降りの雨は忘れられない。正真正銘、本物の脱出イリュージョンとして、永遠に心の奥底に刻まれる。

26

深夜零時をまわった。

栃木県日光市の山中、真言宗の聖地である勅寺《てじ》楠恩堂《なんおんどう》は、境内に警備会社の出張施設がある。楠恩堂の周りを夜通しガードマンが巡回する。容易に近づけるものではない。

ただしそこから二十メートル以上も離れた、西端の庭園にある工事区画はそのかぎりではない。大森組の建築開発事業本部、徳岡勉《とくおかつとむ》部長が仲間一行とともに訪ねるのに、なんら支障はなかった。囲いの車両乗り入れゲートの鍵《かぎ》は、むろん自分たちが所有しているからだ。

工事現場で降車した一行は、徒歩で未舗装のスロープを下っていった。その先は両壁と床に、無数の四角い岩が隙間なく埋め尽くす、八メートル幅の溝のなかだった。徳岡は全員を引き連れ、まっすぐ延びる溝の底を、息を弾ませながら駆けていった。

頭上は強化ガラスが張られ、街灯に揺らぐ水面が見えている。外は雨のため波紋が絶えずひろがっていた。ここは楠憲堂を囲むお濠《ほり》の一部だ。本来は水面から底面まで三メートルの深さがある。だが天井となる強化ガラスが、底から二メートル半の高さにあり、水はその上のわずか五十センチほどを満たしているにすぎない。鯉が悠々と泳ぐのが目にとまった。工事としてはさして難しくもない。金沢21世紀美術館にある、内部から水上を仰ぎ見られるプールと同じだ。大森組も似たような施工を数多く手がけている。

勅寺の方針で、濁っていたお濠の水は改装工事時に徹底的に浄化された。いまや水は透き通っていて、地上からは底面までが見通せる。この西側のお濠もすべて水に満たされているように見えるだろう。本来なら賊が侵入を図るためには、延々と潜水せねばならない。しかしこの構造ゆえ、徳岡らは労せずして、お濠の底を駆け抜けていった。

SNSで闇バイトを募集し、二十歳前後の若者を雇うにあたり、中年ばかり六人がリクルート役を務めた。指示役の徳岡はみずからこうして現場に足を運んでいる。徳岡と六人のリクルート役、それに実行役の若者たち八人が、いま足並みを揃えいっせいに走っていた。計画の最終盤だ、いやがうえにも興奮が高まる。

お濠は楠霊堂のわきにある橋の下につづいていた。斜め上方に掘られた穴がある。一行は手前で立ちどまった。

徳岡はきいた。「みんな眠ってるか」

リクルート役のリーダー格、ぎょろ目で痩身《そうしん》の荒田《あらた》則行《のりゆき》がうなずいた。「睡眠薬が効いて、当直の僧侶《そうりょ》どもは寝静まってる」

「よし」徳岡は穴の上り口に向き直った。手前に控える実行役の若者らに、徳岡は問いかけた。「どうだ？」

「待機の合図です」若者のひとりがささやいた。「警備員がいま近くにいるみたいで」

お濠の下に潜む徳岡たちには、地上のようすがわからない。無線は傍受される危険があるし、スマホでの通話など論外だ。位置情報をケータイキャリアに取得されたら元も子もない。

だが若者たちは耳を澄ましている。彼らにしかきこえない音がある。僧侶も守衛も年寄りばかりだ。

百デシベルの大音量で鳴り響く音であっても、連中の聴覚はけっしてとらえられない。徳岡たちにとっていまこの瞬間が、無音の静寂にしか思えないのと同じだ。

やがていっせいにうなずいた。実行役の若者が鼻息荒く告げてきた。「ゴーの合図です。警備員は遠ざかりました」

「行こう」徳岡は真っ先に穴のなかに入った。

ここも内壁は剝《む》きだしの土で、ろくに固めてもいない。板を組んだだけの簡易的な階段を駆け上る。ほんの三メートルで地上の暗がりにでた。雨が降りしきるなか、眼前に楠霊堂の外壁がおぼろに浮かびあがる。裏手の通用口がすぐそこに見えていた。

リクルート役のひとり、手先の器用な深津《ふかつ》洋之《ひろゆき》が通用口に駆け寄る。鍵を挿しこみ解錠した。徳岡らはいっせいに雪崩れこんでいった。

本堂の内部はむろん明かりひとつない。実行役がLEDランタンを灯《とも》し、床のあちこちに置いた。六角形で吹き抜けの広い空間だった。バルコニー風の読経《どきょう》用高座を背に立つと、正面には黄金《こがね》いろに輝く国宝釈迦《しゃか》如来坐像《ざぞう》がそびえていた。

高さ四メートルの純金大仏に対し、実行役の面々がリュックからノコギリをとりだした。二十四金は柔らかく、ノコギリで切断できる。重量があるため少しずつ切りださねばならない。

インゴットを切断すれば当然、品質保証が失われ、価値が下がってしまう。だが純金大仏には当てはまらない。これから大仏を細々《こまごま》と金塊に切り分け、さっきのルートを経由しクルマに積む。綺麗《きれい》に切断する必要はない。のちに溶かしてから立派なインゴットを何十個、何百個と精製していける。

ついにこのときがきた。徳岡は号令をかけた。「ケーキを切り分けるときがきたぞ。かかれ！」

リクルート役と実行役が歓喜の声を発し、ノコギリを振りかざしながら、いっせいに純金大仏へと駆け寄っていく。

ところがその瞬間、いきなり天井の照明が灯った。にわかに煌々《こうこう》と照らしだされた本堂で、純金大仏が目も眩《くら》まんばかりの輝きを放つ。その凄《すさ》まじい光量に徳岡はすくみあがった。

チーンと仏具のリンが鳴った。はっとした一行が振りかえり、読経用高座を仰ぎ見る。全員が愕然《がくぜん》とした顔で固まった。徳岡も戦々恐々としながら仲間たちの視線を追った。

心臓が凍りつくような衝撃がひろがる。高座の上には制服警官の群れが立っていた。地上のみならず私服もいる。刑事たちに挟まれて、しょんぼりと項垂《うなだ》れているのは、地上の見張り役だった若者だ。手錠と腰縄で身柄を拘束されている。

いましがたリンを鳴らしたスーツが身体を起こした。くせ毛に鋭い目つきの中年男。独特の都会っぽさゆえ、一見して日光署の刑事ではないとわかる。男が見下ろしながら低い声を響かせた。「新宿署生活安全課の舛城だ。徳岡勉、いやＥＪＭＳ理事長の竹村秀樹。あいにく純金大仏消失イリュージョンはそこまでだ」

27

雨はやんでいた。月明かりが寒空を照らす。雲の切れ間に星々がのぞいていた。なんだか宇宙に近づいた気がする。都内ではこんなに多くの星の瞬きは眺められない。本当に魔法《マジック》が使えれば、空高くどこまでも飛んでいけるのに。

沙希は防寒着に身を包み、勅寺の境内に立っていた。寝ぼけ顔の当直の僧侶たちや、警備員のみならず、地元の警察官がうろつきまわる。昼間のように明るいのは、深夜工事用の大型照明がいくつも設置されたからだ。照明機材には皮肉にも大森組と記されている。西の工事現場から警察が運んだときいた。

隣にたたずむ椎橋が白い息を弾ませた。「十八歳未満は夜十時以降働いちゃいけないよ。きみや砂耶香さんは帰ってもよかったのに」

沙希は苦笑してみせた。「これ労働なの？　仕事してるわけじゃないんだけどなぁ」

砂耶香と梨本も一緒にいる。寒そうに身を小さくした砂耶香が毒づいた。「ほんとは給料がほしいぐらい。あの廃レストランをでて、ローカル線のちっぽけな駅を見つけるまで、どれだけ歩かされたんだか。しかもとっくに終電後だったし」

梨本は表情を和ませていた。「駅前に公衆電話があってよかったよ。110番して、もうこんなところにいるなんて。マジックよりすごい」

参道に面する楠霊堂の大きな扉が開いた。警察一行がぞろぞろとでてくる。先頭は馴染《なじ》みの舛城徹《とおる》元警部補だった。知らないあいだに警部に昇進していた。

警視庁と日光署の刑事らにつづき、制服警官の群れが侵入窃盗犯の一味を連行する。みな手錠をかけられ項垂れているものの、不機嫌な顔を隠そうともしないのは、マスコミがいないと油断しているからだろう。実際にはすぐ近くの橋の向こうに、おびただしい数の報道陣が詰めかけている。地元警察が押しとどめているが、喧噪《けんそう》はどんどん大きくなっていた。やがて制止しきれなくなるかもしれない。

憔悴《しょうすい》しきった窃盗犯グループのなかで、真っ先に目についたのは理事長の竹村だった。本名は徳岡勉だと舛城から教えられた。その後ろにつづく、ぎょろ目で痩身の瀬沼は、たしか荒田則行といった。講師陣の木田瞬が長友《ながとも》瞬、黒河健二は深津洋之、菊山貴幸が矢野《やの》孔一《こういち》、伴尾佳史は葉山《はやま》久義《ひさよし》……。人のよさそうな元プロデューサーの草野英則も偽名で、中牧《なかまき》祐二《ゆうじ》が本名だった。みなマジシャンではなく、せいぜいマジック愛好家でしかない。六人とも大森組の関連企業に勤務し、徳岡発案の犯行計画に加担していた。

舛城が沙希の前で足をとめた。「大森組の会長兼社長宅にガサが入った。明朝には会社ぐるみの犯行だと裏付けられるだろう。安心して眠れるぞ」

後続の列は立ちどまるのを余儀なくされた。竹村こと徳岡が、沙希と椎橋に目をとめる。気まずそうに徳岡がささやいた。「なんでここに……」

沙希は静かに応じた。「卒業を祝ってほしくて。式があるものだと思ってました」

瀬沼こと荒田がぎょろ目を剝いた。「きみらの差し金か。……どうしてわかったんだ？」

椎橋が落ち着いた声で答えた。「僕を招待しときながら邪魔者あつかい。当初は犯罪者の知恵と発想が必要だと思ったから、僕に参加を要請したんですよね？　マジックのタネがそっち方面に役立つことは、たしかに僕も経験上知ってますから」

伴尾こと葉山が嘆いた。「だがなぜここだと？　純金大仏が狙いだなんて、推測できるはずがないだろう」

沙希は否定した。「そうでもありません。わたしたちに考えさせたトリックをなにに使うか、随時当てはめていけば、おのずと判明します。ニュースによれば勅寺では、食事を外部の信頼できる食材会社に委託しているうえ、お弟子さんによる毒見も義務づけてたそうですね」

徳岡たちは僧侶《そうりょ》らに睡眠薬を盛り、夜間にぐっすり眠らせることを思いついた。いまでは仏教の僧侶も精進料理だけを食べているわけではない。食事に混入させるのが最も手っ取り早い。

ラーメンを別の物に変えるマジックという課題により、毒見後の食事をすり替える方法を知ろうとしたものの、これは沙希がトピットによるトリックに頼ったため、犯行にはそのまま活用できなかった。実行犯が調理場まで侵入することは不可能だからだ。しかし徳岡らはそれ以前の課題で正解を得ていた。

割れていない卵の中身なら、事前の毒見自体が不可能だし、不必要とも判断される。殻に小さな孔ひとつ残さず、内部に異物を仕込む方法を、徳岡はカリキュラムの課題とした。お濠《ほり》の水の浄化設備工事を受注していた大森組は、勅寺の敷地内に出入りできるため、食材会社の搬入時間もあるていど把握しえた。敷地内に乗りいれたトラックが、調理場の勝手口付近に待機中、こっそり近づいて卵をすり替えたと考えられる。勅寺における大森組の立場が最大限に役立ったのは、やはりお濠の工事だった。大森組が工事を受け持つのは、西方約二十メートルにある庭園から、楠甍堂の近くに架かる小さな橋の下までだった。

徳岡らにしてみれば犯行当日、いかに警備の目を逃れたうえで楠甍堂をめざせるか、そこが最大の焦点だった。お濠を潜水していけば時間がかかってしまう。水が濁っていれば、土管を水中トンネル代わりに沈めておけるかもしれない。けれども勅寺の方針で、お濠の水は透明な状態に保たれることになり、その方法も使えなかった。どうすれば水中を迅速に突破できるか。

沙希ら発案の水槽脱出のトリックが活用された。大森組は、水の浄化設備工事と並行し、ひそかに強化ガラスを搬入し、溝のなかに埋めこんだ。似た施工例が多くあることは大森組のサイトで確認できる。ほんの数日間での突貫工事も可能だった。白昼はお濠を水が満たし、底面までも透けているように見えるが、実際にはドライな地下通路が完成していた。

ただし純金大仏の下は分厚いコンクリート敷で、地下から直接には侵入できない。いったん地上にでなければならないが、警備員が巡回するため、むやみには穴を上れない。地上に見張りを置くとしても、どうやって安全なタイミングを伝達させるか。

これも徳岡たちはカリキュラムの課題を通じて答を得た。カリキュラムにいた青年の係員らは、きょうの犯行の実行役だった。彼らの年齢ならモスキート音がきこえる。それが合図になった。

地上にでて以降は、楠憲堂の鍵《かぎ》を開ける必要に迫られる。勅寺ではどの僧侶が鍵を持っているか秘密にされている。

それが誰なのかを当てる経緯を、カードマジックになぞらえることで、課題として参加者らに考えさせた。沙希たちは指紋をキーにした。徳岡たちも楠憲堂の通用口の鍵穴周辺に、沸騰させたヨードチンキの蒸気を近づけ、指紋を浮かびあがらせたのだろう。大きな寺には袈裟《けさ》部屋があり、僧侶らの袈裟や衣が、氏名別にまとめられている。そこに侵入できれば、どの僧侶の指紋だったか識別できる。あとは鍵の持ち主の個室や荷物、所持品を探せばいい。

沙希はいった。「最終課題でわたしたちはミニカメラを使ったけど、あれが可能になるからには、あなたたちも同じことをしてましたよね？　電子顕微鏡のある部屋で卵の殻を復元させたり、給湯室で招待状から指紋を検出したり、わたしたちのやったことを観察してたんでしょう」

水槽脱出は設計図をもとに制作を発注したため、運営側にも自動的にからくりが伝わる。徳岡たちはタネ明かしの説明を受けずとも、沙希らがどうやったかすべて把握していた。ただし公園においては、おそらく望遠の隠しカメラが、木立の陰にいた沙希たちをとらえられなかったと考えられる。

最終課題だけは、勅寺のお濠工事のほか、さまざまな犯行準備を施すための時間稼ぎだった。沙希たち参加者が、茶碗《ちゃわん》の中身を当てようが当てまいが、徳岡にとってはどうでもよかった。参加者らを廃レストランに閉じこめたのは、犯行およびその後の作業中、通報されては困るからだ。ただしモスキート音だけは利用されたようだ。

沙希はつづけた。「世界じゅうで稼働が中止になってる金属リサイクル工場を、わざわざ建てるなんて。本当は金を溶かすための拠点ですよね？　金属リサイクル工場は冶金《やきん》工場と設備も似てるし」

徳岡はげんなりした顔で見かえした。「きみは中卒なのに頭が切れるな」

「マジシャンは裏をかくことばかり考えてますから……」

「犯罪者の思考に近いよ」徳岡の目が椎橋に移った。「私たちがきみを招待したにもかかわらず、なぜ執拗《しつよう》にドロップアウトさせようとしたか、理由はわかるかね」

椎橋が答えた。「元犯罪者だけに、犯行の意図を見抜かれるかもと警戒したんでしょう」

「ちがう。うちの実行役に加えたかったんだよ。将来有望だったからな」

沈黙が生じた。椎橋が沈んだようすで視線を落とすと、徳岡は前方に向き直った。制服警官らが一味を連行していった。

舛城はその場に留《とど》まり、小声で椎橋を励ました。「気にするな」

犯人グループをパトカーまで連れていくには、橋を渡らねばならない。しかし制服警官の群れが報道陣を堰《せ》き止めている。一味を連行する警官の列が橋に近づいた。カメラのフラッシュがしきりに焚《た》かれる。道を空けるよう要請する警官らと、どこうとしないマスコミのあいだで押し問答が始まった。橋はしだいに無秩序状態と化しつつある。

舛城がそちらを眺めながら苦々しげに唸《うな》った。「大森組がＥＪＭＳを利用し、純金大仏奪取計画のトリックを練ってたことは、もうマスコミにも知れ渡ってる。そのうえ沙希までいるのがわかれば、格好の週刊誌ネタだな」

椎橋が浮かない表情で後ずさりした。「僕がいないほうがいい……」

沙希はあわてて呼びとめた。「まって。彬さん」

「きみはきっとどこかでデビューできるよ。僕とのつながりには言及しなくていい。さよなら」

駆けだそうとする椎橋に、舛城が鋭い口調でいった。「あちこち包囲されてる。マスコミに見つからずに抜けだすなんて無理だ」

だが椎橋は苦笑に似た笑いを浮かべた。「長いこと僕を捕まえられなかったのを忘れた？　脱出イリュージョンはギミックなしでも、即興でできなきゃね」

椎橋が身を翻し、たちまち遠ざかっていく。砂耶香が追いかけた。「椎橋さん！」

ふたりが走り去るのを、黙って見送るわけにいかない。沙希も駆けだそうとした。ところが橋のほうがやけに騒々しくなった。警察による防波堤が決壊し、報道陣が境内に雪崩れこんでくる。

梨本がつぶやいた。「うわ……。こりゃまずいよ」

警察官らが阻止に繰りだすが、記者やカメラマンの群れは、まるでアメフトのごとく必死にすり抜け、境内を横断してきた。

混乱のなか、椎橋は外側へと大きくまわりこんだ。砂耶香も椎橋を追いかけている。がら空きになりつつある橋をふたりはめざしていた。沙希は追跡を断念せざるをえなかった。目の前にマスコミの津波が、隙間なく押し寄せてきたからだ。

舛城の顔を知る記者も少なくないらしい。近くにいた沙希も報道陣に取り囲まれてしまった。フラッシュが矢継ぎ早に焚かれ、十数本ものマイクが突きつけられる。

テレビカメラが狙うなか、リポーターが沙希に質問してきた。「関係者のかたですか。マジシャン募集が、じつは闇バイト雇用の隠れ蓑《みの》だったようですが……」

そんなふうにとらえられているのか。沙希は首を横に振った。「闇バイト募集じゃありません。カリキュラムの参加者には犯罪者なんかいません。犯行グループが窃盗計画立案のため、わたしたちからアイディアを盗もうとしただけです」

「まて」記者のひとりが声高にいった。「ソーサリーにいた……里見沙希さんだ！」

取材合戦は一気にパニックの様相を呈しだした。報道関係者が包囲を狭めてくる。舛城が対抗するなか、刑事たちも応援に加わり、カメラマンの群れを押し戻そうと躍起になった。

沙希は押し合いへし合いの大混乱のなかを、なんとか後方から抜けだした。精いっぱい伸びあがり橋のほうを眺める。椎橋の姿はもうどこにもなかった。

28

晴れた日の午後、渋谷のスクランブル交差点を見下ろせるカフェに、砂耶香は椎橋とともにいた。ふたりで窓際の席に座っている。冬の脆《もろ》い陽射しが店内を柔らかく照らしていた。

椎橋の視線は窓の外に向けられるか、手もとのスマホを眺めるか、そのいずれかでしかなかった。いっこうに砂耶香に目を向けようとしない。一緒に頼んだキャラメルマキアートのカップにも触れなかった。

砂耶香は黙って椎橋を見つめていた。椎橋が心のなかで、ほかの誰かを想っているのはあきらかだ。それでもきょうは笑顔を絶やさないときめていた。おずおずと砂耶香は話しかけた。「あれからもうひと月でしょ。早いですよね」

虚《うつ》ろな目が砂耶香を見かえす。けれどもすぐに椎橋はまたスマホをいじりだした。

「ああ……。そうだね」

洒落《しゃれ》たチェスターコートを脱ごうともしない。マフラーすら首に巻いたままだ。椎橋がなにを望んでいるのか、メンタルマジシャンでなくとも容易に見通せる。砂耶香はため息をつき、椎橋の手からスマホをひったくった。

椎橋が面食らったようすで砂耶香を見つめた。「なにするんだ」

スマホの画面はユーチューブだった。羽田《はねだ》空港からのライブ配信。タイトルは〝里見沙希ちゃんの旅立ちをみんなで見送ろう〟となっている。海外旅行シーズンでもないため、閑散とした国際線出発ロビーが映しだされていた。リアルタイム映像にはちがいないが、配信者も暇を持て余しているのか、三脚に固定したとおぼしきスマホの定点カメラだった。

よくK－POPアイドルのファンが空港で待ち構えていて、こんなライブ動画を配信する。それにくらべると残念ながら沙希の場合、そこまでの人気ではなかった。砂耶香はつぶやいた。「三十七人が視聴中……」

椎橋がまた窓の外を見下ろした。「世のなかには物好きがいるよね」

「そのなかのひとりでしょ」砂耶香はスマホをテーブルに置き、椎橋の手もとに押しやった。「気になるのなら見送りに行けばよかったのに」

「いいんだよ……。もういい」

どう見ても未練タラタラではないか。砂耶香はスプーンでカップのなかを掻《か》きまわした。「沙希さん、LAのマジックキャッスルに招かれたんだよね。着いてすぐ最初の出番？　うまくいくかな」

「出番といってもクロースアップマジックだし、きっと問題ないよ」

「ほら。やっぱり」

「……なにが？」

「沙希さんのことになると饒舌《じょうぜつ》。わたしとの会話は途切れてばっかりなのに」

椎橋が砂耶香に目を戻した。申しわけなさそうなまなざしがじっと見つめてくる。

「そっか」椎橋がささやきを漏らした。「ごめんね」

「謝らないでよ」砂耶香はふくれっ面をしてみせたものの、内心吹っ切れつつあるのを自覚していた。「でもよかった。椎橋さんの本心が知れて」

「本心って？」

「きょうはわたし、無理に椎橋さんを誘っちゃったでしょ。こんな小娘が、大人を励まそうとするなんて、ですぎた真似だよね」

「そんなことないよ……」

「きょうという日だから、椎橋さんを元気づけたかった。だけどさ……。きょうという日だからこそ、椎橋さんがやるべきことははっきりしてるよね」

「なにが？」

「もう。とぼけないでよ」砂耶香はテーブル上に伏せてあった伝票ホルダーを奪いとった。「ここから羽田まで、急げば三十分で行けるでしょ。まだ間に合う」

「……無理だよ。っていうか、そんな気はない」

「いい加減にして」砂耶香の声は高かったらしく、店内の客や従業員を振り向かせた。多少の気まずさをおぼえたものの、砂耶香は椎橋にいった。「ずうずうしいだろうけど、沙希さんをあきらめたんなら、わたしが支えてあげたいと思ってた。でも椎橋さんの心にはいつも沙希さんがいるじゃん」

椎橋の顔に当惑のいろが浮かんだ。「僕から彼女に近づくわけにはいかないんだよ。ライブ配信もされてるし」

「なにそれ。元犯罪者の彼氏が迷惑？　アイドル人気が壊滅的になるって？　そんな価値観古すぎ。沙希さんはアイドルじゃない。彼女のマジックの腕なら、プライバシーはうんぬんされない。パートナーも凄腕《すごうで》のマジシャンなんだから」

「パートナーって……」

「椎橋さんも一緒に行くべきなんだって。沙希さんもそれを望んでる」

「ありえないよ。航空券なんか高くて買えないし、だいいちパスポートを持ってない」

あきれて絶句しかけたものの、砂耶香は毅然《きぜん》たる態度を貫いた。「何週間後かに追いかければいい。きょうはひとまず空港でそのことを伝えて」

「沙希を困らせるだけだよ」

「そうはならない。だいいちなによ、沙希って。最初からずっと思ってたことだけど、椎橋さんって沙希さんを、沙希って呼び捨てにするでしょ。なんで？」

「なんでって、年下だし、気さくに話せる仲だから……」

「もうつきあってるみたいなものじゃん。なんにしてもこのままでいいの？　後悔しない？」

椎橋が沈黙した。しだいに決意が固まりつつあるのが表情から見てとれる。砂耶香の胸の奥では哀しみと喜び、相反するふたつの感情がせめぎあっていた。

やがて椎橋が手を差し伸べた。「会計は僕が」

砂耶香は伝票ホルダーを抱えこんだ。「わたしが奢《おご》る」

「悪いよ。きみはまだ十代半ばじゃないか。ご馳走《ちそう》になんかなれない」

「そういうの多様性の欠如ってやつじゃない？」

「ちょっとちがうような気がする……」

「いいから。わたしはまだここでスクランブル交差点のようすを眺めていたい。椎橋さんは空港へ行って。ちゃんと伝えなきゃダメ。沙希さんを追ってアメリカへ行くって」

椎橋は無言で視線を落としていた。けれどもほどなく腰を浮かせた。砂耶香のなかを隙間風が吹き抜けた。別離のときが迫っている。

テーブルを離れる間際、椎橋がぼそりといった。「きょうはありがとう」

「……急いでください」

気遣うようなまなざしがかえって辛《つら》い。椎橋が立ち去りだすと、虚《むな》しさとともに安《あん》堵《ど》もおぼえる。とはいえ心にひろがる淡い悲しみは無視できない。うっかりすると泣いてしまいそうだ。

店をでる前に椎橋がもういちど砂耶香を見た。砂耶香はうなずいてみせた。椎橋はためらいがちにドアを開けると、その向こうへと消えていった。

またため息が漏れる。砂耶香は抱えこんだ伝票ホルダーをテーブルに戻そうとした。とたんにぎょっとさせられる。クリップに挟んであるのは伝票だけではない、千円札三枚がその上に重なっているではないか。

マジックを見せられたように、しばし言葉を失う。徐々に苦笑に近い微笑が浮かんでくる。彼のこんな動作にはまったく気づかなかった。

会計をスムーズに済ませるためにしたことにちがいない。店を早くでたがっている と砂耶香に悟られたくなくて、こっそりおこなったのだろう。砂耶香を傷つけまいと してくれた。その思いだけで充分だった。

さよなら。砂耶香は心のなかでそうつぶやいた。悔しくなんかない、むしろ爽《さわ》やか な気分だ。その理由ははっきりしている。誰も彼女にはかないはしない。

29

沙希は旅行用トランクを押していき、国際線出発ロビーに足を踏みいれた。ユーチ ューブのライブ配信が待ち構えていることは、事前にインスタグラムのコメントで知 らされていた。

十人前後のファンはほとんどが男性、それも中年以上だった。みなソーサリーのイ ベントで顔を合わせたことがある。花束や贈り物を受けとった沙希が、いま返せるの は微笑みだけしかない。あとは実績を積むことが恩返しになるのだろう。

地下アイドルのミーティングのような、ささやかなお見送り会が終わり、沙希はそ の場から立ち去った。出発便のチェックイン手続きを済ませ、カウンターに荷物を預ける。ファンからのプレゼントはすべて、なんとかトランクのなかにおさめた。

保安検査場に向かうべくゲートに近づいたとき、中年男のだみ声が呼んだ。「沙希」

沙希は驚いた。鳥の巣のようなちぢれ毛の頭髪、頑固ひと筋の顔つきにのぞくやさしさ。スーツ姿がきまっている。舛城が歩み寄ってきた。

「やあ」舛城が微笑した。「ここできみを見送るのは二度目だな」

思わず苦笑が漏れる。沙希は舛城にいった。「あのときはろくでもない結果に終わりました」

「縁起でもないって?」舛城がおどけた。「こりゃ悪かった。現れるべきじゃなかったな」

「そんなこといってません。嬉《うれ》しいです。いま着いたんですか?」

「いや、だいぶ前だ。でもきみのファンがいただろ。配信に映りこんじまうのも、職業柄あまり望ましくなくてね」

「あー、ごめんなさい。わたしも生配信なんて勘弁してって伝えたんですけど、断りきれなくて」

「きみが謝ることじゃないよ」舛城は穏やかな表情のままだった。「今度のことはびっくりした。純金大仏の窃盗グループに利用されかけるなんてな。危ないとこだった」

「怪しい招待状が届いた段階で気づくべきでした。舛城さんに相談すればよかった」

「無事でなによりだよ。きみの機転あればこそだな。グレート・マジシャン選抜カリキュラムか。無駄足だったのは気の毒だが……」

沙希は首を横に振ってみせた。「おおいに勉強になりました。成長できた気もするんです」

「カリキュラム自体がインチキで、本当はマジック業界とのつながりさえなかったのに？」

「はい。だからこそ外の世界を知れました。ひとつの道を究めるためにも、それ以外の道をどれだけ歩んだことがあるか、そこが重要になってくるんですね」

「あいかわらずだな。きみがまだ十七だってことを忘れちまう」

「自分の生き方がわかったように思えるんです。トリックは正しく使わないと」

「いい心がけだ」舛城はなにかをいいかけたが、複雑な面持ちとともに口をつぐんだ。どんな言葉が舛城の胸中に浮かんだか、邪推するまでもなかった。沙希の亡き里父のことだろう。けれどもすべては過去だ。互いに触れずとも真実はわかりあっている。

舛城がふと思いついたようにきいた。「そういえば椎橋君は？」

胸の奥にさまざまな感情が交錯する。沙希の目は自然に落ちた。「あれ以来ずっと連絡をとってません」

「そうなのか？　こっちから電話してみようか？」

「いいんです。彬さんがわたしを気遣ってくれてるんだし……」

「ああ。あいつも心配性だな。ライブ配信に映っちゃ沙希に迷惑だって？」

「迷惑なんか……」沙希は言葉を濁した。いっても始まらない。舛城を見つめると沙希は告げた。「出会ってから二年ですね。舛城さんのおかげで、わたしはまた旅立てます。本当に感謝してます」

「俺のほうこそ、きみにたくさんのことを学ばせてもらったよ。きみは唯一無二の存在だと思う。向こうへ行ってもしっかりな。保護者がいなくてだいじょうぶか？」

沙希は笑った。「こっちの施設の職員さんが、依然として保護者代わりですから……。話もついてます。あと一年頑張って、立派な成人になってみせます」

舛城がうなずいた。「気をつけてな、沙希」

「ありがとうございます」ふいに哀感が胸を鋭くこみあげてきた。この人が父親だったらよかったのに、そんなふうに思えたのはいちどや二度ではない。沙希は微笑とともに心からいった。「舛城さんと出会えて幸運でした」

30

椎橋は国際線出発ロビーをうろついていた。

さっき渋谷でライブ配信を観た時点よりは、わりと混み合っていると感じる。じつは沙希の存在はもう目にとめていた。けれども近づけなかった。予想どおり彼女のファンが見送りに集まっていたからだ。

それが終わるのを遠目で確認し、椎橋はふたたび沙希を追いかけようとした。保安検査場のゲートに入るまでに捕まえねばならない。

ところがそこに現れたのは舛城警部だった。椎橋はまたしても踵《きびす》をかえさざるをえなかった。よりによって、沙希と椎橋の保護者も同然の人物、しかも警視庁の刑事だ。舛城の目があったのでは、すなおな思いも口にできない。

遠ざかりながら振りかえる。沙希は舛城と長く立ち話をしていた。舛城は刑事という職業柄か、ときおり鋭い視線を周りに向ける。椎橋が長いこと留《とど》まっていれば、そのうち気づかれてしまいそうだ。

尻尾《しっぽ》を巻いて退散か。それも悪くない。沙希の出発なら見届けられた。アメリカでのパフォーマンスもきっと動画配信されるだろう。今後は彼女の活躍を見守る一視聴者でいればいい。ふたりの人生が交叉《こうさ》するときは終わった。それぞれの道を行くだけだ。

するとそのとき、沙希の声が背後から呼びかけた。「彬さん……？」

はっとして椎橋は振りかえった。沙希は思いのほか近くにいた。遠方のゲート前に留まる舛城が、こちらに視線を向けている。

あのようすから察するに、まず真っ先に椎橋の存在に気づいたのは、やはり舛城だったようだ。沙希は椎橋のもとに歩み寄ってきた。あとはゲートをくぐるだけだったのに、わざわざ引きかえしてきてくれた。

「あ」椎橋はうわずった声を絞りだした。「あのう……。これからパスポートをとって、僕もアメリカへ行こうかと」

「……アメリカへ？　なにしに？」

「なにって、だから……」いまこそはっきり告げるべきときだろう。椎橋は語気を強めた。「沙希と一緒に行くよ」

沙希が茫然《ぼうぜん》とした面持ちになった。「いまなんて……？」

「あー、ごめん……。迷惑になるならやめるけど、僕の本当の気持ちは……」

予想外のことが起きた。沙希の目に大粒の涙が膨れあがった。それが頰を滴り落ちるより早く、沙希は駆けてくると、椎橋に抱きついた。

「嬉しい」沙希の震える声が耳に届いた。「彬さん。ずっとそばにいたかった。これからも一緒に歩めるんだね」

すなおな思いを伝えたくても、涙がこみあげてくるせいで、それ自体がままならない。そんなもどかしさのなかで、椎橋は沙希を抱き締めた。沙希の肩越しにたたずむ舛城が目に映った。舛城は照れくさそうに両手をポケットに突っこみ、肩をすぼめながら視線を逸《そ》らした。そのしぐさが、舛城のしめしうる最大限の祝福だと、椎橋は知っていた。

ふと気づくと、さっきまでいた沙希のファンがいつの間にか戻ってきていた。啞然《あぜん》とした面持ちで、ライブ配信用のスマホカメラをこちらに向けている。

椎橋は抱きあいながら沙希にいった。「配信されちゃうよ」

「だから？」沙希は離れようとしなかった。「彬さんとなら……」

沙希の涙声に感化されたかのように、いつしか椎橋の視界も揺らぎだしていた。周りの目などまったく気にならない。どう思われようがかまわなかった。これはふたりにとって最高のフィナーレだ。新たな舞台の幕開けでもある。

予測不能かつ喜びをともなう結末へと、摩訶不思議《まかふしぎ》な現象とともに誘導する。それがマジックだと、とある有名マジシャンはいった。いまがその瞬間だろう。そもそもこの出会いこそが奇跡だった。どんなトリックでも太刀打ちできない。

解説

吉《よし》田《だ》大《だい》助《すけ》（ライター）

第一作『マジシャン』、第二作『イリュージョン』を経て、『フィナーレ』へ。第一作&第二作に加筆修正を施した二〇一八年の「最終版」（角川文庫）刊行から六年を経て、無印版刊行時から松岡圭祐《まつおかけいすけ》により三部作となることがアナウンスされていた「マジシャン」シリーズの最終巻がついに、世に送り出された。本作で著者が己に与えた課題は、タイトルからも明らかだ。最高のフィナーレ（幕引き）を描くこと。

ここに記されたフィナーレはいかにして構想されたのかを推察し、それが読者の期待にいかに応えているかを示すために、既刊二冊をざっと振り返っておきたい。

第一作『マジシャン』は、新宿《しんじゅく》警察署のベテラン刑事・舛城《ますじょう》の視点による警察捜査小説として進んでいく。都内で多発している、目の前で一万円札が倍に増えるという詐欺事件の裏には、マジシャンが関わっているのではないか？　舛城は捜査の過程で、天才的なマジックの才能を持つ一六歳の少女・里見《さとみ》沙希《さき》と出会い、協力を依頼。彼女の知識と発想力により、詐欺事件の意外な構図が浮かび上がってくる。

筆者は第一作の解説も執筆させてもらった。そこで、次のように記した。〈本作はマジックを取り入れた異色の探偵推理小説であると同時に、異色の成長小説でもある。舛城と沙希は疑似的な親子関係を結び、互いを見つめ合い思いやる（見つめられ、思いやられる）過程で、自らを大きく成長させることになる。擬似的な親子関係は、他にも確認することができる。亡くなった実の両親のかわりに里親となった、稀代《きたい》の詐欺師・飯倉義信《いいくらよしのぶ》。マジシャンの大先輩である出光マリも、乗り越えるべき存在、という意味で親としての役割を果たしている〉。沙希は両親の離婚により家族解散となり、中卒で働き始め、児童養護施設で暮らしている。実の親は早くに失ったが、大人＝親たちのさまざまな目と手を通じて、里見沙希は育て直しを経験し、確かな成長を遂げたのだ。

前作からおよそ一年後に設定された第二作『イリュージョン』は、天才的なマジックの技術を持つ一九歳の少年・椎橋彬《しいばしあきら》を視点人物のひとりに据える。どんな手口も見破る「万引きGメン」としてメディアで引っ張りだこになった彼は、その裏で、マジックの技術を活かして窃盗を繰り返していた。そのことに気づいた舛城は再び、沙希に捜査協力を依頼する。その結末部では何が描かれていたか。椎橋彬が、信頼できる大人＝親、そして沙希という自分に似た境遇の少女と出会い、成長を遂げる姿だ。

松岡圭祐は第一作で、里見沙希を成長させた。第二作では、椎橋彬を成長させた。

言い換えるならば、社会的にも法的にも保護されるべき存在である子供の世界から、自分の意思で人生を選べる大人の世界の入口へと、二人を連れ出した。ならば、三部作の掉尾《ちょうび》を飾る第三作では何を描くべきか。無数の選択肢があっただろうと思う。読者の予想や期待を裏切る、という方向でのストーリーテリングもあり得たはずだ。松岡圭祐が選んだフィナーレは、読者の予想や期待を、最高のかたちで叶《かな》えることだった。沙希と椎橋が再会し、チームを組んで、マジック絡みの難題に挑むこと。そして、その経験によって、二人の関係が決定的に変化すること。実は「マジシャン」シリーズは、里見沙希の物語であって、里見沙希だけの物語ではなかった。里見沙希と椎橋彬——二人のマジシャンの物語であったことが、本作を読むことで明らかとなった。

弱冠一七歳の里見沙希がマジックの国際大会でリベンジを果たし、優勝したという一報で、物語は幕を開ける。第一作から登場するヒロインの沙希が、マジシャンとして成功を収めることがこのシリーズの目指すべき本当のフィナーレではない、と告げるオープニングだ。実際、業界最高峰のコンテストで優勝したにもかかわらず、沙希の人生が大きく好転することはない。彼女はいまだ船橋《ふなばし》の児童養護施設に居を構え、勤め先のマジック用品製品製造販売会社からトレーナーとして東京ディズニーランドのマジックショップに出向したり、デパートで実演販売をするなどして糊口《ここう》を凌《しの》いでいる。さらには勤め先からの無茶ぶりを受けて、魔女をコンセプトにしたK－POP風のアイドルグループ・ソーサリーに加入することに……。「夢の国」やテレビ業界の裏側、前二作では描かれていなかった「ハイテクマジック」の実情などなど、松岡圭祐らしいトリビアルな知識が沙希の受難の日々にいろどりを与える（ちなみに、東京ディズニーランドで清掃のアルバイトをしながら、アンバサダー試験に臨んでいた一九歳の永江《ながえ》環奈《かんな》の物語は、新潮文庫刊『ミッキーマウスの憂鬱《ゆううつ》ふたたび』に詳しい）。

アイドルグループからやむをえずの脱退後、沙希のもとへ奇妙な招待状が届けられてからが、物語の真の幕開けだ。「グレート・マジシャン選抜カリキュラムへのご招待」。プロアマ問わず優秀な人材を一堂に集め、約二週間の合宿を実施。首席卒業者は一流プロマジシャンとして世界の舞台での活躍を保証する、というカリキュラムに無料で参加できる特待生として選ばれたのだ。同じ招待状をもらっていた椎橋彬から電話を受け、彼との会話が刺激となって参加を決める。

グレート・マジシャン選抜カリキュラムを主催しているのは、大手ゼネコンの大森《おおもり》組だった。田舎町に建つ謎の施設に集められた約二百名の参加者は、そこで四人一組のチームとなり、講師らが出す課題に応えていく。例えば、テーブルに並べられた五二枚のカードの中から、三人が無作為に引いた三枚のカードは何かを当てる。そんなマジックのトリックを、今すぐ考えろ、と。周囲にいるのはマジシャンばかりなのだ。当たり前のトリックではすぐ見抜かれてしまう……。一つ一つの課題がマジシャンたちの目から見てもいかに無理難題か、それを沙希と彬らのチームはいかにしてクリアしていくか。

マジックとミステリーを融合させる作風として書き継がれてきた本作が、ここで終わるはずはない。ミステリーとして最大のサプライズが待ち受けている。

最大のサプライズの先に待ち受けているのが、最高のフィナーレだ。これ以上は「解説」ではなく「野暮」になってしまうのだが……本シリーズ三部作を通して胸に抱いた感慨を、率直に記しておきたい。

大人になるとは、どういうことなのだろうか。子供と大人の間にわかりやすい境界線があり、そこを移動することではないのかもしれない。自分はもう既に大人である、と気づくことこそが、大人になるということなのではないか。

もしかしたら恋をすることも、それと同じような現象なのではないか。相手のことを好きになる瞬間や具体的な出来事が明確にあるのではなく、もう既に自分はずっと好きであることに気づくこと、それが恋をするということなのではないか。

本作は、機に応じて里見沙希と椎橋彬の視点をスイッチしながら、二人がその気づきを得る様子を追いかける。それが、本シリーズにとって最高のフィナーレ（幕引き）になると、松岡圭祐は自信を持って筆を進めている——もう既にこの文章は「解説」ではなく「野暮」だ。ならば「野暮」ついでに、最後に叫んでおきたい。いつの日か、マジシャンたちの新たな物語の幕が開くことを楽しみに待っている。

本書は書き下ろしです。

フィナーレ

マジシャン最終章《さいしゅうしょう》

松《まつ》岡《おか》圭《けい》祐《すけ》

令和7年 2月25日　初版発行

発行者●山下直久

発行●株式会社KADOKAWA
〒102-8177　東京都千代田区富士見2-13-3
電話　0570-002-301（ナビダイヤル）

角川文庫 24534

印刷所●株式会社暁印刷
製本所●本間製本株式会社

表紙画●和田三造

ISBN 978-4-04-116028-2　C0193

◇◇◇

角川文庫発刊に際して

角川源義

第二次世界大戦の敗北は、軍事力の敗北であった以上に、私たちの若い文化力の敗退であった。私たちの文化が戦争に対して如何に無力であり、単なるあだ花に過ぎなかったかを、私たちは身を以て体験し痛感した。西洋近代文化の摂取にとって、明治以後八十年の歳月は決して短かすぎたとは言えない。にもかかわらず、近代文化の伝統を確立し、自由な批判と柔軟な良識に富む文化層として自らを形成することに私たちは失敗して来た。そしてこれは、各層への文化の普及滲透を任務とする出版人の責任でもあった。

一九四五年以来、私たちは再び振出しに戻り、第一歩から踏み出すことを余儀なくされた。これは大きな不幸ではあるが、反面、これまでの混沌・未熟・歪曲の中にあった我が国の文化に秩序と確たる基礎を齎らすためには絶好の機会でもある。角川書店は、このような祖国の文化的危機にあたり、微力をも顧みず再建の礎石たるべき抱負と決意とをもって出発したが、ここに創立以来の念願を果すべく角川文庫を発刊する。これまで刊行されたあらゆる全集叢書文庫類の長所と短所とを検討し、古今東西の不朽の典籍を、良心的編集のもとに、廉価に、そして書架にふさわしい美本として、多くのひとびとに提供しようとする。しかし私たちは徒らに百科全書的な知識のジレッタントを作ることを目的とせず、あくまで祖国の文化に秩序と再建への道を示し、この文庫を角川書店の栄ある事業として、今後永久に継続発展せしめ、学芸と教養との殿堂として大成せんことを期したい。多くの読書子の愛情ある忠言と支持とによって、この希望と抱負とを完遂せしめられんことを願う。

一九四九年五月三日

新刊予告

『高校事変』『JK』と同じ世界線、異なる物語——

『令和中野学校』

松岡圭祐

2025年4月25日発売予定

発売日は予告なく変更されることがあります。

角川文庫

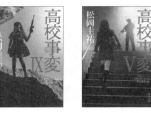

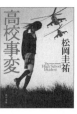

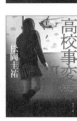

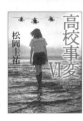

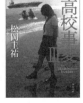

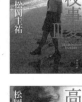

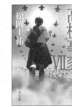

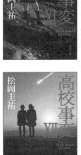

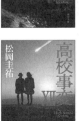

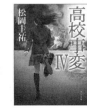

好評既刊

高校事変 1〜22／松岡圭祐

好評既刊

écriture《エクリチュール》 新人作家・杉浦李奈の推論 Ⅰ～ⅩⅠ／松岡圭祐

角川文庫ベストセラー

千里眼 The Start　松岡圭祐

トラウマは本当に人の人生を左右するのか。両親との辛い別れの思い出を胸に秘め、航空機爆破計画に立ち向かう岬美由紀。その心の声が初めて描かれる。シリーズ600万部を超える超弩級エンタテインメント！

千里眼 ファントム・クォーター　松岡圭祐

消えるマントの実現となる恐るべき機能を持つ繊維の開発が進んでいた。一方、千里眼の能力を必要としていたロシアンマフィアに誘拐された美由紀が目を開くと、そこは幻影の地区と呼ばれる奇妙な街角だった——。

千里眼の水晶体　松岡圭祐

高温でなければ活性化しないはずの旧日本軍の生物化学兵器。折からの気候温暖化によって、このウィルスが暴れ出した！　感染した親友を救うために、岬美由紀はワクチンを入手すべくF15の操縦桿を握る。

千里眼 ミッドタウンタワーの迷宮　松岡圭祐

六本木に新しくお目見えした東京ミッドタウンを舞台に繰り広げられるスパイ情報戦。巧妙な罠に陥り千里眼の能力を奪われ、ズタズタにされた岬美由紀、絶体絶命のピンチ！　新シリーズ書き下ろし第4弾！

千里眼の教室　松岡圭祐

我が高校国は独立を宣言し、主権を無視する日本国へは生徒の粛清をもって対抗する。前代未聞の宣言の裏に隠された真実に岬美由紀が迫る。いじめ・教育から心の問題までを深く抉り出す渾身の書き下ろし！

角川文庫ベストセラー

千里眼　堕天使のメモリー　松岡圭祐

『千里眼の水晶体』で死線を超えて蘇ったあの女が東京の街を駆け抜ける！　メフィスト・コンサルティングの仕掛ける罠を前に岬美由紀は人間の愛と尊厳を守り抜けるか!?　新シリーズ書き下ろし第6弾！

千里眼　美由紀の正体　(上)(下)　松岡圭祐

親友のストーカー事件を調べていた岬美由紀は、それが大きな組織犯罪の一端であることを突き止める。しかし彼女のとったある行動が次第に周囲に不信感を与え始めていた。美由紀の過去の謎に迫る！

千里眼　シンガポール・フライヤー　(上)(下)　松岡圭祐

世界中を震撼させた謎のステルス機・アンノウン・シグマの出現と新種の鳥インフルエンザの大流行。一見関係のない事件に隠された陰謀に岬美由紀が挑む。F1レース上で繰り広げられる猛スピードアクション！

千里眼　優しい悪魔　(上)(下)　松岡圭祐

スマトラ島地震のショックで記憶を失った姉の、莫大な財産の独占を目論む弟。メフィスト・コンサルティングのダビデが記憶の回復と引き替えに出した悪魔の契約とは？　ダビデの隠された日々が、明かされる！

千里眼　キネシクス・アイ　(上)(下)　松岡圭祐

突如、暴風とゲリラ豪雨に襲われる能登半島。災害はノン＝クオリアが放った降雨弾が原因だった!!　無人ステルス機に立ち向かう美由紀だが、なぜかすべての行動を読まれてしまう……美由紀、絶体絶命の危機!!

角川文庫ベストセラー

千里眼の復活　松岡圭祐

航空自衛隊百里基地から最新鋭戦闘機が奪い去られた。在日米軍基地からも同型機が姿を消していることが判明。岬美由紀はメフィスト・コンサルティングの関与を疑うが……不朽の人気シリーズ、復活！

千里眼　ノン＝クオリアの終焉　松岡圭祐

最新鋭戦闘機の奪取事件により未曾有の被害に見舞われた日本。焦土と化した東京に、メフィスト・コンサルティング・グループと敵対するノン＝クオリアの影が……各人の思惑は？　岬美由紀は何を思うのか⁉

万能鑑定士Qの事件簿　0　松岡圭祐

舞台は2009年。匿名ストリートアーティスト・バンクシーと漢委奴国王印の謎を解くため、凜田莉子がもういちど帰ってきた！　シリーズ10周年記念、完全新作。人の死なないミステリ、ここに極まれり！

万能鑑定士Qの事件簿　(全12巻)　松岡圭祐

23歳、凜田莉子の事務所の看板に刻まれるのは「万能鑑定士Q」。喜怒哀楽を伴う記憶術で広範囲な知識を有す莉子は、瞬時に万物の真価・真贋・真相を見破る！　日本を変える頭脳派新ヒロイン誕生‼

万能鑑定士Qの推理劇　I　松岡圭祐

天然少女だった凜田莉子は、その感受性を役立てるすべを知り、わずか5年で驚異の頭脳派に成長する。次々と難事件を解決する莉子に謎の招待状が……面白くて知恵がつく、人の死なないミステリの決定版。